講談社文庫

ベスト8ミステリーズ2017

日本推理作家協会 編

講談社

ベスト
BEST 8 MYSTERIES 2017
ミステリーズ
8
目次

〈日本推理作家協会賞 短編部門 受賞作〉

偽りの春
降田天……7

階段室の女王　増田忠則……61
火事と標本　櫻田智也……119
ただ、運が悪かっただけ　芦沢 央……175
理由　柴田よしき……223
プロジェクト：シャーロック　我孫子武丸……261
葬儀の裏で　若竹七海……293
虹　宮部みゆき……351
解説　吉田伸子……434

日本推理作家協会賞
短編部門　受賞作

偽りの春

降田天

萩野瑛（1981年、茨城県生まれ）と鮎川颯（1982年、香川県生まれ）の作家ユニットという、日本では珍しい合作ペンネームで、萩野がプロットとキャラクター、鮎川が執筆を主に担当するらしい。ともども早稲田大学第一文学部出身で、児童文学サークルで知り合った。2007年、鮎川はぎの名義で『横柄巫女と宰相陛下』により第2回小学館ライトノベル大賞（ルルル文庫部門）期待賞を受賞してデビュー。12冊に及ぶこのシリーズのほか、高瀬ゆのか名義でのノヴェライゼーションなど、おのおの20冊以上の著書がある。2014年、降田天名義の学園ミステリー『女王はかえらない』で第13回このミステリーがすごい！大賞を受賞、翌年に刊行されて一般向けに進出。他の長編に『匿名交叉』（2016年。のち『彼女はもどらない』と改題）があり、痛烈な読後感を残す、いわゆる〝イヤミス〟の新しい旗手と嘱目されるが、本編はコンゲーム小説に新境地を示している。以後の著作に、『すみれ屋敷の罪人』（2018年）、『偽りの春』（2019年）がある。（S）

「やられたよ」

和枝（かずえ）が息せき切って電話をかけてきたのは、春一番が吹き荒れる宵の口だった。

光代（みつよ）はこたつの上にひとり分の夕食を並べたところだった。取り乱した和枝の声が、テレビの音声を蹴散らして鼓膜を打つ。

「朱美（あけみ）さんと希（のぞみ）さんが消えたんだよ、金持って」

驚いて携帯を耳に押しつけ、テレビを消した。どういうこと、と訊（き）こうとして、セーターの胸もとを握りしめる。

「いまどこ」

「わかんないよ。電話はつながらないしマンションにも……」

「朱美さんたちじゃなくて和枝さんのことよ」

遮る声にいらだちが混じる。

「ああ、あたしはコンビニの駐車場。車ん中。大丈夫、誰にも聞かれないよ」

ひるんだのか、トーンダウンした和枝の口調には、光代の機嫌を取ろうとするような気配が感じられた。

「落ち着いてもう一度言って。朱美さんと希さんがどうしたって」

「いなくなったんだよ。希さんが約束の時間を過ぎても現場に来なくて、電話してみたら着信拒否になってんの。変だと思って朱美さんにかけたら、そっちも同じ。それで家に行ってみたら、なんと、もぬけのからじゃないの」

「引っ越してたってこと？」

「そうなんだよ。隣の奥さんの話じゃ、ほんの数日前に突然出ていったって。引っ越すなんて聞いてなかったし、まるで夜逃げだって言ってたよ。前々からうさんくさいとは思ってたみたい。そりゃそうだよねえ、七十超えたばあさんと四十代の男が二人で暮らしてるんだから。伯母と甥ったって、だれが信じるもんか。おまけに朱美さんはホステス上がりだし、希さんのほうは定職にも就いてないし」

　また興奮してきたのか、あるいは不安がそうさせるのか、和枝は堰を切ったようにしゃべる。しゃべればしゃべるだけ光代をいらだたせることに気づいていない。光代の反応に頓着せず和枝は続ける。

「ねえ、今月の稼ぎって希さんが持ってたんだよね。いくらくらいだった」

「一千万ちょっと」

　つとめて冷静に答えたつもりだが、頬がゆがむのは抑えられなかった。そんなに、と和枝が息を吞む。今月はめったにない大きな仕事をこなしたため、飛び抜けて多い。人によっては裏切りの動機として充分な額だ。

「光代さん、どうするの。このまま泣き寝入りなんていやだよ。みんなで苦労して稼いだ金なのに」

「じゃあ警察にでも駆け込む？　だまし取った金を仲間に持ち逃げされましたって」

光代たちが高齢の男性をターゲットにした詐欺を始めてから、そろそろ二年になる。詐欺グループのメンバーは女が四人、男が一人で、女は全員が還暦を超えている。やりくちとしては、結婚詐欺や美人局（つつもたせ）ということになるだろうか。

ターゲットの選定は光代の役目だ。それこそが詐欺において最も重要な工程だということを、光代はかつて振り込め詐欺に関わった経験から知っていた。電話をかける対象の名簿が、電話帳なのか高級旅館の宿泊客リストなのか、さらに資産や年齢や家族構成によってふるいにかけられたものなのかで、成功率も利益も大きく変わる。その点、派遣キャディという光代の職業は、適当な男を見繕うのに都合がいい。どこのゴルフ場でも、明るい芝生の上で開放的な気分になった男たちは、情報をいくらでも垂れ流してくれる。観察と会話によって、経済状態から家族構成、女の好みまで、すっかり把握するのは難しいことではない。あとは相性を考えて、どの女をあてがうかを決めればいい。

光代の指示を受け、実働部隊である三人の女が動く。ターゲットを籠絡（ろうらく）し、ときには肉体さえも武器にして、財産を搾り取る。老いても恋愛や性愛への欲求があるという男は少なくない。相手が若い娘なら疑いもしようが、六十を超えた女なら安心するうえ、結婚も視野に入れやすい。

　そうして取れるだけ取り尽くしたら、あるいは状況が思わしくなくなったら、最後は唯一の男である希の出番だ。女の息子のふりをして、「おふくろを弄びやがって」だとか「母は亡くなりました」だとか「援助してよ、お義父さん」だとか、様々なパターンで関係を破局に導く。また、手切れ金や慰謝料などのまとまった現金を受け取ったり、女たちが貢がせた貴金属や車などを金に換えたりする役目も担っている。

　基本的にはターゲットがみずから逃げ出すように仕向けることにしていた。詐欺に遭ったと気づかせないのがベストだ。だが気づかれたとしてもリスクは少ない。「いい歳して色じかけに引っかかった」被害者たちは、恥の気持ちからたいてい口をつぐむ。

　稼いだ金は一つにまとめ、一ヵ月ごとに五人で等分にするルールだった。以前は光代が管理していたが、実際に金を扱うのは希であることが多いため、このごろは希に任せていた。信用していたわけではない。裏切ることなどできまいと見くびっていたのだ。

「ごめん、怒らないでよ。あたしはただ……」

「怒ってないわ」

「ならいいんだけど。光代さんだけが頼りなんだから」

奥歯を強くかんで、うっとうしさをやり過ごす。

「この件は私のほうで考える。和枝さんはとりあえず現状を維持してて」

「ターゲットをキープしときゃいいんだね。わかった、あんたの言うとおりにするよ」

「それじゃ」

「待って、このこと雪子さんには？　まず光代さんにと思って、まだ知らせてないんだよ」

「次の会合のときでいいと思うけど、言いたいなら止めないわ。じゃあ」

言うなり、今度こそ電話を切った。とたんに風のうなりが大きくなった。築四十年の木造アパートが悲鳴を上げている。

冷めていく夕飯もそのままに、朱美の携帯電話を呼び出した。おつなぎできませんと冷ややかなアナウンスが流れた。これが和枝の言っていた着信拒否か。希のほうにもかけてみたが結果は同じだった。

携帯を投げ出し、薄っぺらで毛玉だらけのこたつ布団をぼんやりと見つめる。春一番が窓をたたいているというのに、寒さがひたひたと背中を這い上ってくる。

いつも着ている薄汚れたダウンジャケットをまとい、車のキーをつかんで家を出た。朱美と希が暮らしていたマンションを見にいってみるつもりだった。おそらく無駄足になるだろうが、食欲もすっかり失せてしまったし、ただ凍えていてもしかたない。

隣の一〇一号室に明かりが灯っていた。しかし住人の話し声や物音は聞こえてこない。風の音ばかりが耳について、かえって静けさが強調される。光代は震えながら車に乗り込んだ。

小京都と呼ばれる神倉市だが、中心地から離れると寂しいものだ。山によって景色のあちこちが黒く塗りつぶされており、まだ七時すぎだというのに車も人もほとんど通らない。

朱美のマンションを訪ねるのは初めてだったが、すぐに見つかった。三、四十年前にはこのあたりで最も新しくしゃれた建物だったのだろう。和枝の言ったとおり、朱美の家がもぬけのからなのは一目瞭然だった。窓に明かりはなく、カーテンもかかっていない。周囲を窺って顔を近づけてみると、中はがらんとしている。

念のため隣人に話を聞いてみたが、得られた情報は和枝に聞いたものとほとんど変わらなかった。朱美たちは誰にも転居先を知らせず、推測させるような情報の切れ端すら残さずに消えたという。親しい人間がいたかどうかもわからない。要するに手がかりはないのだった。

光代はマンションをあとにした。二月の冷たい夜が、路肩に停めた車を呑み込もうとしていた。

自宅に戻り、屋根も壁もない野ざらしの駐車場に車を入れたところで、アパートへ向かう三つの人影が目に入った。手をつないでいる若い母親と息子は、隣の一〇一号室に住む香苗と波瑠斗だ。波瑠斗を挟んで反対側を歩いている男には見覚えがない。

「おばちゃん、おかえり。こんな時間に帰ってくるなんて珍しいね」

車を降りた光代に、香苗が明るく声をかけてきた。

「香苗さんこそ」

夫と離婚してひとりで波瑠斗を育てている香苗は、昼間はパチンコ店で、夜はキャバクラで働いている。パチンコ店での仕事を終えて、保育園へ波瑠斗を迎えにいき、寝かしつけてからキャバクラへ向かい、再び帰宅するのは日付が変わってからだ。

「夜のほうはお休みしちゃった」

香苗はぺろっと舌を出した。そばに寄ると、最近つけるようになった香水のにおいが鼻先をかすめる。わかりやすいもので、少し前から化粧が念入りになり、色が抜けてぱさぱさだった髪もきれいになっている。

「あ、このひとは古賀さん。パチンコのお客さんで、すごくやさしい人なんだよ。いま三人でゴハンに行ってきたとこ」

見れば、駐車場に見慣れない車が停まっていた。格安の中古車だとひと目でわかるが、タイヤだけはこだわっているようだ。

古賀は少し距離を置いて立ち、強風に顔をしかめながら煙草を吹かしている。会話に加わろうとはせず、無精ひげが散った顎をごりごりとかく。

光代のほうも古賀にはかまわず、うつむいている波瑠斗に話しかけた。

「おかえり」

波瑠斗はちょっとこちらを見たものの、すぐに下を向いてしまった。ハル、と香苗が腕を引くが、かたくなに顔を上げようとしない。

「ごめんね、おばちゃん。見たいテレビが見れなかったもんだから機嫌が悪いんだ。ハル、いいかげんにしなよ。ファミレス行きたいってあんたも言ってたじゃん」

光代は香苗を目でなだめ、提げていたバッグから数冊の冊子を取り出した。ここしばらくショッピングセンターや小売店を回って集めていた、ランドセルのカタログだ。バッグに入れっ放しになっていたのがちょうどよかった。

「はい、ハルくん。よく見て、どれがいいか選んでね」

四月から小学生になる波瑠斗にランドセルをプレゼントすると約束していた。ぱっと顔を上げた波瑠斗の目は、いまのいままでむくれていたことなど忘れたかのように輝いている。

波瑠斗たち親子が隣に越してきたのは、去年の春だった。香苗はまだ二十一歳で、離婚したものの帰れる家がないという話だった。二人の生活が貧窮しているのはすぐにわかったし、香苗の言葉の端々から、波瑠斗の父親がろくでなしだったことも察せられた。学も専門技術もない、若さだけが頼りの母親。どうしても放っておかれがちになる子ども。これまでいくらでも見てきたケースだ。そういう親子の生活は、たった一つ小さなほころびが生じただけで、たちまち底の底まで落ちる。気の毒だが、ありふれた不幸だった。手を差し伸べる余裕も理由も光代にはないはずだった。

きっと私は老いたのだ、と光代は思っている。飲みすぎたのか道端で嘔吐（おうと）していた香苗を家まで連れ帰ってやったのをきっかけに、親子との親しいつきあいが始まった。光代はしばしば食べ物を差し入れ、波瑠斗を預かり、ときには車を出してやって三人で出かけるようにもなった。家族を持つ和枝や雪子の影響もあるのだろうか。長くひとりで生きてきたから、かりそめのふれあいを欲しているのかもしれない。

「ありがとう」

無邪気にカタログを受け取る波瑠斗のかたわらで、香苗が申し訳なさそうに眉尻を下げる。

「ねえ、本当にいいの？」

「何度も言ったでしょう。私が好きでやることよ」

「お金は少しずつでもぜったい返すからね」

光代はこの場では断らなかったが、受け取るつもりはなかった。ランドセルは安いものでも二万円以上する。ぎりぎりの生活をしている親子にとって、その金を捻出するのは簡単ではない。

校則としては必ずしもランドセルを使う必要はないらしいが、みんながあたりまえに持っているものを持てないのは、子どもにとって残酷なことだ。少なくとも小学生時代の光代は、自分だけぼろぼろのリュックを持たされていたことが恥ずかしくて惨めだったし、そのせいでいじめられもした。暗い人生はあのリュックから始まったのだという気さえする。

親子に手を振って自室に入ると、重量さえ伴うような静けさがのしかかってきた。薄い壁一枚を隔てただけで、香苗の声も波瑠斗の声も聞こえない。二人といるときには一時的に忘れていられたことが、頭の中で急に存在感を増す。空っぽになった朱美の家。親子と一緒に一〇一号室へ入っていった古賀。

すっかり冷めてしまった夕飯を片付ける前に、急いでテレビをつけた。見たいとは思わないが、狭い１Ｋの部屋を音で埋めることはできる。

水曜日は会合の日だった。週に一度、グループの女四人は日帰り入浴施設のサウナで顔を合わせる。

ただし今日は三人だ。光代が入っていったとき、和枝と雪子はすでに不安げな顔で座っていた。朱美が来ないことを、雪子も知らされているらしい。

サウナ内のテレビには夕方のワイドショーが映し出されており、ちょうど振り込め詐欺グループが逮捕されたというニュースが流れていた。テロップには「卑劣」という文字が躍り、コメンテーターが「か弱いお年寄りを食いものにするなんて」と憤慨している。

「ああ、光代さん。あれからどう。電話もくれないんだから、生きた心地がしなかったよ」

ほかに客がいないのを幸い、和枝が顔を見るなり飛びつくように訊いた。いつもはせっせと腹の肉をもんでいるのに、それも忘れているようだ。その大声だけで身がすくむとばかりに、雪子が名前のとおり白い肩をすぼめる。

光代は二人から少し距離を置いて座った。

「和枝さんの言ったとおり、朱美さんと希さんが金を持ち逃げしたのは確かみたいね。見つけることも、金を取り返すことも不可能でしょう」

「そんな！」

和枝がほえるような声を上げ、雪子がひくっと喉を鳴らす。

「そんなのってあんまりじゃない。あたしらみたいな貧乏人が必死こいて稼いだ金をさ。あいつらこそ本物の悪党だよ」

光代は自分たちがターゲットにしてきた男たちを思い浮かべた。一個八百円もするボールを平気でいくつもロストする金持ちたち。彼らは少しばかり財産を減らしたところで痛くも痒くもない。それに、恋をした老人は明らかに以前よりいきいきしている。詐欺には違いないが、金を払って恋愛の楽しみを手に入れ、おまけに気力が戻り若返るというなら、得な買い物ではないか。

「これからどうしたら……」

延々と続く和枝の罵声のわずかな切れ目に、雪子が声を滑り込ませた。いつも以上に小さな、ほとんど聞き取れないほどの声だ。

雪子が誰かへの受け答えでなく自分から言葉を発するのを、初めて聞いた気がした。内気で無口な女。好きなものもやりたいこともない女。夫にお伺いを立てないことにはなに一つ決められない女。それが雪子に対する光代の評価だった。この仕事についてもいまだに罪悪感が拭えず、平凡な主婦であることにしがみつこうとしているように見えた。その雪子が「これから」を考えるとは意外だ。

「取られたものはあきらめるしかないとして、まずは現在進行中の仕事をどうするかね。希さんがいないんじゃ、いままでのパターンで片付けることはできないから」

和枝が汗にまみれた体を乗り出す。

「あたしが代わりの男を探してみようか。金に困ってそうな男なら何人か心当たりがあるよ」

「それはよして」

光代は言下に退けた。ある意味で、和枝は雪子よりも信頼がおけない。おしゃべりで軽はずみで、ものごとの因果を想像し理解することができないのだ。たとえば、知り合いだった雪子にこの仕事のことをしゃべり、勝手に勧誘して連れてきたのもそうだ。朱美が光代たちのやっていることを嗅ぎつけて仲間に入りたいと言ってきたのも、和枝がどこかで余計なことをしゃべったせいに決まっている。

「いまの案件については、希さんなしでやる方法を考えるわ」

「そりゃ光代さんがそう言うなら……」

「でも、この先は？」

和枝と雪子、両方の目が光代に向けられていた。どちらも心配そうで、しかしぎらぎらしている。この仕事をやめるわけにはいかないと、まなざしが訴えている。

二人にはかなりの借金があった。和枝は投資詐欺に引っかかって。雪子は夫がギャンブルにはまって。だがそのことを子どもには打ち明けず、援助を乞うどころか、逆に孫の学資保険をかけ続けている。迷惑をかけたくないと、二人は口をそろえる。嘘ではないだろうが、あきれられるのがいやだという見栄も働いているに違いない。光代たちの餌食になった男の多くがそうであるように。

「それもおいおい考えるわ」

「なんだか考えるばっかりだね」

不安がついこぼれたという感じで和枝がため息をついた。

「不満なら自分でなんとかして」

「不満だなんて。いつも言ってるじゃない、光代さんだけが頼りだって。お願いだから見捨てないでよ」

あわててへつらう和枝の横から、雪子がすがるような視線を送ってくる。

昔の自分もこんなふうに卑屈だったのだろうかと、いやな考えが脳裏をよぎった。もう四十年近くも前になる。

当時、光代は郵便局に勤めており、同僚と交際していた。やさしい男だったが、分不相応に恰好をつける癖があり、光代がしょっちゅう金を用立ててやっていた。結婚するつもりだったから深く考えなかったというのもあるし、捨てられるのが怖かったのもある。とうとう顧客の金に手をつけたのも、男を喜ばせたい一心からだった。だが横領がばれたとき、男はさも驚いたような顔をした。俺のためだったなんて言われても困るよ、冗談だったのにまさか本当にやるとは。それきり男とは会っていないが、出所してしばらくして、郵便局時代の後輩の女と食事をしているのをたまたま見かけた。薬指にそろいの指輪があった。

その一件以来、光代は土地と職を転々として生きてきた。親しい人間はひとりもいない。

光代の態度に不安を感じた和枝は、珍しく鋭かったと言える。今後の対応を考えると言ったのは、ほとんどその場しのぎにすぎなかった。二人と違って光代には借金はなく、そこそこの蓄えもある。きれいな金ばかりではないから、人の目に立つことを嫌って質素な暮らしをしているが、無理にこの仕事を続ける必要はないのだ。誰かに感謝され頼られるのは悪い気がしなかったものの、このごろは重荷になってきてもいた。さっぱりと捨て、黙って新しい土地へ去るのが正解ではないか。

サウナに客が入ってきたのを潮に、光代は立ち上がった。和枝たちはもっと話したそうだったが、素知らぬふりで挨拶(あいさつ)をして先に出る。

追いかけてこられないうちにと、さっさと身支度をして更衣室を出た。そんな自分を客観的に捉えて、つまり心ではすでに和枝たちを捨てているのだとわかった。

ただ、この神倉でやり残したことが一つある。

「おばちゃん」

アパートに戻り、玄関の鍵を開けようとしていると、音を聞きつけてか隣の部屋から波瑠斗が飛び出してきた。ランドセルのカタログを持っている。

「待ってたんだ。ランドセル、決めたよ」

波瑠斗は折り目をつけたページを開き、光代が見やすいように掲げた。シルバーのランドセルの写真が掲載されている。

あまりのタイミングのよさに笑ってしまいそうだった。これでやり残したことがなくなる。やはり去るべきなのだ。


翌日の夕方、派遣キャディの仕事を終えた光代は、波瑠斗から預かったカタログを手にショッピングセンターへ向かった。平日のためかすいていて、二階に特設されたランドセル売り場へもスムーズにたどり着けた。色とりどりのランドセルがずらりと展示され、それぞれのセールスポイントが楽しげな字体で記されている。母親に手を引かれた少女が、流れるCMソングに合わせて歌っている。

慣れない雰囲気に居心地の悪さを覚えつつ近づいていくと、待機していた店員が目ざとく気づいて話しかけてきた。

「こんにちは、ランドセルをお探しですか」

「ええ、はい」

「お孫さんにプレゼントですか」

少しうろたえた。祖母というものを見慣れているだろう店員の目に、自分はそう見えるのか。めったに着ないニットのカーディガンのせいかもしれない。いつもの薄汚れたダウンジャケットではなおさら気後れすると思い、引っぱり出してきたのだ。

「これなんですけど」

そうだとも違うとも答えずに、カタログを開いてシルバーのランドセルを指さした。すぐに実物のところへ案内され、確認し、四万七千円を現金で支払う。一万円札を重ねて財布から出すのはどのくらいぶりだろう。

「メッセージカードをお付けできますが、いかがいたしますか」

包装紙とリボンを選んでやれやれと思っていたら、まだあった。この場で書けば包装に添えてくれるという。じっくり考えたければカードだけ渡しておくと言われ、とりあえず受け取った。終始にこやかだった店員は、書き損じに備えてカードを余分に持たせてくれた。

ランドセルが入った大きな紙袋を手に、売り場をあとにする。ふと見れば、歌っていた少女の母親も同じ袋を提げている。目が合って、ほほえみかけられた。どんな顔をしたらいいのかわからなかった。戸惑いが大きいが、不快ではない。

なんとなくフロアを見て歩いた。入学フェアと銘打って、学習机や自転車や時計などが展示されている。机が税込み五万三千円、椅子が一万五千円。いや、もっと安いのもある。１Ｋの部屋に置くのなら、できるだけ小さいのでないと。そんなことを考えている自分に気づき、また戸惑った。

アパートに帰り、隣の様子をうかがいながらランドセルを運び入れる。いまはまだ波瑠斗に見つけられたくない。メッセージカードを書いてしまうまでは。店員に言われるまま受け取ったメッセージカードだったが、書こうという気になっていた。ランドセルを押し入れに隠し、自分らしくない心の動きに苦笑する。

ランドセルを買ったらここを去るつもりだった。だが、それはメッセージカードを書いてからになった。いい文面をなかなか思いつかないが、悩むのは不思議と楽しかった。幾日も幾日もそればかり考え続け、頭の中が何十枚ものメッセージカードでいっぱいになっていった。

和枝から数回、雪子からも一回、電話がかかってきたが、いったん回答を延ばしてあとは無視している。朱美と違ってグループのメンバーに住所を教えてはいないので、押しかけてこられる心配はない。

このところ香苗は卒園式の服装の話ばかりしている。いつの間にかそういう時期になっていた。メッセージカードが書けるまでのこと、と光代は自分に言い聞かせていた。

そんな日々に終わりをもたらしたのは、一通の封書だった。

ゴルフ場から帰宅した光代は、郵便受けに入っていた封筒を手に取って眉をひそめた。なんの変哲もない長4の茶封筒に、「水野(みずの)光代様」と宛名が記されているが、その文字は定規を使って書いたように不自然だ。差出人の名前はない。それどころか、こちらの住所も切手も消印もない。つまり郵送されてきたのではなく、直接この部屋の郵便受けに入れられたということだ。

開けてみると、四つ折りにされたB5のコピー用紙が一枚入っていた。宛名と同じ筆跡の文字がつづられている。

『これまでのことを黙っていてほしければ、一千万円を用意しろ。受け渡しの方法は追って指示する』

脅迫状であることを理解するのにしばらくかかった。紙がかさかさ鳴る音で我に返ると、自分の手が小刻みに震えていた。これまでのこと。一千万円。朱美と希の顔が文字に重なって浮かび上がってくる。

携帯をバッグから出し、しかし操作せずに手を下ろした。誰にかけようというのか。和枝と雪子が頼りにならないのはわかりきっている。そもそも頼りにできる誰かなど光代の人生には存在しない。

　脅迫状をこたつの上に投げ出し、台所へ行って湯を沸かした。急須に残っていた出がらしの茶を飲むと、味も香りもありはしないが、熱さが空っぽの胃に染みた。

　冷静になって考える。脅迫状を送ってきたのは何者か。「これまでのこと」を知っているのだから、やはり朱美と希しかいない。住所を教えた憶えはないが、あとをつけるなりして知ることはできる。ただし「水野光代」が偽名であることまでは知りようがないから、宛名はそうなっている。では要求に従わなかった場合、彼らは自分たちも荷担していた犯罪を本当に暴露するだろうか。絶対にしないと断定できる根拠はない。自分たちだけは罪に問われない抜け道があると思っているのかもしれない。

　天袋に目がいった。出どころが言えない金は、金融機関に預けず自宅に隠してある。一千万円を持ち逃げした二人が、厚かましくも同じだけの金を要求してきたのは、借金のない光代がこうして貯め込んでいることを見透かしてのことだろうか。

　あれを持って、ひとりでさっさと逃げてしまおうか。最初からいざというときにはそうするつもりで、だからこそグループの誰にも本名を教えなかった。どうせメッセージカードが書けさえすれば、ここを去る気だったのだ。

「おばちゃん」

　かすかに声が聞こえて、ぎくりと玄関を見た。もうすぐ聞けなくなる声に、思いがけず心が騒ぐ。

「これ」

ドアを開けるなり、画用紙を差し出された。クレヨンで三人の人間が描かれ、それぞれに矢印で「はると」「ママ」「おばちゃん」と説明が付いている。全員、顔の半分以上が口だ。ふいに胸にこみ上げるものがあった。六十五年も生きてきて、こんなふうに笑ったことが一度でもあっただろうか。

「……ハルくんが描いたの？」

「うん。おばちゃんに見せてあげてってママが」

「上手ねえ」

「あげる」

画用紙ごと波瑠斗を抱きしめたかった。もう認めないわけにはいかない。自分はまだ波瑠斗のそばにいたいのだ。

金がいる、と痛いほど思った。

腹を据えた光代の行動は早かった。

翌日の午後、キャディの仕事を終えると、いったん家に帰って服を着替えた。いつものダウンジャケットの代わりにコートをまとい、耳まで覆うつばの広い帽子をかぶる。化粧を変えた効果もあって、ずいぶん違う印象になった。念のためにマスクをし、リュックを背負って家を出たのは夕方のことだ。気温がぐんと下がっている。何度も手をこすり合わせながら、バス停までのなじみのない道を歩いた。

のろのろと三十分ほどバスに揺られ、昔ながらの住宅街で降りた。豪邸というわけではないが、よく見れば敷地の広い大きな家が並んでいる。頭に入れてきた地図に従い、色の剝げた鳥居を背にして板塀に挟まれた細い道を進む。

目当ての家の前に立ったとき、光代は朱美のマンションを思い出した。一戸建ての日本家屋とマンションの違いはあれど、往年の輝きを想像させる寂しさは共通している。門の上に立派な木蓮が頭を出しているが、つぼみの数は少ない。

表札の名を確かめるまでもなく、滝本の家だとわかった。ゴルフ場の常連で、詐欺のターゲットにと目をつけていたひとりだ。滝本に関する多くの情報のなかに、彼が独居することの家のことも含まれている。

チャイムを鳴らしても返事がないので、庭を抜けて玄関へ向かった。戸に鍵をかける習慣がないのも知っていた。

「ごめんください」

何度か声をかけてようやく、はいはい、としわがれた声が返ってきた。ゴルフ場で聞くより力がない。壁に手をついてゆっくりと廊下を歩いてくる姿も、いかにも年寄りめいている。趣味のゴルフだけはと、隣町に住む長女にゴルフ場まで送ってきてもらっているが、このごろは間が空くようになっていた。八十三歳。少し前から認知症の症状が出はじめ、だんだん進行している。

「〈はあとふる〉から来ました、鈴木です」

はあ、と応じた滝本は明らかにぴんときていない。光代の顔を正面から見ていても、ゴルフ場のキャディだとは気づかないようだ。大丈夫だろうとは思っていたし、ごまかして丸め込む自信もあったが、やはりほっとする。

「ええと、どちらさんでしたっけ」

「〈はあとふる〉の鈴木です。ヘルパーですよ」

「ああ、ヘルパーさん」

滝本はやっと理解した様子でうなずいた。妻を亡くしてひとりで暮らしているため、長女が訪問ヘルパーによる生活支援を依頼している。〈はあとふる〉はその会社の名前だ。決まった曜日に決まったヘルパーが来るという話だったが、曜日もヘルパーもいつもと違うことに、どうやら滝本は気づいていない。

「寒いなか悪いね。マスクして、風邪ひいてるんじゃないの」

「ただの用心ですよ、インフルエンザがはやってるから。花粉も飛び始めたみたいだし」

「冬なんだか春なんだかわかんないね」

家に上がることに成功した光代は、滝本が居間へ入っていくのを確認して台所に立った。リュックだけ床に下ろし、コートと帽子は身に着けたままで、手早くやかんを火にかける。

「とりあえずお茶でも入れますね」

声をかけると、思わぬ怒鳴り声が返ってきた。

「お茶でもってなんだ、でもって。俺の金で買った茶だぞ」

突然の癇癪に驚いたが、ゴルフ場でも老人の豹変は珍しくない。これから自分がやろうとしていることを考えれば、理不尽に叱責されたことで、むしろ気が楽になった。茶請けを見繕って一緒に出し、「お掃除してきますね」と断ってから、台所でリュックを取って仏間へ向かう。

滝本はいざというときのためにと、一千万円の現金を仏壇の収納に保管している。前に本人から聞いたことだ。それを盗むのが目的だった。本当はそんなずさんな方法はとりたくないが、じっくり詐欺をしかける時間はない。また、これまで自分が住む神倉市での犯罪は避けてきたが、そうも言っていられない。

仏壇には妻のものらしき遺影が飾られており、線香を上げた形跡があった。収納には箱入りの線香やろうそくやマッチ、そして茶色の紙に包まれた金が確かにしまわれていた。中身を確認すると、帯付きの一万円札の束が十個。あった、とかみしめるように思う。

木村さあん、と滝本が呼んだ。本物のヘルパーの名前だ。穏やかな口調に戻っている。

「はあい、ちょっと待ってくださいね」

金を元のように包み、リュックの底に入れた。重さは一キロくらいか、日ごろ何本ものゴルフクラブを運んでいる光代にとっては軽いものだ。

「木村さあん、お茶のおかわりが欲しいんだけど」

今度は答えなかった。リュックを背負い、足音を立てないよう玄関へ移動する。

「おい、茶。さっさと持ってこないか。おい、亜矢子」

亜矢子というのは亡き妻の名だ。

光代が黙って消えても、滝本は鈴木というヘルパーが来ていたことなど忘れてしまうだろう。茶は自分で入れたのだと思い込み、記憶のあいまいさに不安を募らせるかもしれない。もしちゃんと憶えていて誰かに話したとしても、まず信じてはもらえまい。赤ちゃんに語りかけるような言葉で諭され、いよいよぼけたとうわささされるだけだ。

静かに玄関を出て、木蓮のつぼみの下を急ぎ足で通り抜けた。花が咲くのは今年が最後かもしれないと頭の隅で思った。

夜に追い立てられるように日が暮れていく。板塀に挟まれた細い道が薄闇にかすむ。

前方に色の剝げた鳥居が見えた。ほっと緩んだ手のひらは汗ばんでいた。

前に並んでいた何人かが行き先の違うバスに乗り込み、停留所に立っているのは光代だけになった。センターラインのない道に車が増えてきて、慎重にすれ違っていく。左右から浴びせられるヘッドライトが不快だった。混雑のせいで遅れているのか、発車時間をもう十分も過ぎているのにバスは見えない。

リュックの位置を何度も直し、肩紐（かたひも）を両手でつかむ。重くないはずなのに重いのは、神経が疲れているせいだろうか。どこからか流れてきた鐘の音が、頭蓋（ずがい）の内側にぐわんと響いた。めまいがして時刻表に寄りかかる。

しばらくつぶっていた目を開けたとき、だらだら進む車列のなかにパトカーを見つけ、思わず身構えた。パトカーはバス停の近くに停まり、助手席から警官が降りてきた。

「おばさん、具合悪いの？」

三十代、いや四十代か。警察官にしてはやや髪が長く、表情にも口調にも締まりがない。

「いえ、大丈夫です。ちょっとめまいがしただけ」

「それ、大丈夫じゃないよ」

「もう治まりましたから」

「でも顔色よくないよ」

だとしたら、それは疲労と緊張のせいだ。パトカーを見たときから、リュックの肩紐をつかんだ手が硬くなっている。

「バス待ってるの？」

「ええ、なかなか来てくれなくて」

「この道は夕方になるとねえ。この辺はあんまり知らない？」

光代は短く肯定するだけにとどめた。隠しごとがあるときは、なるべくしゃべらないほうがいい。

「どこから来たの。パトカーで送ってくよ」

「そんな、けっこうです」

「遠慮しないで。この寒さのなか、いつ来るかもわからないバスを待ってたら、ますます具合が悪くなっちゃうよ。市民を保護するのは俺たちの仕事なんだから、めったにできない経験だと思って」

パトカーに乗った経験ならある、それも手錠をかけられて。そう告げたら、このお節介な警官はどんなに驚くだろう。警官の目にも善良な一市民に見えるというのは、喜ばしいことではある。もちろん気は進まなかったが、申し出を受けることにした。かたくなに拒んで変に思われても困る。

バスがまだ来ないのを確かめて、警官がパトカーに合図をした。まるでリモコンで操作しているかのように、パトカーは即座に発進し、後部座席のドアが光代の真ん前にくる位置で停まった。警官が光代のためにドアを開ける。乗り込んで、リュックを両手で抱え、ドアが閉められる瞬間の息苦しさに耐えた。パトカーの後部座席のドアは内側からは開かない。

警官は元どおり助手席に収まり、バックミラーの角度を調整した。運転席用と助手席用に二つあるバックミラーの片方が光代を捉え、鏡の中で目が合った。へらへら笑いかけてくる。

「そうそう、俺は神倉駅前交番の狩野(かのう)、こっちは月岡(つきおか)」

運転席の警官が振り向いて軽く頭を下げた。背が高くたくましい体つきをしているのが、座っていてもわかる。まだ二十代だろう、清潔な雰囲気の若者だ。

「おばさんの名前は？」

自分にしかわからないほどの束の間(つかのま)だけ迷い、「水野です」と答えた。

「水野なにさん？」

「水野光代です」

「住所は？」

光代が答えると、狩野は月岡に発進するよう指示した。パトカーだけあって車の列にはすんなり入れたが、進みが遅いのはどうしようもない。

見つめ合っているのは居心地が悪く、光代はミラーから目を逸らした。すっかり日が落ちて、黒い窓には自分の顔が映っている。ふだんより厚く塗ったファンデーションがマスクの紐を汚している。

「風邪？」

「ただの用心です」

「マスクといえば、口裂け女ってあったよね。きれいなお姉さんかと思ったら実は、ってやつ。みっちゃんも知ってる？」

月岡が少し考えていいえと答えた。狩野の相手は月岡に任せることにして、光代は会話に乗らなかった。陽気で無意味なおしゃべりを楽しむ習慣が光代にはない。身に付けないままこの歳まできた。

こちらがわずらわしく感じていることを、しかし狩野は察してくれない。

「ところで、水野さんはひとり暮らしなの」

「どうしてですか」

「さっき住所を聞いてから思い出してたんだけど、そのアパートって1Kばっかりじゃなかったっけ」

意外だった。ちゃらんぽらんに見えて、管内をよく把握している。

「ええ、ひとりですけど」

「困ってることとかない？」

「特には」

詐欺の共犯者にゆすられて困っている、とはまさか言えない。

「近くに親戚とか、頼れる人はいる？」

「私は仕事もしてますし、お隣とのつきあいもありますから」

「それなら安心だ。ひとり暮らしはなにかと物騒だし、特にお年寄りの場合は、詐欺のターゲットにされやすいからさ」

そういうことか。質問の意図を理解して安堵した。この年齢ならふつうは被害者になるのだ。

「仕事ってなにやってんの」

「キャディです、派遣の」

「え、水野さんいくつ」

「六十五ですけど、もともとシニア向けの求人で見つけた仕事だし、毎日フルタイム働くわけじゃないですから」

「でもやっぱきついでしょ。さっきは本当に具合が悪そうだったし、無理しちゃだめだよ。隣とつきあいがあるって言ってたけど、なにかあったとき助けてもらえそう？」

「いつでも頼ってね、とは言ってくれてますけど」

「そりゃいい。まだ若い人？」

「二十代のお母さんとお子さんです」

波瑠斗のことを口にしたとたん、ふいに間違った場所に迷い込んだような気になった。なぜパトカーなんかに乗っているのだろう。なぜ警官にあれこれ訊かれているのだろう。いたいのは波瑠斗のそばで、そのために進んできたはずなのに。

しかし矢継ぎ早の質問が、立ち止まる時間を与えてくれない。答えをためらったら不自然な問いばかりだ。

「男の子、女の子？」

「男の子です」

「いくつ」

「六歳」

「じゃあ春から小学生？」

「ええ」

うんざりしながら答えたものの、まぶたの裏には波瑠斗の姿があった。満開の桜の下、シルバーのランドセルを背負って笑っている。

「その子がかわいくてたまらないんだね」

「えっ」

驚いてミラーに目を戻すと、狩野の目は笑みの形のままそこにあった。じっとこちらを見つめている。けっして鋭い目つきではないのに、射られたかのように全身が瞬時に硬くなった。

「どうして」

「顔に書いてあるよ。さっきまでと表情が全然違う」

思わず顔に手を当てた。本当は顔を覆ってしまいたかった。狩野はおそらくずっと光代から目を離さずにいたのだ。パトカーに乗り込んだときから。それとも、バス停で声をかけてきたときからか。いったいなぜ。

「みっちゃん、次の交差点を右に入ろう。たぶんそっちのほうが早い」

話が逸れたのを幸い、窓のほうへ顔を背けた。ふだんは通らない道なので、景色を見てもどこを走っているのかわからない。だが市の外れのほうへ向かっているのは間違いなさそうで、交差点を曲がると、交通量も建物も一気に少なくなった。自分の顔がいっそうくっきりと窓に映り、信号に照らされててらてら光る。

「暑い？」

訊かれて初めて、汗をかいているのに気づいた。

やはり狩野は光代を見ている。観察している。パトカーに乗せたのは、具合が悪そうに見えたからではなかったのか。狩野に対する認識を改めなければならない。この男に警戒せよと、日陰で生き抜いてきた者の勘が告げている。

「これでちょうどいいわ」

光代はコートのボタンを開け、リュックを抱え直した。タイミングを待っていたとばかりに狩野が尋ねる。

「そのリュックってなにが入ってるの」

「そういう質問って誰にでもするんですか」

「たんなる興味だよ。職質でバッグの中を見せてもらうと、びっくりするようなことがときどきあってさ。こないだなんて、世界じゅうを旅してるって若者が小銭と下着くらいしか持ってなかった」

「残念だけど、私のはふつうですよ」

答えるのが少し早かったか。職質という言葉に刺激された自覚がある。考えが読めない狩野の目を見返しながら、「お財布とかハンカチとか」と取り繕う。

「それにしては重そうに見えたけど」

「そうでもないですよ」

「女の人って持ち物多いよね」

光代はひそかに奥歯をかんだ。切り込んできたと思ったら、さらりと引く。主導権を握られているようで落ち着かない。

突然、狩野が体をひねって後ろに手を伸ばしてきた。光代はとっさにリュックを抱え込んだ。はっと顔を上げた光代を、黒いバインダーを手にした狩野がにやにやして待ちかまえていた。鏡越しでなく目が合う。やられた——。

「これを取っただけなんだけど、びっくりさせちゃったかな。そのリュック、ずいぶん大事なんだねえ」

そこで思わず黙り込んでしまったのが、さらなる失敗だった。そのせいで、たとえば思い出の品であるとか、リュックそのものに個人的な価値があるという言い逃れもできなくなった。中身はふつうのものだと、さっき言ってしまっている。

「なにが入ってるの」

あらためて同じ質問をされ、マスクの下で深呼吸をした。吐息が熱く、マスクが湿って気持ち悪い。しっかりしろと自分に言い聞かせた。これまでけっして安穏な人生を歩んではこなかった、ピンチならいくつもくぐり抜けてきたのだ、自分だけの力で。

「実は、お金が入ってるんです」

「お財布って意味じゃないよね。いくら」

言いにくそうにためらうふりをしてから、一千万、と正直に答えた。こんなやりとりを聞きながら、ハンドル操作が少しも乱れない月岡に少し感心した。それだけの余裕がある自分に自信を取り戻す。

「見せてもらっていい？」

狩野が手を差し出した。その指はちょっと珍しいくらい長かった。細くて骨張っているせいもあってか、獲物を捕らえる蜘蛛の脚を想像させる。

逆らわずにリュックを渡すと、狩野は中に手を入れて茶色の紙包みを取り出した。開けるよ、と断ってから紙をめくる。

「確かに金だね。なんの金なの」

「携帯にメールが来たんです。閲覧料金がどうとか賠償金がどうとかで、一千万円を振り込まないと法的措置をとるって」

「典型的なやつだ」

「私、パニックになってしまって、急いで振り込まなくちゃと思って銀行へ向かいました。地元は抵抗があったので、バスに乗って知らないところで降りて。それがあそこだったんです。でもやっぱり踏ん切りがつかなくてぐずぐずしてるうちに、振り込め詐欺のポスターを見かけてはっとしました。これ、振り込め詐欺ですよね。振り込まなくてよかったんですよね」

「もちろん」

光代は胸に手を当てて大きく息をついた。口ぶりからはわからないが、狩野が簡単に信じるとは思えない。うまく演じ続けなくては。

「預金を下ろすとき、銀行でなにも訊かれなかった？」

「箪笥（たんす）預金だったんです」

答えてから、札束に帯が付いていたのを思い出した。

「何年も前、銀行の経営破綻があったころに、心配になってみんな下ろしたもんだから」

「なるほどね。携帯に来たメール、見せてくれる？」

「いやだ、さっき削除しちゃった。すみません、恐ろしくて」

「そっか。まあ、被害がなくてよかったよ」

意外にもあっさりと狩野はリュックを返してきた。ほっと息をつきそうになるが、まだ安心はできない。なにか魂胆があるのかもしれない。

今度はこちらから質問してみた。

「バス停で声をかけてくれたのは、もしかしてこのことを見抜いたからですか」

「まさか、そこまでは。ただずいぶん落ち着きがなかったから、なにかあるかもとは思ったけどね。リュックを気にしてる様子だったし」

そうだったかもしれない。態度に出ていたとはうかつだった。だが、それを聞いて胸のつかえが下りた。そういう理由で目をつけたのなら、いまのやりとりで不審は解消されたはずだ。

「あの、隠しててすみませんでした。そんな見え透いた詐欺にひっかかりかけたなんて、知られたらみっともないと思って」

「そうやって泣き寝入りしちゃう人がけっこういるんだよね。水野さんも、またこういうことがあったら、箪笥を開ける前に交番に来てね。もしくは警察署に電話。みっともないのは騙されるほうじゃなくて騙すほうなんだから」

それはどうかしら、と光代は内心で反論する。欲望や無思慮につけこまれる被害者には、まったく恥じるべきところはないのか。

狩野はやはり警察官だ。正義の側で生きていられる人間には、悪に落ちざるをえなかった人間の気持ちは本当にはわからない。警察が助けるのは、弱い者ではなく正しい者だ。正しくない弱者の必死のあがきは、薄汚い犯罪としか受け取られない。

光代が本当はどちら側の人間なのか、狩野はいまや完全に見誤っているようだった。欺きおおせたのだ。

「水野さん」

「ごめんなさい、少し休ませて。安心したら、どっと疲れが出てきちゃって」

リュックを元どおり腿に載せて抱き、目を閉じた。狩野はもう話しかけてこなかった。

近くまででいいと言ったにもかかわらず、パトカーはアパートの駐車場に片側を乗り入れる恰好で止まった。狩野が車を降り、外から後部座席のドアを開ける。空気は刺すように冷たくなっていたが、それがかえって心地よい。

「お世話になりました」

ほとんどすがすがしい気分で頭を下げた。ところが、光代が提げていたリュックを狩野が横からひょいと取った。

「家まで一緒に行くよ」

「そんな、いいですよ、すぐそこだし」

「遠慮しない。みっちゃん、そのあいだに車回しといて」

狩野が先に歩きだしてしまったので、しかたなくあとを追う。どこかで猫がほえるように鳴いている。

「猫の恋か。俺にも誰かいないかなあ」

「おひとりなんですか」

「バツイチ。でも駐在さんになりたくてさ。それには奥さんがいるほうがいいんだよね」

羨望と嫉妬が胸に兆した。若いころからよく知っている、しかし無視してきた感情だった。なりたいものになれる人間は限られている。

一〇一号室の窓に明かりが見えた。いますぐドアを開け、波瑠斗にただいまと告げたいという誘惑に駆られた。自分がびしょ濡れの雑巾のようにくたびれはてていることに気づく。

思いが通じたかのようにドアが開いた。寒そうに肩をすぼめて出てきた香苗は、光代と狩野を見て顔をこわばらせた。警察官に対して好意的になれない人生を歩んできただろうことは想像がつく。

「道端で具合が悪くなって、おまわりさんが送ってくれたの」

光代が説明するかたわらで、狩野がにこやかに「こんばんは」と告げた。香苗はどうしていいかわからない様子で、上目遣いに狩野を見ながらちょっと頭を下げた。

「具合が悪くなったって、大丈夫なの」

光代に尋ねながらも、ちらちらと狩野を気にしている。

「ちょっと立ちくらみがしただけ」

香苗を早く解放してやりたいのもあって、早々に会話を打ち切った。そそくさと家に引っ込む香苗の爪には、春を先取りしたようなピンクの花が咲いていた。今夜は仕事に出るのだろうか。このごろ休みがちになっているのは、恋人の存在と無関係ではないはずだ。古賀といったか、前に紹介されたころから香苗の家に入り浸っているようで、頻繁に姿を見かける。あの男を、香苗はいつまでやさしい人と言うだろう。

疲労が増した気がした。重い体をどうにか自宅の前まで運び、狩野のほうへ向き直る。

「本当にお世話になりました」

しかし狩野はまだリュックを返そうとせず、代わりに一枚の紙を差し出した。見れば「巡回連絡カード」と記されている。

「ついでだから書いてもらおうと思って持ってきたよ。事件や事故や災害が起きたときに、安否確認や緊急連絡に使うんだ」

そんなことは望んでいないし、個人情報を記せるわけもない。だが拒否するのは不自然かもしれない。

「あとで書いて交番へ持っていきます。今日は疲れてるから」

「じゃあ数日のうちに取りにくるから、それまでにお願いね」

狩野はリュックとカードを持ったまま、光代が鍵を開けるのを待っているようだ。受け取ろうと手を出しかけると、先んじて断った。

「持ってるよ。手がふさがってちゃ開けにくいでしょ」

「そのくらい」

「やっぱり具合がよくなさそうだしさ。家に入るまでちゃんと見届けさせてよ」

マスクの下で唇をかみながら、家の中の様子を思い浮かべた。1Kの小さな部屋だ。入ったところが台所で、奥の部屋との仕切りがあるにはあるが、出かけるときにいちいち閉めはしないため、玄関からほとんどすべて見通せる。冷蔵庫に波瑠斗のくれた絵が貼ってある。押し入れにランドセル、その上の天袋にまずい金。例の脅迫状は、重要な書類をしまった引き出しの底に入れてある。

「どうかした」

大丈夫、なにも問題はないと、自分に言い聞かせた。コートのポケットから鍵を取り出すと、狩野が目ざといところを見せた。

「車、持ってるんだ」

同じキーホルダーに車の鍵もまとめてある。

「あちこちのゴルフ場へ行くには、やっぱりないと不便ですから。街なかや知らないところへ行くときには、電車やバスも使いますけど」

それから、自分の車を見られたくないときにも。

「じゃあ、これね」

光代が家に上がってやっと、狩野はリュックを床に下ろした。礼を言って、差し出された巡回連絡カードを受け取る。水野光代としておとなしく提出するしかなさそうだ。

「水野光代って本名？」

「えっ」

不意打ちだったせいで、戸惑い以上の動揺が声に表れた。しくじりがさらに光代をうろたえさせる。

「どういう意味ですか」

「いやね、光代さんだったら、たいてい『みっちゃん』って呼ばれるでしょ。いまじゃなくても、呼ばれてた時期はあるんじゃないかな。だからみっちゃんって呼びかけが聞こえたら、自然に反応しちゃうと思うんだよね。自分のことじゃないってわかる状況でもさ。でもおばさんは、俺が月岡をみっちゃんって呼んでも無反応だったから、あれっと思ったんだ」

狩野ののんびりした口ぶりとは裏腹に、光代の鼓動は速くなっていった。そんなことで。衝撃にひるみそうになる心をどうにか立て直し、不愉快そうな態度を示す。

「それはあなたがまだ若いからですよ。確かに呼ばれてたこともあったけど、そんなの大昔です。いまさら反応なんかしません。だからって本名かだなんて」

失礼しました、と狩野は首をすくめた。だが信じていないのは明らかだ。どうして、と狩野の腕をつかんで揺さぶりたいくらいだった。狩野が光代に不審を抱いたのは、バス停での挙動が不安げだったからだ。そしてその不審は、振り込め詐欺に騙されかけていたという説明で解消された。そうではなかったのか。

「ところで」

「まだなにか」

演技をするまでもなく、とげのある声が出た。ストレスのせいか下まぶたが痙攣(けいれん)を始めた。しかし狩野は意に介するふうもない。

「おばさんちって仏壇ないの」

「なんですか、いきなり」

「線香のにおいがしないなと思って」

「え?」

「リュックを開けたら線香のにおいがしたんだけど」

一瞬、頭が真っ白になり、はっとしてマスクに手をやった。金だ。滝本の家から盗み出した金は、仏壇の収納にしまわれていた。あの一千万円に線香のにおいが染みついていたに違いない。マスクのせいでわからなかったのだ。

「そんなにおいを発するようなものは入ってなかったし、例の箪笥預金からにおうみたいだったよ」

舌が凍りついたように動かない。動いたところで、どうごまかせば嘘くさくならずにすむだろう。言葉はなに一つ浮かばず、粘ったような汗ばかり出る。

「あとさ、あの金」

考える時間は与えられなかった。

「贋札(にせさつ)だよね」

なにを言われたのかわからなかった。贋札？　いったいなんのことだ。

突っ立っている光代をよそに、狩野がリュックを開けて包みを取り出す。包み紙を開き、百万円の束のまんなかあたりに親指を差し入れて端をめくる。

目を疑った。なにも印刷されていない、紙幣と似た色の、サイズだけは同じ紙がそこにあった。

「ただの紙だから贋札とは言わないか」

狩野がぱらぱらと紙をめくっていく。紙幣は上のほうの二、三枚だけだった。

「何年か前に銀行で下ろした金だって言ってたよね。で、これを振り込むつもりだったんだよね。一千万には足りないね」

全身が粟立ち、奥歯がかちかちと鳴っていた。わけがわからない。だが、自分が取り返しのつかない失敗をしたことはわかる。

「今日おばさんがいたバス停の近くに、ひとり暮らしのおじいちゃんがいるんだけど、ぼけてきて、仏壇の収納に一千万円を隠してるってことをあちこちでしゃべっちゃうんだって。娘さんがどんなに注意してもだめで、しかたがないからこっそり金を持ち出して銀行に預けたんだそうだ。知ったら怒るからって、贋物の札束を元の場所に置いてね。行為の是非はともかく、そういう事情を知った上で気にかけておいてほしいって、娘さんが交番へ頼みにきたんだ。俺は現物を見てないけど、その贋物ってこんなんだろうね」

汗が冷えていくのを、皮膚がビニールにでもなったかのように鈍く感じていた。

「おばさんにもそういうことをする娘がいるの？」

光代を見つめる狩野は、もう笑っていない。

「これは職務質問ですか。こんな形でやっても証拠にならないんじゃ……」

なんとか絞り出した声がかすれて消える。

「ただの世間話だよ。でもここからはちゃんと訊くから、任意で答えてね。この金はあんたのじゃないね？」

ゆっくりと息を吐き、うなずいた。盗んだのかという問いに、そうですと答えた。

やはり老いたのだとあらためて思う。もう少し前なら、まだまだ逃げ道を探して抗っていただろう。たぶん、波瑠斗と親しくなる前なら。家族ごっこが思いのほか楽しくて、逃げるべきときに逃げられなかった、その時点でこうなることは決まっていたのだ。

「話してよ。いまなら自首って扱いにもできるからさ」

「……ちょっとだけ待ってもらえますか」

光代は奥の部屋へ行き、こたつのテーブルをきれいに拭いて、ランドセル売り場でもらったメッセージカードを広げた。あんなに考えたのに、ありふれた言葉しか浮かばなくていやになる。

ペンを置き、押し入れからランドセルの入った紙袋を出した。書いたばかりのメッセージカードを丁寧に添える。

「これを隣に返してください。さっき会った香苗さんが買ったのを、子どもを驚かせたいからって私が預かってたんです」

聞き入れてもらえるかどうかは賭けだった。分が悪いと覚悟はしていたが、この型破りな警官ならと、かすかな望みを感じてもいた。

ランドセルを背負った波瑠斗を想像する。やわらかな光に包まれて笑っている。心に浮かんだのは、やっぱりありふれた言葉だった。

ハルくん、入学おめでとう――。

＊

桜の川が足もとをさらさらと流れていく。

それに気を取られて、耳が留守になってしまった。

「悪い、なんだって」

「小島多恵子（こじまたえこ）はゆすられていたと言ったんだ」

報道でしょっちゅう目にする名前を、狩野は漢字で思い浮かべた。水野光代の本名だという。

窃盗を認めて自首した多恵子は、高齢男性をターゲットにした詐欺についても告白し、警察の面々を驚かせた。水野光代は多くの偽名のうちの一つであり、日本各地を転々としては、そのたびに別の人間になって生きてきた。犯罪と縁の切れない人生だったが、とりわけマスコミによって「老老詐欺」として取り上げられた一連の行為は、スキャンダラスな興味も手伝って、一ヵ月以上がたったいまでも世間の注目を集めている。そのなかには立件可能な案件も多数含まれていた。なぜ自分の不利益になる告白をしたのかという捜査員の問いに、多恵子は「もう疲れた」と答えたという。

「多恵子がゆすられてたことまで、おまえは察してたのか？」

スマートフォンから聞こえてくる葉桜(はざくら)の声は不機嫌そうだ。神奈川県警捜査一課の元同僚は、いつも不機嫌そうな声で話す。すばらしい手柄を立てたときでも、愛娘(まなむすめ)の誕生日を祝うときでも。

葉桜は多恵子を自首させたのが狩野だと知り、管轄外の事件であるにもかかわらず、その後の捜査で判明したことをわかる範囲で教えるといって、私的に電話をかけてきたのだった。刑事に戻れ——最終的にすっかり聞き飽きた言葉を伝えるために。

「まさか」

狩野は笑って否定した。事実、そこまではっきり予想していたわけではない。ただ、多恵子は本来、場当たり的に盗みをやるタイプではないから、なにかあるだろうとは思っていた。

「勘は衰えてないな」

語らなかった言葉を、葉桜は聞き取ったようだ。いつもの台詞(せりふ)を持ち出される前に、狩野は急いで尋ねた。

「で、ゆすりってのは？」

「まだあの件を引きずってるのか」

ちょうど声が重なり二人とも黙って相手の答えを待った。数秒の根比べののち、先に折れたのは葉桜のほうだった。

「多恵子の部屋から脅迫状が見つかった。詐欺のことをばらされたくなければ一千万よこせという内容だ。郵送でなく多恵子の家にじかに届けられたもので、差出人の名前はなし。梶朱美と寺崎希がよこしたものだと、多恵子は考えていたらしい」

詐欺グループのメンバーだった二人は、金を持って行方をくらましていたが、すでに逮捕されている。

「実際は誰だったと思う」

さあ、と狩野ははぐらかした。葉桜はため息をついたが、予想していたのか、無理に答えさせようとはしなかった。

「松野香苗と古賀伸也。松野は隣の住人で、古賀はその男だ」

多恵子を自首させた夜、家の前で会った女を思い出す。あのうろたえぶりは、たんに警察が苦手だというだけには見えなかった。平静を装うには、度胸も人生経験も足りていなかった。こまめに染めているらしい髪から、強い煙草のにおいが漂っていた。

多恵子の家に入ってみて、アパートの壁が驚くほど薄いことに気づいた。反対隣の一〇三号室から、水音とテレビの音が聞こえていたからだ。しかし多恵子は気にする様子もなく、やや大きいと感じられる声もそのままに会話を続けた。老化で耳が遠くなっていることに加え、老人同士で会話をすることが多いため自覚がなかったのだろう。一方、一〇一号室は人がいるはずなのに妙に静まりかえっていた。息を殺して聞き耳を立てていたに違いない。

「多恵子の生活はすべて、薄い壁を通して隣に筒抜けだった。つまり電話で仲間と話した内容もすっかり聞かれていた。古賀と香苗は、多恵子が一千万という金額を口にするのを聞いて、日ごろからそのくらいの額を動かしていると思い込み、それなら支払う気になると踏んだらしい。朱美と希が逃げたことを知って、その状況なら疑いは彼らに向き、かつ信憑性が出るという計算もあったんだろう。主犯はおそらく古賀だが、本人は香苗がひとりでやったことで自分はなにも知らなかったと否認している」

「多恵子にそのことは」

「伝えたが、特に反応はなかったそうだ。ただ、多恵子は若いころ男にそそのかされて横領事件を起こしてる。捕まったのは多恵子だけだ」

多恵子は香苗に過去の自分を重ねただろうか。

「ところで、梶朱美が黙秘を続けていて取調官が手こずってる」

「へえ」

「おまえなら落とせる」

葉桜の声に力がこもった。狩野はへらっと笑ってかわした。

「俺とおしゃべりしてる暇があったら、奥さんにつきあってやんなよ。デザートブッフェ、ずっと逃げてるんだろ」

葉桜はそれ以上は言わなかった。

電話を切って辺りを見回す。一緒にパトロールに出てきた月岡は、少し離れたところで外国人に道案内をしているところだった。身振りでそうとわかるが、話している言語はさっぱりわからない。

「なに語？」

「ドイツ語です」

小走りで戻ってきた月岡は、誇る様子もなく短く答える。

狩野は軽く足を振り、靴の先にひっかかった花びらを落とした。

「行こうか」

今日は徒歩で近場を回るつもりだ。桜は盛りを過ぎたが、それでも春の小京都を訪れる人は多い。

歩きだした二人の横を、小学生の一群が走り抜けていった。入学したばかりの一年生だろうか、黄色いカバーのかかったランドセルがやけに大きい。日差しを浴びた背中が輝いているように見えた。

「みっちゃん、どっかで和菓子でも買おうよ。詳しいでしょ」

月岡の実家はたしか老舗(しにせ)の和菓子屋だ。

「勤務中ですけど」

「堅いこと言わない。入学おめでとうってことでさ」

輝く背中がぐんぐん遠ざかっていく。どこへでも飛んでいけそうだった。

階段室の女王

増田忠則

1968年、神奈川県生まれ。関東学院大学卒業。2013年、「マグノリア通り、曇り」で第35回小説推理新人賞受賞の栄に浴す。主人公の行政書士が、飛び降り自殺をしようとしていた男を無責任に囃し立てた報いを受ける同受賞作は、「『もし自分だったらどうするか？』と、本気で考えた。その筆力に感心した」（笹本稜平）、「特に優れているのは、犯人の悪意の見せ方。結末に向かってどんどん悪意が深まっていく」（近藤史恵）などと選考委員一同を唸らせた。2017年刊行のデビュー短編集『三つの悪夢と階段室の女王』のために書き下ろされた本作は、日常生活の場である18階建ての自宅マンションがあたかもホラーハウスめいてヒロインを恐怖に突き落とす。いけ好かない隣人女性が階段の踊り場で倒れているのを発見した「私」は、見て見ぬふりでやり過ごそうとしたのだったが……。現代人、とりわけ都会人のエゴイズムを暴き立てる著者の筆は、新人離れした冴えを見せる。（K）

踊り場に女が倒れている。

1Fに向かう足をとめ、私はぼんやりと見下ろした。

8Fと7Fの間の踊り場だ。手足を投げ出し、あおむけに横たわっている。

私はUKパンクをとめ、耳からイヤホンを引き抜いた。このまま降りていくと、女の横を通り抜けることになる。もしかすると死んでいるかもしれないし、足を進める気になれなかった。

重い防火扉をあけ、8Fの内廊下に出る。窓のない階段室にいたせいか、ほのかなダウンライトが、やけに明るく感じられる。

人の姿を探した。女が倒れていることを伝えて、救急車を呼んでもらうのだ。しかし平日のこの時間、勤め人や学生は出払っている。大型マンションといえども、在宅中の住人は少ない。長い廊下はひっそりと静まり返って、同じ色のドアが並んでいるだけだった。

どこかの部屋のインターホンを押してみようか。だが、どう切り出せばいいのだろう。踊り場に女が倒れていると言っても、まともに取り合ってもらえないのではないか。死んでいるかもしれない、などと言おうものなら、気味悪がって、ドアをあけてくれないだろう。

　悪くすると、私が不審者だと思われてしまう。れっきとした入居者だし、やましいことなどひとつもないが、この階の住人が私の顔を知っているとは限らない。ときどき部外者がうろついているという噂もあり、12Fの野口と名乗っても、それだけでは信用してもらえないかもしれない。

　そもそも人が倒れているのを発見したなら、どうして自分で救急車を呼ばないのだと言われるだろう。年端のいかない小娘ならともかく、私もいい歳をした大人なのだ。無職とはいえ、自分の携帯くらい持っている。

　要するに、私は誰かに押しつけてしまいたいのだ。これまで一度も救急車を呼んだ経験がないし、いざ呼ぶとなると気が重い。電話を一本かけるだけに過ぎないが、誰かが肩代わりしてくれるなら、それに越したことはない。第一、見ず知らずの他人のために、どうして私がそんな厄介事を引き受けなくてはならないのか。ひとことで言えば、面倒くさい。

　とはいえ、誰かに電話してもらうのも大仕事だ。運よく、私がマンションの住人であることを信じてもらえたとしても、普通ならエレベーターを使うはずの12Fの住人が、なぜ階段を降りていたのか、その点に疑問を持たれるかもしれない。わざわざ人に話すようなことではなかったが、尋ねられたら答えないわけにいかない。

　絶望的だった。自分で電話するのはおっくうだが、誰かに電話してもらうのも骨が折れる。救急車を呼ぼうと思ったら、どっちみち煩わしい思いをしなくてはならないのだ。女を見つけてしまった不運に、無性に腹が立ってくる。

　しかしすぐに気づいた。どうしてもその気になれないなら、無理に救急車を呼ぶ必要はない。踊り場に女が倒れていることは、私ひとりしか知らないのだ。このまま立ち去ってしまっても、誰にも咎められることはない。

　何も見なかったことにして、防火扉をあとにする。そそくさと廊下を進んだ。さすがに女の横を通り抜けるのは気が引けるので、エレベーターで1Fに降りることにする。

　ふと足をとめた。なけなしの良心が頭をもたげたのだ。女は身動きしていなかったが、もしかするとまだ息があり、いますぐ救急車を呼べば、命を取りとめるかもしれない。見て見ぬふりを決め込んだら、私が見殺しにしたことにならないか。

　もっと下の階なら、たまたま住人が通りかかることもある。私が何もしなくても、そのうち誰かが女を発見するだろう。しかし7Fや8Fの住人は、まず間違いなくエレベーターを使う。踊り場に倒れている女が、今日中に発見される可能性はゼロに近い。次に発見されたときには、すでに手遅れになっているということも考えられる。

私は踵を返した。もし女が死んでいるなら、このまま置き去りにして問題ない。だが私のせいで命を落としたとなると、のちのち寝覚めが悪いだろう。一応、生死を確認しておいた方がいい。

扉の前に着いた。あいかわらず廊下にひとけはない。誰にも見られることなく、再び足を踏み入れた。

降り口に立って下をのぞく。ぐったりと横たわる女の胸に目をこらした。わずかでも上下に動いていれば生きている。しかし踊り場の蛍光灯はうす暗く、なかなか確信を持つことができなかった。

もっと近くに行く必要がある。おそるおそる階段を降りた。死んでいたらイヤだが、急に目を覚まされるのも怖い。

女は頭をこちらにして、爪先をむこうに向けていた。おそらく階段を降りているときに足を滑らせたのだろう。うしろに引っくり返って頭を打ち、ずるずると滑り落ちていったのだ。ミニのスリップドレスがずりあがり、太股が露わになっている。

何段か上で足をとめ、そっと女をのぞきこむ。そして私は、思いがけないものを見た。煩わしさが先に立って、うかつにも今まで気づかなかったが、そこに倒れているのは知人だった。

私と同じ、12Fの住人だ。名前は何といっただろう。うちの並びに住んでいる、銀行員の一人娘だ。ときどき廊下ですれちがったり、エレベーターに乗り合わせたりする。

私より三つか四つ年下だ。うちの母はこの子の母親と話すらしく、ネイルアートの勉強をしていると聞いた。髪を明るい色に染め、いつもキラキラした、ギャル系のいでたちをしているが、私はこの子が嫌いだった。

廊下で会っても挨拶ひとつしない。私を見ると、あからさまにそっぽを向く。誰に対してもそうなのかと思ったが、12Fのほかの住人とは、愛想よく言葉を交わしていた。数年前に越してきたときから、この子は私を馬鹿にしている。

たぶん私がおばさんくさい、野暮ったい身なりをしているからだろう。この子のように、自分を可愛く見せることに命をかけている連中からすると、同じ女として許せないのかもしれない。たしかに私はおしゃれに気を遣っているとは言えないし、どうせ近所をうろつくだけなので、外出時にも、ろくに化粧をしていない。しかし私がどんなにダサダサのダメ女だろうと、この子に迷惑をかけることはないはずだ。きっと私を見下すことで、自分の可愛さを再確認しているのだろう。

ネイルアートの勉強をしているというが、それも怪しいものだと思う。一体どんなスクールに通っているのか、いつもちゃらちゃらした格好をして、遊びに行くところにしか見えなかった。おおかた学生であることを口実に、ふらふら遊び回っているのだろう。

　ふっと苦笑を洩らす。定職にもつかず、毎日ぶらぶら遊んでいるのは、私自身も同じだった。せっかく大学まで出してもらったのに、どんな会社にも馴染めそうになくて、あまり身を入れて就職活動をしなかった。結局、卒業してから一年以上、ずっと家でごろごろしている。もう馴れてしまったのか、父も母も、早く仕事を見つけて独立しろとは言わない。そのかわり母は、せめて合コンに行けとうるさかった。

　私は踊り場に降り、女の鼻の前に手をかざした。あるかないかの、かすかな呼気が指に当たる。どうやら死んではいないらしい。出血や大きなケガは見当たらないので、たぶん脳震盪(のうしんとう)を起こしただけだろう。

　女が生きていることはわかったが、私は救急車を呼ぶ気になれなかった。明らかに自分を嫌っている相手を、進んで助けてやろうとは思わない。ただ眠っているようにしか見えないし、そのうち勝手に目を覚ますのではないだろうか。

　呆れながら眺めた。今日もどこかに遊びに行くところだったらしく、蝶のプリントのスリップドレスに、黒いレースのカーディガンを纏(まと)っている。自称ネイリストだけあって、金色の爪には、無数のラインストーンがちりばめられていた。倒れた拍子に脱げたのか、厚底のサンダルが床に転がり、放り出されたブランドバッグから、メイク道具がこぼれている。

ふと疑問に思う。女はなぜ階段を降りていたのだろう。私よりはるかに細くて、足腰に自信がありそうに見えないが、なぜエレベーターを使わなかったのか。まさか、私と同じ理由ではないだろう。

レンタル屋に映画のソフトを返しに行くため、私が自分の家を出ると、エレベーターの前に小島のばばあが立っていた。12Fの住人の中で、最も近づきたくない人物だ。詮索好きで、人の顔を見るたび、あれやこれやと聞きほじる。毎回毎回、いい勤め先が見つかったかと訊かれるのにも閉口していたが、私に彼氏ができたかどうかなど、いちいち報告する義務はなかった。愛用のエコバッグを手にしているところを見ると、近所のスーパーにでも行くのだろう。私は口をききたくなかったので、ばばあがこちらに気づく前に、廊下の途中にある階段室に滑り込んだ。

ひょっとして女も天敵に出くわしたのか。それで階段室に逃げ込んだなら、個人的に大いに共感を覚えるが、そんなしおらしい性格とも思えない。ダイエットがてら階段を使っただけか。

それにしても、一体いつからこうしているのだろう。私が家を出たのは二時ごろだが、女が一般の学生のように、朝のうちに家を出たのなら、もうずいぶん長いこと、ここで寝ていることになる。いいかげん意識を取り戻してもいいのではないか。

考えどころだった。女はこのあと目を覚ますのか、それともすでに手遅れか。まだ助かる見込みがあるなら救急車を呼ばないでもないが、医者でない私に、正確な診断は下せない。ただはっきりしているのは、仮にこのまま死んでしまっても、この女なら、それほどうしろめたくないということだ。

私は踊り場に背を向けた。8Fに戻って、エレベーターで1Fに降りることにする。やはり、それが一番てっとり早い。

階段を昇っているとき、ふと視線を感じた。目を覚ましたのかと思ってぎょっとする。しかし気のせいだったらしく、女の様子に変化はない。

あらためて目を向けて、私は奇妙なことに気づいた。サンダルは左右とも脱げ落ちているが、どちらも女の体の右側――しかも、投げ出された腕のこちら側に落ちている。脱げたときに床で弾んだとしても、そこまで飛ぶとは考えづらい。そもそもストラップが締まっていたら、そうそう脱げてしまうものではないだろう。

まるで自分でサンダルを脱ぎ、それを右手に持っていたかのようだ。女は寝坊でもしたのだろうか。急いで階段を降りねばならず、足手まといになる厚底のサンダルを脱いだのか。

しかしそれはありえない。裸足になれば足が汚れてしまうし、これからお出かけだというのに、おしゃれなこの子がそんな無謀な真似をするはずがない。もし自分で脱いだとしたら、そこまでせずにいられないような、切羽詰まった状況に追い込まれていたのだ。たとえば、誰かに追われていたとか――

私は想像をめぐらせた。女が家にいるとき、いきなり殺人鬼が押し入ってきたとする。家族が襲われている間に脱出し、助けを求めて声を上げるが、長い廊下にひとけはない。隣家のインターホンに手を伸ばすが、ぐずぐずしていたら殺人鬼が追ってくるかもしれない。とにかく逃げようとしてエレベーターに向かうが、エレベーターの到着を待っていたのでは、その間に追いつかれる。途方に暮れたとき、廊下の途中にあるドアが目にとまって、夢中で階段室に飛び込む――

脱出する際にサンダルを持ち出したと考えれば、説明がつく。逃げ切ってから履こうと思ったのだ。しかし命の危険にさらされているときに、そんな余裕があるだろうか。着の身着のまま逃げ出すのが普通だろう。女が襲われたのは、在宅中ではなかったのか。サンダルを履いて家を出たあと、廊下で殺人鬼と遭遇したのか――

そのとき頭上で音がした。小さな音だったが、想像にふけっていた私は息を呑む。ドアのノブが回る音だった。上の方の階で、誰かが階段室に入ってきたのだ。

手すりの隙間を見上げる。最上階の18Fらしい。廊下から光が差し込んで、暗い天井がうっすらと明るんだ。反響を残してドアが閉まる。

足音が階段を降りてきた。私は踊り場と8Fの間で耳をこらす。もしここまで降りてくるようなら、その前に廊下に出てしまわなくてはならない。

革靴のような硬い足音ではなかったので、たぶんスニーカーだろう。私の頭上を通り過ぎ、踊り場で向きを変えて、さらに下に降りてくる。私は音を立てないように気をつけながら、そろそろと昇りはじめた。

再びノブの回る音がした。軋みを上げてドアが閉まると、すでに足音はやんでいる。最上階で階段室に入ってきた人物は、ひとつ下の階に降り、するりと廊下に出ていった。

私はほっと息をつく。女が追われているところを想像していたので、殺人鬼が階段を降りてきたような錯覚に囚われた。ひとり苦笑しながら、肩に入った力を抜く。きっと今の足音は18Ｆの住人だろう。ひとつ下の階に用があり、階段を使って移動したのだ。一階下に降りるだけなら、わざわざエレベーターを待つまでもない。

私はこれまで、階段を使うのは低層階の住人だけだと思っていた。しかし高層階の住人でも、すぐ下の階に知り合いがいれば、日常的に階段で行き来しているだろう。私は別の町で生まれ、子供時代をこのマンションで過ごしていないので、家を訪ねるほど親しい知人がいない。ほかの階に行くことなど、考えたこともなかった。

18Ｆの住人がそうしているということは、この階の住人も階段を使うかもしれない。ぼやぼやしていたら、また誰か入ってきてしまう。急いで出た方がよさそうだ。

残りの階段を昇って、８Ｆのドアの前に立った。最後にもう一度、踊り場の女を振り返る。いまの足音で目を覚ましたかと思ったが、依然として意識がない。せいぜい早く発見されるよう、同じ階に住むよしみで祈ってやる。

我ながらちょっと驚く。私は自分で思っている以上に、この女を憎んでいたのかもしれない。そうでなければもう少し、良心の呵責を感じてもいいはずだ。ずっと引っかかっていたことがある。一年ほど前の出来事だ。近所のコンビニに行こうとした私は、12Fの廊下で女と行き合った。女は友達を連れていた。同じようなりをした、暑苦しいメイクの女だった。

私と女は、いつものように無言ですれちがった。しかし次の瞬間、女が友達に何か囁き、ちらっと振り返って笑いを洩らした。おそらく私のことを、モサいやつ、とでも言って笑ったのだ。

私は女の悪口を言ったことがないし、敵対的な態度を取ったこともない。罵言をぶつけられる理由はないはずだった。だからそのときは、思い過ごしだと思って気にしないことにしたのだが、自分をごまかしても仕方ない。女は私を笑ったのだ。そして自分が笑ったことを、私に気づかれてもいいと思ったのだ。かげで笑うならともかく、あからさまに侮辱したのだ。

私は別にいじめられっ子ではなかったが、中高生のころには、同級生にそんないやがらせをされたこともある。でもこの歳になって、いくつも年下の——しかも、ろくに学校も出ていないような小娘に、嘲笑を浴びせられるのは心外だった。いまさら復讐してやろうなどと思わないし、こんなバカ女に愚弄されるのも、もとを正せば自分自身のいいかげんな生き方のせいにほかならないが、私は心の奥底で、ずっと女を恨んでいたのだ。

こんな小娘、死んでしまえばいい。そう思っていることを自覚する。女の身に何が起きたか知らないが、自業自得という言葉しか浮かばない。

私はドアに手をかけた。無造作にあけてしまいそうになって、すんでのところで思いとどまる。私がここにいたことは、誰にも知られてはいけないのだ。

さっきは何も考えずに廊下をうろうろしてしまったが、もう軽率な真似はできない。ドアに耳を近づけて様子をうかがう。足音や話し声が聞こえないのを確認してから、そっとノブを引く。

足を踏み出そうとしてハッとした。体を階段室に引き戻し、あけたばかりのドアを閉める。重大な事実を思い出したのだ。

私はさっき、エレベーターの前に小島のばばあが立っているのを見て、慌てて階段室に飛び込んだ。ばばあは横を向いていたし、およそ二十メートルの距離を隔てて、私のちょこまかした動きに気づいたとは思えないが、もしかすると視界のすみで、一部始終を見ていたかもしれない。

もし目撃されていたとすると、あとで女が誰かに発見されたとき、それより前に階段を通ったはずの私が、誰にも知らせなかったことがばれてしまう。ばばあにばれるだけならいいが、噂好きのばばあのことだ。きっと誰彼かまわず話すだろう。私が見て見ぬふりをしたと、マンションじゅうに知られてしまう。

情けない気分になった。やはり救急車を呼ぶしかないのか。女を助けないと決めたばかりなのに、さっそく意志を曲げなくてはならないのか。

もし私が救急車を呼んで、それで命を取りとめたら、女はお礼を言いに来るだろう。病院に運び込まれて、何日か入院することになるのかもしれないが、そのあと両親に連れられて、うちに訪ねてくるだろう。そして手土産を差し出して、あなたのおかげで助かりましたと頭を下げる。

女は私を馬鹿にしている。それでもお礼の言葉を述べるときには、形ばかりの笑顔を浮かべるのか。それとも本当は感謝などしていないことを示すように、仏頂面のまま頭を下げるのか。女がどんな態度を見せたとしても、私ははらわたが煮えくり返るだろう。

助けてなどやるものか。女のためには、絶対に救急車を呼んだりしない。ばばあのことは気になるが、きっと私が取り越し苦労をしているだけで、ばばあは私を見ていない。もし見ていたとしても一瞬のことだし、それが私かどうかまでわからなかったはずだ。

そのとき頭上で音がした。私は身を固くする。上の方の階で、また誰かが入ってきたのだ。すたすたと階段を降りてくる。さっきと同じ、スニーカーの足音だ。やがてドアのひらく音がして、何事もなかったように静まり返る。

どうやら同一人物らしい。歩調からすると、たぶん若い男だろう。さっき最上階から入ってきて、ひとつ下の17Fで出ていった。17Fで用が済んだら、階段を昇って18Fに戻っていきそうなものだが、今度もひとつ下の階に降りてきた。16Fにも知り合いがいるのだろうか。

だが、それどころではない。私は決断を下さなくてはならなかった。のちのち面倒なことにならないように、女を助けるという、耐えがたい屈辱を受け入れるか。それともマンション内で悪評が立つのを覚悟して、あくまで自分の意志を貫くか。

思いがけず、いまの足音がヒントをくれた。もしばばあに目撃され、階段室に入ったことを知られていても、女を見殺しにしたという非難を免れる方法がある。私は18Fに行こうとしたのではなく、ひとつ下の11Fに降りただけということにするのだ。8Fまで来ていなければ、当然女を発見することもない。

私は階段を引き返すことにした。11Fで廊下に出て、そこからエレベーターで1Fに降りる。11Fにいたという既成事実を作るのだ。あえてそこまでする必要はないかもしれないが、実際に11Fに行っておけば、あとでばばあに訊かれたとき、胸を張って答えることができる。

とはいうものの、11Fまで昇るのは骨が折れる。この際エレベーターを使ってしまおうか。しかし途中の階で乗ってくる人がいたら、私が別の階にいたことを知られてしまう。たとえ乗ってくる人がいなくても、エレベーター内の防犯カメラに写ってしまう。

しかたなく階段を昇りはじめた。あらためて女を呪ってやりたくなる。こんな大変な思いをするのも、すべてあのバカ女のせいなのだ。

しかし考えてみると、私には11Fに行く理由がなかった。そこに知り合いが住んでいるわけでも、居住者用の共用施設があるわけでもない。何をしに行ったのだと訊かれたら、どうにも答えようがなかった。

まあいい。先は長いし、階段を昇りながら考えよう。ちょっと好奇心を起こして、別の階をのぞいてみたことにしてもいい。

日頃の運動不足がたたって、一階分の階段を昇るだけで息が切れた。壁にもたれて一休みする。再び昇りはじめる気力を振り絞っていると、ふいに笑いが込み上げた。こんな苦労をするくらいなら、救急車を呼んだ方がどれほど楽かわからない。肉体的な苦痛と比べものにならないほど、私は女を憎んでいるのか。

突然、あることに気づいて愕然とする。もし女が死んだら、私が階段から突き落としたと思われないか。このあと女が意識を取り戻して、自分の不注意で足を滑らせたと説明してくれればいい。でももし、このまま何も言わずに死んでしまったら、私が女を殺そうとして、うしろから突き飛ばしたと思われないか。もしかすると私は、小島のばばあに階段室に入るところを見られている。女を見殺しにしただけでなく、自ら手を下したと思われないか。

ばばあは警察に話すだろう。そうしたら私は、殺人の容疑者として取り調べを受けることになる。女が何時に家を出たのかわからないが、もし私と同じ二時ごろだったら、廊下で女を見かけた私が、女のあとを追って階段室に入ったと思われる。私が正直に、ばばあを避けるために階段室に入ったと打ち明けても、はたして警察が信じてくれるか。ばばあは自分が嫌われているとは夢にも思わないだろうし、警察に尋ねられたら、私が作り話をしていると答えるだろう。

私には女を殺す動機がない。しかし今の世の中、理由もなしに人を殺すやつなど珍しくない。私は将来に何の見込みもないニートだし、鬱憤晴らしに女を突き落としたと思われる。どうせ警察の連中も、私と女を見比べて、今風で可愛い女の子に、パッとしないブスが反感を抱いたと決めつけるのだ。

やはり救急車を呼ぶべきだろうか。人殺しの疑いをかけられるくらいなら、どんなに不本意でも、電話を一本かける方がマシだ。いまなら女も命を取りとめて、私に突き飛ばされたのではないと証言してくれるかもしれない。

だが私が女を見つけてから、けっこう時間が経っている。いまだに意識を取り戻していないということは、すでに手遅れかもしれない。どうせ死んでしまうなら、私が救急車を呼ぶのは得策だろうか。警察は第一発見者を真っ先に疑うというではないか。

どうしたらいいかわからないまま、惰性で階段を昇りつづけた。11Fに着くころには、何か妙案が浮かぶだろうか。なんだか何もかも面倒くさくなってきて、いっそうちに帰ってしまいたい。

どのくらい昇っただろう。階段の途中で足をとめる。再び頭上でドアがひらいたのだ。スニーカーの足音が一定のリズムを刻む。さっき17Fから16Fに降りてきたが、さらに下に降りてくる。

一体何者だろう。管理人の巡回か、それとも何かの点検か。このまま1Fまで、すべての階を見て回るつもりか。

私は息をひそめて足音を追った。おそらく今度もひとつ下の階に降りるだけだろう。しかしさっきよりだいぶ近い。足音が下に降りてきて、私が何階か上にあがったからだ。いま音を立てたら、たちまち気づかれてしまうだろう。

足音が一階分の階段を降りた。ドアのひらく、かちゃという音がした。やはり15Fで出ていくらしい。私は緊張を解いて、昇りかけの階段を昇りはじめようとした。

突然、甲高い音が耳を打った。思わず声を上げそうになる。肩にかけたバッグの中で、私の携帯が鳴ったのだ。急いで取り出すが、着メロはコンクリートの壁に反響して、思いのほか大きく響いた。あたふたと切る。

息をつめて、階上の気配をうかがった。着メロは15Fまで届いただろう。ドアの閉まる音を聞いていないので、足音の主はまだ階段室にいる。ノブに手をかけたまま、聞き耳を立てているのかもしれない。

スニーカーの足音が響き渡った。さっきまでの歩調から一変して、一気に階段を駆け下りる。ここに来るつもりなのだ。

私は恐慌に陥った。つんのめるようにして階段を昇る。すでに直下の踊り場まで来ていたので、11Fは目前だ。頭上に轟く足音に戦き(おのの)ながら、ドアに取りつき、まろび出る。

いまにも追いつかれそうな恐怖に駆られて、夢中で走った。エレベーターに辿り着き、叩くようにボタンを押す。あえぎながら振り返ると、長い廊下は無人だった。

男はまだ階段を降りているのか。ドアが閉まっていると足音は聞こえず、どのくらい迫っているかわからない。エレベーターは四基あるものの、この時間帯は二基しか稼働していない。しかも一基は整備中だ。じりじりしながら到着を待った。すぐにも男が飛び出してきそうで、気が気ではない。

私が11Fにいると気づいているだろうか。着メロを聞いただけで正確な階数がわかったとは思えないが、注意深い人物なら、私がドアをあけたとき、廊下から差し込む光を見ていただろう。

ようやくエレベーターがひらいた。そのとき階段の方で音がした。ノブが回り、軋みとともにドアがひらく。私はエレベーターに飛び込み、「閉」のボタンを押した。

足音が11Fに入ってきた。間一髪だった。ほぼ真横から見ることになるので、エレベーターの扉が閉まるところは、おそらく男の目に入っていない。私の安堵を乗せて、箱はゆるやかに下降する。

考えてみれば、私が逃げる必要はなかったのだ。階段室にいるところを人に見られたくないとは思っていたが、すでに11Fに着いていたのだし、そこで追いつかれる分には問題なかった。もし男に尋ねられたら、いま12Fから降りてきたところだと答えればよかったのだ。しかし荒々しい足音に、身の隠しようのない閉鎖空間で追いかけられたら、恐ろしくなって、つい逃げ出してしまう。

たぶん男は誰かを捜しているのだろう。私の携帯の音を聞いて、そこにその人物がいると思ったのだ。あれだけ必死に追ってくるところを見ると、よほど深い事情があるのだろう。

私は当然疑う。男が捜している相手とは、踊り場のあの女ではないだろうか。裸足になってまで階段を駆け下りていたようだし、男に追われていたとすると辻褄が合う。

何かトラブルがあったのだ。ふたりがどういう関係かわからないが、痴話げんかなら、他人が首を突っ込まない方がいい。やはり、救急車を呼んだりしなくて正解だった。

エレベーターが1Fに着いた。フロアに出て、扉が閉まるのを見守る。もし男が私を追ってくるつもりなら、すでに▽ボタンを押しているはずだ。しかし階数表示は動かない。まだ11Fで私を捜しているのだろう。

マンションの出口に向かう。いろいろあったので、家を出てからずいぶん時間が経ったような気がする。とんだ災難だった。

けたたましい音に飛び上がる。また着メロが鳴ったのだ。足をとめて携帯を取り出す。母からだった。

「あ、まさみ？　さっき電話したんだけど」

「ごめん」

「いま、うち？」

「ううん。ちょっと出た」

「どこ行くの。すぐ帰るんでしょ？」

「レンタル屋に行くだけ」

「お米、忘れないでよ」

「え？」

「今朝頼んだでしょ？　お母さん、ちょっと遅くなるから、ごはん炊いといてって」

「ああ……」

「忘れてたでしょ」

「忘れてないよ」

「そんなこと言って、こないだは忘れたじゃない。人の話、うわの空で聞いてんだから」

小言が始まった。相槌を打ちながら、適当に聞き流す。

「頼んだわよ。ずっとうちにいるんだから、言われたことくらい、ちゃんとやってね」

電話が切れた。ため息をついてバッグにしまう。再び歩き出そうとしたときだった。

「ねえ、あんた」

心臓が止まりそうになる。低い、ぶっきらぼうな声だった。

うしろに若い男が立っている。私が電話で話している間に、上の階から降りてきたのだ。肩のむこうで、エレベーターの扉が閉まる。

「ちょっと訊きたいんだけど」

がっしりした体格の、短髪の男だった。眉骨が高く、目つきが鋭い。片耳にピアスが光った。黒いTシャツを着て、カーゴパンツを穿いている。靴はスニーカーだった。

「あんた、このマンションの人？」

「そう……ですけど」

「いま、11階にいたろ」

言葉につまる。あの足音の男だ。逃げ切ったつもりでいたが、11Fで私を捜したあと、エレベーターが1Fに降りていることに気づいたのだ。

「11階から降りてきたんだろ？」

反射的に否定する。

「いえ」

男は疑わしそうに見下ろした。慌てて言う。

「私、いま外から帰ってきたところだから」

「ほんとか」

「あの……もういいですか」

男の横をすりぬける。帰ってきたところだと言ってしまったので、やむなくエレベーターに引き返す。

「ちょっと待てよ」

男を無視してボタンを押した。しかしエレベーターはひらかない。上で誰かが呼んだのだ。階数のランプが上がっていく。

男が背後に立った。

「誰かとすれちがわなかったか」

びくびくしながら振り返る。動揺が顔に出ていたはずだが、男は私の感情になど、はなから興味がないようだった。

「エレベーターで降りてきたやつがいるだろ」

「え？」

「いま帰ってきたんなら、そいつとすれちがったはずだ」

「ええ……」

「すれちがったのか」

「ええ」

「どんなやつだ」

「私、電話してたから」

「女か」

「さあ……」

「そのくらい見てるだろ。女だったのか」

「ええ、たぶん」

「女だったんだな？」

男は出口に目をやった。女を追うかどうか迷っているらしい。私はランプを見た。エレベーターは10Fにいて、さらに上にあがっていく。

男が私に目を戻した。

「あんた、何階の人？」

「は？」

「何階に住んでるのか訊いてんだよ」

なぜそんなことを教えなくてはならないのか。言い渋っていると、男は苛立ちをのぞかせた。自分には、知る権利があると思っているらしい。

「あんたんちに乗り込もうってわけじゃねえ。いいから教えろ」

しかたなく答える。むろん、本当のことを言いはしない。

「5階ですけど……」

特に疑いを抱かなかったようだ。男は話を進める。

「5階に、坂井って家あるか」

「坂井？」

なんだか聞き覚えのある名前だ。

「どうなんだよ」

「さあ……」

男の、狷介そうな顔が歪む。

「自分の住んでる階だろ？」

「でも、たくさん家があるし」

「おんなじ階に住んでるなら、名前くらい知ってるだろ」

「あんまり近所の人とつきあいがなくて」

「あんたは知らないんだな？」

「え、ええ」

男は舌打ちした。

「だったら最初からそう言えよ」

忌々しそうに睨みつける。しかし私を怯えさせても仕方ないと思ったのか、息をついて怒りを鎮めた。

「坂井ともかって女、知らねえか」

「坂井ともか……」

ふと思い当たる。坂井ともか。それはあいつの名前だ。踊り場に倒れているバカ女

——


いつだったか、うちの母が言っていた。女の母親と廊下で立ち話したらしい。あそこんちのともかちゃん、このごろ夜遊びがひどいらしいわよ。いつも夜中に帰ってくるんだけど、タクシー代を誰に払わせてるんだかわからないって、坂井さん、心配してたわ。

私はあらためて男を見た。この男が捜しているのは、やはりあの女だったのだ。しかしどういう関係だろう。普通に考えると彼氏だが、それなら女の家くらい、とっくに知っていそうなものだ。

「どうなんだよ。知ってるのか」

「いえ……」

「ほかの階でもいいけどよ。そういう女がこのマンションにいるだろ」

「さあ……」

別に女のプライバシーを守ってやるつもりはなかったが、関わり合いになりたくな

くて、私は適当な返事をした。男の目が、すっと細くなる。

「髪の長い女だよ。痩せてて顔の小さい。ハデめの格好した」

私はエレベーターを盗み見た。最上階まで上がったあと、ようやく下に向かっている。乗り降りする人があるらしく、途中の階で引っかかった。

「見たことねえか」

「そんな人、たくさんいるし」

男は眉間に皺をよせた。射るように見る。

「あんた、いいかげんなこと言ってんじゃねえだろうな」

「え」

エレベーターが1Fに着いた。扉がひらき、にぎやかな笑い声が溢れ出す。それぞれの子供を連れた、若い母親たちだった。私と男の間を、ベビーカーが通り過ぎる。入れ違いに中に入った。男に向かって頭を下げる。すぐさま「閉」のボタンを押した。

だが、扉は閉まらなかった。男が手で押さえたのだ。正面に立ちはだかる。

「ちょっと手伝ってくんねえ？」

「え……」

「おれ、このマンションのこと、よくわかんねえからさ」

「…………」

「あの女の家を見つけたいんだよ」

　一緒に捜せというのか。どうして私がそんなことをしなくてはならないのか。しかし下手に逆らったら、男が逆上しそうだった。話をそらす。

「その人、あなたの知り合いなんですか」

「ああ」

「本人に訊くことはできないんですか」

　男は苦々しい顔をした。

「あいつ、携帯の番号変えやがってよ」

「え？」

「おれを避けてんだよ」

　ふてくされたように言う。

「迷惑ならそう言やいいのによ。もうかけてくるなって言われりゃ、おれだってしつこく電話したりしねえよ」

　どうやら嫌われていたらしい。言葉とは裏腹に、よほどしつこくしたのだろう。現に、女の家を見つけようとしている。

「その人の友達に訊いたりできないんですか」

「無駄だよ。ばっくれるに決まってる」

「ここに住んでるのは間違いないんですか」

「当たり前だろ」

男の語気にひるむ。急に怒気を帯びた。

「このマンションに入るのを見たんだよ」

「え……」

「前にあいつ、家は葉光台(ようこうだい)だって言ってたんだ。だからおれ、ここ何日か葉光台の駅に通って、ずっと改札を見張ってた」

見張ってた？　葉光台に住んでいるからといって、葉光台駅を使うとは限らない。いつ現れるとも知れない女を、ひたすら待ちつづけていたというのか。

「だけど北口と南口があるしよ。同時に両方見張ることはできねえし、なにしろ人が多いしよ。こりゃさすがに無理かと思ってあきらめかけたけど、思い出したんだよ。あいつが十八階建てのマンションに住んでるって言ってたのを」

最初に見たときから気味の悪い男だと思っていたが、いよいよ本格的に恐怖を覚える。かなりの粘着質かもしれない。

「名前は聞いてなかったけど、十八階建てのマンションて、この辺じゃここだけだろ。すぐわかったよ」

駅から見える距離に集合住宅群がある。葉光台レジデンスは、その中にひときわ高く聳えていた。わざわざ人に尋ねるまでもない。

「それでここまで来てよ。マンションの前に車とめて、ずっと入口を見張ってたんだ」

つまりこの男はストーカーなのだ。たぶんナンパか何かで、たまたま知り合ったのだろう。携帯の番号を交換し、何度かデートを重ねた。そのうちに女は、男が普通でないことに気づいたのだ。

携帯番号を変えたのが、本当に男を避けるためだったかわからない。女には別の事情があったのかもしれない。しかしこの男と縁を切ろうと思ったら、最低でもそのくらいのことは必要だろう。少し話しただけでも、あまり聞き分けのいいタイプでないとわかる。

エレベーターはもうずいぶん長いこと、1Fに止まったままになっている。もし上で待っている人がいたら、そろそろ不審に思いはじめているだろう。だが私には、男の話を遮ることはできなかった。

「ずっと車から見てたら、あいつがマンションから出てきた。やっぱりここに住んでやがったんだ。おれに気づいて、血相変えて引き返した。すぐに追っかけたけど、間に合わなくて、目の前でドアが閉まった」

「…………」

「ここ、オートロックじゃん？　あいつがエレベーターに乗ろうとしてるのは見えたけど、中に入りようがねえ。どうしようかと思ってたら、ちょうど宅配の兄ちゃんが来てよ。ドアがあいたから、あとについて入ったんだ」

それでは不法侵入だ。そう思いはしたものの、口に出して言えるはずがない。男は手柄顔に話しつづける。

「エレベーターはもう閉まってたけど、おれ、ちゃんと見てたんだ。エレベーターが何階で止まるか、な。あいつは7階で降りた」

7F？　12Fの自宅に逃げ帰ったのではないのか。

「だからおれも7階に行ったんだよ。あいつの家を見つけてやろうと思ってな。でも7階にゃ、坂井なんてうちはなかった」

おそらく女は、エレベーターの行く先を見られていると気づいたのだ。男が家に押しかけてこないよう、あえて途中の7Fで降りた。そこから階段を使って、12Fに戻ろうとしたのだろう。

だが私の見たところ、女は階段を昇っているときでなく、降りているときに足を滑らせたようだった。12Fに戻ろうとしたのではなかったのか。しかし7Fと8Fの間に倒れていたのだから、いったん上に向かったのは間違いない。

「あいつ、おれが見てると知って、わざと別の階で降りたんだ。生意気におれをまこうとしたんだよ。だからおれ、頭に来てよ。こうなったらマンションじゅう捜してでも、あいつを見つけてやろうと思ってよ」

　そのときの悔しさを思い出したのか、男の顔が険しくなる。いまにも怒りが爆発しそうで、どうにも生きた心地がしない。

「それでおれ、エレベーターでてっぺんまで上がってよ。一階一階、坂井って家を捜したんだ。すみからすみまで歩いてよ」

　そうか。そういうことだったのか。一階ずつ階段を降りてくる足音の謎が解けた。

「16階くらいまで捜したけど、坂井なんてうちはなかった。防犯のためだか何だか知らねえけど、表札を出してねえうちも多いしよ。だんだんアホらしくなってきた」

　男は独り言のように話しつづけていたが、思い出したように私を見た。愛想笑いのつもりか、口のはしを持ち上げる。

「ちょっと協力してほしいんだよ」

「でも……」

「あんた、ひまそうじゃん。どうせ家に帰るだけなんだろ？」

　どう言って断ればいいのかわからなかった。急ぎの用があると言っても、耳を貸そうとしないだろう。

「誰かに訊いてみてくれよ、坂井って家がどこにあるか。あんたは知らなくても、あれだけ目立つ女だ。誰かしら知ってるだろ」

「……………」

「おれがそんなこと訊いたら怪しまれる。でもあんたなら、ここの住人なんだし平気だろ？　知り合いに訊いてみてくれよ」

なぜそんなことをしなくてはならないのか。そう思うのは何度目だろう。しかし結局、言われたとおりにするしかないのかもしれなかった。男がそこをどかないかぎり、私は外に出ていくことも、12Fに戻ることもできない。

だが、マンションに知り合いなどいなかった。男に命じられても、誰に訊いたらいいかわからない。いっそ女の家を教えてしまおうかと思うが、私はもう、坂井ともかを知らないと言ってしまった。

「な？　頼むよ」

私はエントランスに目をやった。誰か入ってこないだろうか。エレベーターに乗る人があれば、男も扉から手を離し、私を解放してくれるかもしれない。しかし自動ドアのガラスはぴたりと閉じて、無人の街路をのぞかせているだけだった。

男は返事を待っている。このさい正直に、私には知り合いがいないと言うしかなさそうだったが、そんなおざなりな理由で断ったら、何を言い出すかわからない。知り合いでなくてもいいから、とにかく誰かに訊いてこいと言うかもしれない。

　頭がくらくらした。一体どうしたらいいのだろう。ただただ逃げ出したかった。しかしパニック寸前まで追いつめられたとき、ひとつの考えがひらめいた。

　そんなに坂井ともかを見つけたいなら、この男に見つけさせてやればいい。男が第一発見者を引き受けてくれるなら、私がいやいや救急車を呼ぶ必要はないし、身に覚えのない殺人の容疑をかけられる心配もない。

　どうやって男をあの踊り場に誘導するか。その方法はまだ思いついていなかった。しかし男の顔に苛立ちがちらつきはじめたので、何かしら答えないわけにいかなかった。おそるおそる言う。

「実は私、まだ引っ越してきたばっかりで」

「ん？」

「このマンションに全然知り合いがいないんです」

　それが何だ、という顔をする。

「だから、誰かに訊くことはできないけど」

「で？」

「一緒に捜します。その、坂井さんて人の家を」

　男は沈黙した。私の申し出を吟味しているようだった。その間も私から目をそらさないので、いたたまれない気持ちになる。

男が、ずいと迫った。思わずあとずさる。エレベーターに入ってきたのだ。

「しかたねえ。ひとりで捜すより、なんぼかマシだろ」

扉が閉まる。男は15Ｆのボタンを押した。

「さっき16階まで捜したから、次は15階だ」

エレベーターが上昇していく。私は必死に頭を働かせて、踊り場に男をひとりで行かせる方法を考えた。しかし焦っているせいか、なかなかうまい口実が浮かばない。

やがて7Ｆを過ぎ、8Ｆを過ぎた。何も言い出せないまま、階数のランプを見つめる。もうすぐ15Ｆに着こうというころ、ようやく考えがまとまった。

扉がひらいた。男に続いてフロアに出る。廊下を見回している背中に言った。

「あの、ふたりで同じ階を捜しても意味ないから」

「ん？」

「手分けして捜しませんか」

男は目で説明を促す。

「私がこの階から五階分――11階まで捜すから、10階から下を捜してください。5階から下は、また私が捜すから」

男がどういう反応を示すか、まったく想像がつかなかった。どきどきしながら答えを待つ。案外あっさり同意した。

「たしかにその方が効率いいな。じゃ、そうするか」

男はエレベーターのボタンを押した。15Fにとどまっていたので、すぐにひらく。箱に乗り込み、振り返った。私に手を差し出す。

「携帯をよこせ」

「は？」

「あんたの携帯を預かるよ。このままフケられたら困るからよ」

携帯には個人情報がつまっている。自分の分身のようなものだ。おいそれと渡すわけにはいかない。

私の戸惑いを見て取ったのだろう。面倒そうに言う。

「中を見たりしねえから安心しろ。別に、あんたに興味ねえし」

しかたなく携帯を取り出す。あまり渋ると、逃げようとしていたと思われる。男は当然のように受け取った。バックポケットに押し込む。

扉を閉める前に言い残した。

「11階は捜さなくていいぞ。さっきおれが見たからよ」

「え？」

「あの女、さっき11階にいたんだよ。てっきり11階に家があるのかと思ったら、おれが捜してる間に、エレベーターで1階に降りた」

扉が閉まった。男の姿が見えなくなってほっとする。しかしまだ終わったわけではない。

男はこれから10Fに行く。10F、9Fと、あるはずのない坂井宅を捜したあと、8Fに行くため階段を降りる。8Fのドアのところで下を見れば、踊り場に倒れている女に気づくだろう。もしそのとき見過ごしても、8Fから7Fに行くときには、いやでも気づく。

女を発見したあと、どういう行動に出るだろう。自分で救急車を呼ぶか、それとも誰かに助けを求めるか。救急車を呼ぼうにも、男はマンションの住所を知らないので、もしかすると私を呼んで、かわりに通報させようとするかもしれない。

だが、要求に応じるつもりはなかった。男に言われて救急車を呼ぶくらいなら、こんなことになる前にそうしている。いつまでも言いなりになってはいられない。

ことが済むまで隠れていよう。救急車が到着したころに出ていって、男に携帯を返してもらうのだ。女が発見されれば、その時点で私は用済みだし、救急隊員が見ている前で、無理に引き止めようとはしないだろう。

私は階段室にひそんでいることにした。12Fの自宅に戻って、そこで救急車の到着を待ってもいいが、男が女を発見するまで、それほど長い時間はかからないだろう。

階段室の中なら、足音で男の動きを追うこともできる。

廊下を進んだ。まっすぐ階段室に向かう。誰にも見られていないことを確かめてから、細くあけたドアの隙間に滑り込む。

冷たい階段に座っていると、やがて下の方でドアがひらいた。10Fの捜索を終えた男が、階段室に入ってきたのだ。私は全身を耳にする。足音は淡々と階段を降り、9Fのドアから出ていった。

次に階段室に入ってきたら、男はさらに一階下に向かう。そして8Fに着いたとき、いよいよ女を発見するだろう。私が緊張する理由はなかったが、だんだん落ち着かない気分になってくる。

考えてみれば、女はもともと男に発見されることになっていたのだ。男はすべての階を見て回るつもりでいたのだから、あのとき着メロに引き寄せられ、一心不乱に私を追ってこなければ、いまごろはもう女を見つけていたはずだ。一刻を争う容態だったとすると、女にとっても不運きわまりない。

男の執拗さを目の当たりにしていたので、いまの私にはよくわかった。なぜ女が階段で足を滑らせたのか。それはマンションの前で男を見つけて、ひどく取り乱していたからだ。恐怖で足がもつれたのだ。

だが、不可解な点もある。あえて7Fでエレベーターを降り、そのあと階段を使って12Ｆに向かったはずなのに、なぜ途中で引き返したのだろう。自宅に戻るのをやめ、マンションの外に逃げようとしたのか。しかし男がまだエントランスにいたら、もろに鉢合わせしてしまう。

　私はさっきの自分自身を思い出した。女を置き去りにして階段を昇っているとき、いきなり上の方でドアがひらいて、その音に肝をつぶした。もし女が12Ｆに向かっているとき、同じことが起こったら――

　女は男に見つかったと思うだろう。階段を昇っていることに気づかれ、先回りされたと思うだろう。もし誰かが階段室に入ってきても、それは単に、マンションの住人が別の階に移動しようとしただけかもしれない。しかし恐怖に駆られ、絶望に取り憑かれた女は、すっかり理性を失っている。とにかく逃げようとして、階段を逆戻りするだろう。

　サンダルを脱いだのはそのときか。それとも階段を昇りはじめた時点で、すでに裸足になっていたのか。いずれにしろ、足手まといの厚底サンダルを履いたままではいられない。

　ふいに誰かが階段室に入ってきても、それがずっと上の階ならいい。男に見つかったのだとしても、多少は逃げる猶予があるからだ。でももし、女のいる場所のすぐ上でドアがひらいたら――。そのときの衝撃は並大抵ではないだろう。階段を踏み外すのも無理はない。

私はぎくりとした。ある可能性に気づいたのだ。レンタル屋に行こうとして家を出た私は、廊下で小島のばばあを見つけ、とっさに階段室に飛び込んだ。女がびくびくしながら階段を昇っているとき、いきなり誰かが駆け込んできたら――。しかもそれが、自分が逃げ込もうとしている12Fのドアだったら――

踊り場で女を見つけるまで、私は大音量でＵＫパンクを聴いていた。足を滑らせたとき、女は悲鳴を上げたかもしれないし、床に倒れたときには、当然大きな音がしただろう。しかしそれは、私の耳には届かなかった。

女が死にかけているのは、もしかして私のせい――

そのときドアが軋みを上げた。９Ｆにいる男が、階段室に入ってきたのだ。私は身を固くする。

足音が階段を降りていく。はたして女に気づくだろうか。それとも踊り場に目を向けず、８Ｆのドアから出ていってしまうか。

女を見つけたら、私を捜しに来るかもしれない。もし男が階段を昇ってくるようなら、もっと上の階に行ってしまおう。私は15Ｆより下にいることになっている。

足音がやんだ。男が８Ｆに着いたのだ。私は耳をそばだてる。

無音の状態が続いた。男は女に気づかなかったのか。しかしドアがひらいた気配はないので、まだ階段室にいる。

私はそろそろと階段を降りた。状況がわからないままでは心細い。もう少し近づいてみることにする。

あいかわらず何の物音も聞こえない。さっき私がしたように、男は踊り場に降りたのか。そっと女に近づいて、呼吸の有無を確認しているのか。

もしや逃げたのか。踊り場に女を残して、そのまま1Fに向かったのか。いくら馬鹿な男でも、女が足を滑らせたのは、そもそも自分がマンションに押しかけたせいだとわかるだろう。怖くなって逃げ出したのか。

それでは私の携帯はどうなるのだ。わざわざ置いていってくれるとは思えないし、このまま持ち去られてしまうのか。だがそれは困る。家族や友人のデータが入っているだけでなく、人に見られたくないメールも残っている。

足音を立てないように気をつけながら、私は9Fまで降りた。手すりの隙間に目をこらすが、踊り場は死角になって見通せない。ひとつ上の踊り場のかげから、床に横たわる女の足先だけがのぞいている。

これ以上近づくのは危険だった。しかし何か手がかりがほしい。男が救急車を呼んでいるかもしれないという期待もあった。いっそう慎重に足を進める。9Fと8Fの間の踊り場を通り過ぎた。

階段の途中で下をのぞく。ようやく踊り場の全体が見えた。うしろ姿が佇んでいる。男は無言のまま、足元の女を見下ろしていた。

何を考えているのだろう。瀕死の女を前にして、現実を受け止められずにいるのだろうか。それともこのあとどうするか、あれこれシミュレーションしているのか。

男が動いた。８Ｆに向かって階段を昇る。私は上の踊り場に逃げようとしたが、突然のことに体がついていかず、その場で息をひそめた。

私に気づかないまま、廊下に出ていってしまうことを祈る。しかし無駄だった。もっと上の階にいるはずの私を捜しに行こうとしたのか、男は手すりを回った。階段に立つ私と目が合う。

意外そうな顔をした。

「そこにいたのか」

私は必死に動揺を隠した。はじめから男のところに行くつもりだったような顔をして、悠然と階段を降りる。男は降り口に引き返すと、下の踊り場を指さした。

「あれを見ろ」

男の横に立った。倒れている女を見て、驚いたふりをする。男がつぶやいた。

「死んでる」

「え？」

「あいつ、死んでる」

私は女を見つめた。最初に発見したときと、これといって変化はない。男はちゃんと確認したのか。

「気を失ってるだけなんじゃ……」

「いや、死んでる。階段から落ちたんだな」

女は本当に死んだのか。ついに目を覚ますことなく、ひとりぼっちで死んだのか。

私は呆然と立ち尽くす。今度こそ芝居ではなく、息を吞んで瞠目した。あんなバカ女、いっそ死んでしまえと思ったが、まさか実現しないだろうと、どこかで高をくっていたのかもしれない。

あれほど女に執着していたのに、男はショックを受けているように見えなかった。いくぶん青ざめていたものの、狼狽しているというより、なんだかそわそわしている。気になることでもあるのだろうか。

男はポケットの中のものを取り出した。私の携帯だった。

あっさり返してもらえたことに驚く。だしぬけに言った。

「救急車を呼んでくれ」

「え？」

「救急車だよ。もう死んでるけど、このままにしとくわけにいかねえ」

私は慌てた。

「で、でも私、あの人のこと知らないし」

「坂井ともかだよ」

「…………」

「おれはここの住所知らねえからよ」

「葉光台レジデンスって言えばわかります」

「あんたが呼んでくれ」

「でも……」

「頼むよ」

「なんで私が……」

　男の顔に苛立ちが走った。しかし私を説き伏せなくてはならないと思ったのか、あきらめたように言う。

「おれは救急車を呼べない」

「なぜ？」

「おれはあいつを追っかけてた。階段から落ちたのはおれのせいだ。下手したら、おれが突き落としたと思われる」

「そんな……」

「だからあんたが呼んでくれ。おれはもう行く」

「え」

「ここにいるわけにいかねえ」

男はさっさと階段を降りはじめる。引き止めようにも言葉が出ない。焦っていると、急に振り返った。

「おれがここにいたって、誰にも言うな」

「え？」

「あんたがひとりであいつを見つけたことにするんだ」

降り口に引き返して、のしかかるように私を見下ろす。

「いいな。おれのことは誰にも言うんじゃねえ」

拒絶を許さない目だった。

「言ったらタダじゃおかねえ。おれは、あんたがここに住んでるって知ってんだからな」

「…………」

「そうだ。念のために、あんたの名前を訊いとこうか」

私は怯えながらも、絶対に口をひらくまいとした。むろん名前を知られたくないという気持ちもあったが、もし教えたら、男がまんまと逃げてしまう。厄介事を押しつけられるのはこりごりだった。

男がやれと言うなら、私にほかの選択肢はない。おとなしく救急車を呼ぶしかなかった。しかし男のことを言わずにいたら、私が女を突き落としたと思われる。男の報復は恐ろしかったが、殺人の容疑をかけられるのもごめんだった。

ふと思いついて言う。

「防犯カメラ……」

「ん？」

「エントランスに防犯カメラがあるし、エレベーターの中にもある」

男の顔色が変わった。

「あなたはもう写ってる。いなかったことにはできない」

「くそっ」

「だからあなたが救急車を呼んだ方がいい。その方がかえって怪しまれない」

言葉を失っている男にたたみかける。

「大丈夫。あなたが突き落としたんじゃないって、私が証言する」

「あんたが？」

「私は、あなたがあの人を捜してたのを知ってる。あなたが突き落としたんなら、捜したりするはずがない」

男は面白くなさそうに言った。

「そんなの何の役にも立たねえ。あいつを捜してるふりをしてたって言われるだけだ」

たしかにそうかもしれない。しかしそれならそれでいいではないか。私が疑われさえしなければ、男がどう思われようと知ったことではない。

男はもう逃げようとしていなかった。何か方策がないか、頭を絞っているようだ。だんだん表情が険しくなる。

「だけどおかしい」

「え？」

「あいつはさっき11階にいたんだ。おれが11階に行ったら、入れ違いに1階に降りた。だからおれは、あいつを追って1階に行ったんだ。なのにあいつはここにいる」

「…………」

「あいつじゃないとしたら、あれは一体誰だったんだ」

私をぎろりと睨む。

「あんたも見たって言ったな。1階で女とすれちがったんだろ？」

「え、ええ」

「どんな女だった。あいつとは別人だったんだな？」

「電話しててよく見てなかったから」

「その女があいつに何かしたんだ」

「え」

「あいつを突き落としたのかもしれない」

「まさか……」

「きっとそうだ。その女がやったんだ」

「たまたま11階にいただけじゃ……」

「その女、おれから逃げようとしたんだよ。おれが階段にいたとき、下の方で携帯が鳴って、おれはともかだと思って速攻で降りた。そしたらそいつ、慌てて階段から出てったんだ。ずっと気配を消してやがったのによ」

「……」

「何もしてないなら、逃げる理由がねえ」

私は失敗を悟った。男に女を見つけさせることに気を取られ、女がマンションから出ていったことになっているのを忘れていた。いや、忘れてはいなかったが、女を見つけられさえすれば、男は些細な食い違いを気にしないだろうと思っていた。しかし甘かった。うかつにも、女が死んでいる可能性を見落としていた。女の死を自分のせいだと思いたくない男は、もうひとりの存在――つまり私を、犯人と決めつけようとしている。

「あいつ、前に言ってたんだ。同じフロアに、気味の悪い女がいるって」

「え……」

「廊下ですれちがうと、あいつのこと、すげえ憎らしそうに見るって。ブサイクのくせにタメ張ろうとしてんのか、ねちっこい目で睨みつけるって。そのうち何かされそうで怖いって」

男は断言した。

「その女があいつを突き落としたんだ」

そのときだった。耳につく電子音が響き渡った。私の手の中の携帯だった。さっき渡すとき電源を切ったはずだが、男は中をのぞいたのか。とめる前に引ったくられる。

「この着メロ……」

信じられないものを見るように私を見た。

「おまえか」

息が止まりそうだった。

「あのとき階段にいたのはおまえか」

男は携帯を切った。思わずあとずさる。

「あいつに何をした」

目を怒らせて迫ってくる。

「何をしたんだよ！」

私はすくみあがった。

「何も……」

「嘘をつけ。じゃあ階段で何をしてた」

「私じゃない……」

「いままでおれを騙してたんだな」

「…………」

「濡れ衣を着せようとしてたのか。おれがあいつを突き落としたように見せかけるつもりだったのか」

違う、と言って首を振る。しかし男は聞いていなかった。刺すように睨みつける。

身の危険を感じた。ここから逃げなくてはならない。腕を伸ばしてノブをつかむ。

男が手のひらを叩きつけ、ひらきかけたドアを閉ざした。

「おまえは誰だ。あいつに何をした」

もう廊下には出られない。男を突きのけ、階段に向かう。うしろから肩をつかまれた。悲鳴を上げるが、強い力で引き戻される。

無我夢中で腕を振り回した。押さえ込もうとする男の手を払いのける。足を蹴り上げると、呻きを洩らした。

「このアマ――」

業を煮やしたのか、男は拳を固めた。肘を引いて狙いをつける。

顔面に衝撃を受けた。うしろの壁に叩きつけられる。ずるずると床にへたりこんだ。

男が近づく。私は壁に背中を押しつけた。

「おまえがやったんだな」

「…………」

「おまえがあいつを突き落としたんだ」

「違う……」

「最初に見たときから、気持ち悪い女だと思ってたんだよ」

男は私をどうするか思案している。蔑むように見下ろした。打ちつけられた肩が痛んで、とめどなく涙が溢れた。

どうしてこんなことになったのだろう。私はレンタル屋にＤＶＤを返しに行こうとしただけだ。男と女のトラブルに巻き込まれたに過ぎない。救急車を呼ばなかったことが、それほど重い罪だというのか。

たしかに私は女を置き去りにした。死んでしまえばいいと思った。それなら教えてほしい。もし私と女が逆の立場だったら、女は私を助けてくれたか。これから遊びに行こうというとき、日頃から快く思っていない私のために、足をとめて救急車を呼んでくれたか。

誰も私のことなど気にかけない。ブスだニートだと馬鹿にしている。自分たちで弾き出しておきながら、なぜこんなときだけルールを押しつけるのか。もともと数に入っていない私なら、どう振る舞おうと勝手ではないか。

この男にしろ、私を道具としか思っていない。女を捜し出すために、いいように利用しただけだ。私の困惑や憤懣など、まったく頓着しなかった。私を人とも思っていないくせに、人として間違っていると責めるのか。人並みの悪意を抱いたからといって、人でなしの私を、いまさら人として裁くのか。

男は舌打ちした。

「しかたねえ。警察を呼ぶか」

ポケットから自分の携帯を引っぱり出す。操作する前に私を一瞥した。

「この、ブスが」

おなじみの罵倒だった。いまでは涙も流れない。何も求めず、誰にも期待せず生きてきたが、それでも現実が私を追いつめるなら、もう傷ついていないふりはやめる。

死んでしまえ、と思う。あの女もこの男も、この世から消えてしまえばいい。

私は声を上げた。

「生きてるわ」

「あ？」

男は指をとめた。私の視線を追って、踊り場に倒れている女を見る。

「あの人、生きてる……」

「なに？」

「いま、手が動いたの」

男が前に踏み出す。階段の際に立った。

私は壁を支えにして立ち上がった。息を殺し、男の背中に手を伸ばす。

死ね。死んでしまえ。私を傷つけるやつは、みんな死ね。

気配を感じたのか、男が振り返った。驚きに目を丸くする。バランスを崩してのけぞった。宙を掻いた手が、がっしりと私の肩をつかむ。

男は階段に倒れ込んだ。私の足が床を離れる。そのあとは何もわからなくなった。

とめようのない回転に巻き込まれ、全身を打った。声を上げるひまも、恐怖を感じる余裕もなかった。

気づいたとき、私は階段の下に倒れていた。肘をついて上体を起こす。肩や腰に痛みが走ったが、どうやら致命傷は免れたらしい。踊り場の女がクッションとなって、私を受け止めてくれていた。

ふと横を見る。男があおむけに倒れていた。口を半分ひらいたまま、ぼんやりと天井を見つめている。頭の下に血だまりが広がった。

階段室は静かだった。時間さえ止まっていた。空調か、あるいは空耳か、かすかな風の音が聞こえる。

さて、そろそろレンタル屋に行くとしよう。階段を見上げると、途中に私の携帯が落ちている。ほかに落とし物はないだろうか。私がここにいた痕跡を残すわけにいかない。

男が女につきまとっていたことを、警察はすぐに突き止めるだろう。ふたりの死体が発見されても、ストーカーによる無理心中として片づけられるはずだ。第三者の関与を疑う理由はない。

ただし、指紋は消した方がいいだろう。最初に女に近づいたとき、階段の手すりに触ってしまった。入居者である私の指紋が残っていたところで、直接事件に関わった証拠にはならないが、念のためにハンカチで拭いておくことにする。

立ち上がろうとして気づいた。右足の膝から下が、奇妙な方向に曲がっている。骨が折れているらしい。あまり痛みを感じないのは、気が昂ぶっているせいか。

一体どうしたものだろう。この足ではレンタル屋まで歩けない。それどころか、階段室から出ることすらままならない。

ふいに小さな金属音がした。ドアのひらく音だった。上の方の階で、誰かが階段室に入ってきたのだ。

マンションの住人だろうか。足音が階段を降りてくる。ひとつ下の階に降りるだけか、それともここまで降りてくるのか。

私は立とうとした。しかし折れた足では踏んばりがきかず、腰を浮かせるのがやっとだった。気持ちばかりが焦る。

ここにいたことを知られるわけにいかない。男を突き落としたとばれてしまう。何とかして立ち上がろうともがいた。

足音が刻々と近づく。頭の中でこだました。鼓動が高まって息が苦しい。

ふと我に返った。私は何を怯えているのだろう。なぜこんなに震えているのか。もう恐れることをやめたはずだ。

たしかに男は死んでいる。しかし私が突き落としたという証拠はない。降り口で揉み合ううちに、足を踏み外したことにすればいい。

なぜ男と揉み合っていたか。それを説明するとなると、すべてを打ち明けることになる。私が女を見殺しにしたことも、あらいざらい話さなくてはならない。

事実を知ったら、父と母はどう思うだろう。とうとう私に愛想を尽かすのか。そんなふうに育てた覚えはないと、怒り、泣き崩れるのか。

マンションの住人たちは白い目で見るだろう。ブスやニートどころではない、辛辣(しんらつ)な侮蔑を浴びせるだろう。両親ともども、マンションから追い出そうとするかもしれない。

だが、それが何だというのだ。私は自分に何ができるか知っている。もう何も恐れない。かわりに、人々が私を恐れるといい。

足音がさらに近づく。途中の階で出ていく気配はない。ひょっとして私の悲鳴を聞きつけたのか。

きっと踊り場の光景に驚くだろう。何が起きたか、想像もつかないに違いない。しばらく立ち尽くしたあと、私に説明を求める。

別に、真実を語る必要はない。知られたところで構わないが、女を見殺しにしたことは黙っておこう。見知らぬ男に強要され、一緒に女を捜すことになったと言えばいい。私が潔白に見えるストーリーをでっちあげるのだ。うまく騙しおおせるか、自分を試してみることにする。同じことを警察に訊かれたときの予行演習だ。

足音が頭上を通り過ぎた。踊り場で折り返して、さらに下に降りてくる。私はふたつの死体の間に座って、未知の人物の到着を待った。

悲痛な顔を作る前に、そっと微笑む。

私のために、救急車を呼んでもらおう。

火事と標本

櫻田智也（さくらだ ともや）

1977年、北海道生まれ。埼玉大学大学院修士課程修了。岩手県でデイリーポータルZのライターを務めていたが、2011年の東日本大震災のため函館市に帰郷する。2013年、第10回ミステリーズ！新人賞に投じた「サーチライトと誘蛾灯」が、真似手の少ない泡坂妻夫ふうの警抜なロジック展開と、とぼけた味わいとが評価されて受賞に至った。同作で初登場する昆虫オタクの魞沢泉（えりさわせん）も、泡坂妻夫の雲や虫専門のカメラマン亜愛一郎を彷彿させる。しかし単なる模倣にとどまらず、本編「火事と標本」は結びの一行が「亜愛一郎シリーズ」の「ホロボの神」（単行本ヴァージョン）へのオマージュになっているだけでなく、内容は連城三紀彦とのハイブリッドの趣もあり、第1作品集『サーチライトと誘蛾灯』（2017年）のなかでも出色の作品だろう。魞沢の第2事件簿『蝉かえる』（2020年）は年度の各種ベストテンにランクインするなど、短編の名手としてますます嘱望されるとともに、さらに長編への進出が期待される。なお魞沢の名前は石狩温泉・魞の湯にちなむという。（S）

兼城譲吉が火事の現場に到着したとき、火はすでに金物屋を丸ごと飲み込んでいた。店の主人は寝巻きに半纏という外装で通りの反対側にへたり込み、炎のなかで黒い影絵となった家を茫然とみつめている。その横では年老いた女性が地面に膝をついて掌を合わせていた。

ふたりとも無事だったかと、ほっとした。金物屋は五十になる独り身の主人と母親のふたり暮らしだった。寝煙草の火が布団に燃え移ったらしいと、誰かの囁く声が聞こえる。

「ちくしょう！　どうせ焼くならぜんぶ焼いてくれ」

そう叫んだのは、延焼を被っている隣の家の主だった。それこそヤケクソなのかもしれないし、あるいは冷静に火災保険の契約内容を思いだしているのかもしれない。

幸か不幸か、その家は半焼にもならず済みそうだった。

午後十時。ふだんであれば夜の静寂が包む界隈を、炎と消防車のランプが二色の赤で照らしだす。その明滅が神経に直接さわるような気がして、譲吉はときおり目を細めた。

ひときわ大きな音がして、金物屋の屋根が大きく傾く。火の粉が四方に散り、野次馬たちが「わあっ！」と歓声に似た声をあげた。興奮が彼らを包んでいる。さながら火事は、二月厳寒の夜に降って湧いた、冬の祭りのようだった。

飛んできた火の粉を避けて横を向いたとき、譲吉の視線がある男を捉えた。見物人のなかに、旅館の客がいた。名前は……なんといっただろう？　妻は最近、譲吉の物忘れがはげしくなったと嘆くが、決してそうではない。そもそも憶えていないのだから、忘れられる道理がないのだ。

今夜、宿にたったひとりのその客人は、金物屋の主人に劣らぬ唖然とした表情で旅先の火事を眺めていた。あの様子だと、火の粉の三つや四つは飲み込んでいるにちがいない。見物するにはよい場所に立っている。おそらく自分より先に到着していたのだろう。

近づいて声をかけると、相手は「おや？」という表情で譲吉をみた。

「ああ、ご主人じゃありませんか」

そういったつもりだったのだろうが、寒さで口がまともに動かないらしく、「ご主人」が「下手人」に聞こえた。火事場で滅多なことをいうものではない。

「こんなところでお会いするとは、どこかへおでかけでしたか？」

苦笑いしながら訊ねてみると、

「いえ、火事だと聞いて宿から飛んできました」

とこたえる。

「歩いて十分足らずの距離とはいえ、旅先でそれはまた……」

物好きですね。そういいかけて飲み込んだ。

物好きといえば、宿に到着した直後、客はロビーの壁にかけてある昆虫標本をずいぶん長いこと観賞していた。あのときも、間の抜けた表情だった。子ども以外で標本に興味を示す人間はめずらしい。三十はとっくに超えているだろうに。

——火事と標本。

奇妙な符合を感じ、胸がざわざわと騒いだ。目は金物屋の火をみつめながら、心は三十五年前へと向かう。宿の標本箱は、譲吉が少年時代に、ある人物から譲り受けたものだった。その人物は、火事を起こして死んだ。

消防隊が「危ないからさがって！」と、見物人を狭い通りの外へ追いだした。延焼がひろがる危険があった。白いものが風のうねりに乗って波のように舞う。大量の灰……ではなく、雪だった。天気予報は未明の大雪を告げていた。

炎から距離を置くと、譲吉の身体はすぐに冷えはじめた。帳場の石油ストーブにかけたままの熱燗を思いだす。

「お客さん、戻りませんか」

「このへんは火事場で踊る風習がありますか」

「踊る？　いやいや、戻る、です」

どうやら自分の口も回っていないらしい。飲んでもいないのに呂律が怪しいのでは割に合わない。ますます酒が恋しくなった。ふたりは背を丸め首を縮め、真っ白な息を吐きながら宿へ向かった。

「どうです。帰ったら一緒にやりませんか。銚子を二本、用意してあるんです」

譲吉は両手に徳利をもつ仕草をみせた。

「い、いまからですか？」

男の顔に、なぜか驚愕の色が浮かんだ。

「いまこそ、ですよ。こんなことがあっちゃ、すぐには寝られないでしょう」

「それはまあ、寝るにはまだはやいですが。でも、はむ……寒いです」

「寒い日だからこそやるんじゃないですか」

男は「はあ」といってうなずいた。というより、うなだれた。夕食時に冷酒を二合飲んでいたから、嫌いなわけではないだろう。さては料金の心配か。

「もちろんお代はありませんよ」

安心させるつもりで肩を叩いたが、相手は「そりゃあ、期待してはいません」と、浮かぬ顔で妙な返事をした。

「ただいま。いやあ、冷えた」

宿の玄関に入ると、廊下の奥から妻がでてきた。

「おかえりなさ……あらまあ、お客さんまで」

「向こうで一緒になった」

「そんな飲み屋で会ったみたいに……で、どうでした？」

「金物屋から出火だ。すっかり店を焼いちまった。寝煙草が原因らしい」

「まあひどい。それで、ご主人は？」

「命まではとられなかった。婆さんも無事だ」

「よかった」

「だが、注意しなきゃいけないのはこのあとだ。火は隣の家まで焼いた。責任を感じて母子(おやこ)で心中なんてことになったら助かった意味がない」

「いやだ。なんて怖いことを」

「……さてと」

譲吉は睨(にら)む妻を尻目にカウンターで仕切られた帳場に入り、ストーブの上の鍋から銚子を二本とりあげた。

「あちち。まあ時間も時間だから、少しアルコールが飛んだくらいがちょうどいい。さあ、お客さん……あれ？」

一瞬、さっさと部屋に戻ってしまったのかと思ったが、そうではなかった。男は靴も脱がず、三和土(たたき)で寒そうに身体をもじもじさせている。

「ちょっと、そんなところでなにしてるんです」

「さっさと回ってきましょうよ」

「……まだどこかでかけるんですか」

「どこって、火の用心の夜回りじゃないですか」

「あなた、お客さんに夜回りなんてさせる気？」

「バカいうな。そんなわけ……」

「ご主人が『拍子木を用意してあるから』と」

譲吉は驚いた。

「お客さん、いったいなんのことだかさっぱり」

「こうやって、鳴らす真似をしていたじゃないですか」

客が、拍子木を打つように、握った拳を顔の前で軽く叩き合わせた。その仕草をみて、疑問の煙がぱっと晴れた。譲吉は思わず大笑いした。

「お客さん、それは聞き違いですよ。拍子じゃなく銚子。こいつを二本準備してあるといったんです」

口が回らないせいで誤解が生じたのだ。それを解くと、凍てついていた客の表情も、すっと溶けた。

「やだもう！　ご主人たら」

よほど安堵したのだろう、途端に甘えた口調になった。靴をぽんぽん脱ぎ捨てて、馴染みの女のように駆け寄ってくる。抱きつかれるかと思ったが、さすがにそれはなかった。

「いやあ、てっきり老人会のボランティアに付き合わされるのかと思いましたよ」

「老人会って、わたしはまだ五十前です」

「じつに大人びてらっしゃる」

馴れ馴れしいをとおり越して失礼だったが、相手は客だ。譲吉はぐっとこらえた。

「帳場の横の四畳半で一杯やりましょう。旨い猪肉の燻製があります」

「火にだけは気をつけてくださいね」

妻が客の靴を下足棚に収めながら、そう念を押した。

熱燗を、舌だけでなく喉でも味わうようにゆっくり飲み込むと、みぞおちのあたりに心地よい疼きがはしり、手足の指先に、ぽっ、ぽっ、と温かみが戻ってきた。

帳場から移した石油ストーブで直に炙られた燻製のたてる香りが、火事場のにおいを思いださせた。ふと譲吉は、記憶に甦った三十五年前の昔話を、一期一会になるかもしれぬ客相手にしてみたいような気分になった。

「お客さん、ロビーに飾ってある標本箱を、ずいぶん熱心にご覧になっていましたね」

「ええ。あまりに見事だったものですから。ラベルをみて驚きました。半世紀近く前のものじゃありませんか。あれはご主人が……いや、それだと年齢が合わないか」

「人からもらったものです。わたしはその人の一番弟子だったんですよ」

「お弟子さん？」

「はっは。自分で勝手に思っていただけですがね。その人に遊んでもらっていた当時、わたしはまだ小学生でした。そうですか、そんなに見事ですか」

「死んだ虫に保存性をもたせるのは簡単ではありません。たとえば大型のバッタやカマキリは、腐敗防止のため腹から内臓をとりだすといった処置も必要です。しかもあの標本は、状態がよいだけでなく姿が美しい。脚の一本一本にまで気を配り、きちんと形をととのえてあります。虫が死んだら、展翅板という木製の道具にのせて翅や脚の位置を固定するんですが、じつに丁寧な仕事です。配置やラベリングをみても、一級品ですよ」

　客はつかまえられた虫のように両腕をバタバタ動かして説明した。譲吉は自分が誉められたような喜びを感じ、

「ちょっと待っていてください」

と、ロビーから標本箱をもってきた。縦四十センチ、横六十センチ、ガラス蓋つきの箱は、ずっしりと重みがある。客は座卓に置かれた箱に顔を近づけ、鼻息でガラスを白くさせながら語りだした。

「クワガタムシやカミキリムシといった甲虫から、蝶に蛾、トンボ、ハチにバッタにカメムシ、水生昆虫まで……おや、ダイコクコガネもいるぞ。フンコロガシと呼んだりしますが、この種は地上で糞を転がしたりはしません。日本にいる糞虫で糞を転がすものは少ないんですよ。そしてこれはオサムシですね。翅が退化しているため飛翔することができません。つまり移動能力が低い。そのため比較的狭い地域のなかでも、場所によって異なる特徴をもった種に分化します。虫は土地の姿を映しますから、これらは非常に貴重な資料です。箱も立派ですねえ。桐のように思えますが……これは手づくりでしょう」

「ええ。捨てられていた家具なんかから木材を集めて、つくったそうです。ただ、蓋のガラスだけは、後年わたしが誂えたものです。紫外線をカットする特別のものをつかっています」

口のなかに放り込むように酒を飲む。客は興味津々といった様子でガラスを撫でている。

「ご主人の師匠というのは昆虫の……生物学の先生かなにかで？」

「いや、写真家志望の青年でした。二ツ森祐也といって、三十五年前に知り合い……いや、知り合ったのは三十六年前の夏か。当時彼は二十五、六歳。わたしのほうは小学五年生でした」

譲吉の胸に懐かしさが痛みとなってはしった。舌は、酒の味を少し苦く感じた。

「半年ほどの短い付き合いでした。祐也さんは、わたしに昆虫標本を遺して自宅に火を放ち、病気の母親と心中しました」

徳利に伸ばしかけた客の手がとまった。

「あの標本は、彼の形見というわけです。もうじき命日がやってきます」

譲吉は軽い酔いの勢いにのって、ふたりの出会いについて話しはじめていた。

「……隣町との境に袖川というのが流れているんですが、放課後に級友三人と河川敷へ遊びにでかけたんです。河川敷といっても整備されておらず、川と低い土手のあいだの藪のなかを、探検とばかりに行進していました。そこでふざけ合っているうちに足を滑らせ、わたしは水に落ちてしまった」

繁った草で足もとがみえず、しかも地面はぬかるんでいた。その河川敷は危険ということで、子どもの立ち入りが禁止された場所だった。

「雨が降ったあとで川は増水し濁っていました。流れもはやかった。それでも冷静になれば、じゅうぶん足のつく深さだったのでしょうが、一度水を飲んでしまったら、パニックでどうにもなりません。わたしは完全に溺れてしまいました」

むかしのことだから、溺れている最中の恐怖までは甦らない。聞いている客のほうが、かえって苦しそうな顔をしている。譲吉は一度話をとめ、焦げてストーブの上にはりついた肉を剝がすと、ふたつに裂いて焦げの少ないほうの一片を客に渡した。

「薄暗い水のなかで天地もわからず、ただゴオッ……という音が頭蓋骨に響くだけ。どこかに吸い込まれてゆくような水の勢いに自由を奪われ、もがいていた手足が完全に沈んで水面を叩くこともなくなると、不思議なものでかえって落ちついた気分になりました。身体から離れた自分が、溺れている自分を眺めているような……ああ、このまま死ぬんだなと思いましたよ。お父さん、お母さん、妹、お祖母ちゃん……母方の叔父さんあたりまで顔が浮かんだでしょうかね……え？　それは何人目かって？　そんなことはどうでもいいんですよ、冗談なんですから。いよいよ意識が遠のき、これでおしまいというときでした。身体に突然浮力が生じ、顔が水の膜を突き破ったんです。真っ暗だった瞼の裏がオレンジ色になり、遠くに友人たちの声が聞こえます。口を開けると息ができ、片目を開けると夕焼けがみえる。すぐそばに知らない大人の顔があって、わたしはその人に抱えられていました」

客がほっと息をついたのが聞こえた。話に入り込むタイプらしい。

「川岸にあがると、彼は前のめりに倒れるように膝をつき、わたしを草に寝かせました。ぐったりというのか茫然というのか、そのときはまだなんの感情も湧かず、わたしは顔を横に向け、その人の濡れたスニーカーと、彼の首からぶらさがっていたカメラを薄目で眺めていました。彼はわたし以上に呼吸が荒く、そのせいでカメラが小さく揺れつづけていたのを憶えています。それをみているうち、助かった安堵より先に、いまからどれだけ怒られるのだろうという不安が起こりました。ところが彼は、『ここは子どもが遊びにくるところじゃない』とだけいって、濡れたわたしの前髪をかき分けたんです」

額の感触にはっとして顔を上に向けると、男と目が合った。その途端、今度は恥ずかしさでいたたまれなくなり、譲吉は、またすぐ目を逸らした。

「彼がゆっくり立ちあがると、傾いたカメラから流れでた水が、ボタボタと耳のそばに落ちました……」

男は、まるで自分のほうが悪いことをしたように肩を落とし、振り返ることもなく土手を越えて姿を消した。譲吉は土手の向こうの夕焼けをぼうっと眺めていた。頭が鈍く痛んだ。せめてその痛みが消えるまで横になっていたかった。だが、彼を囲んだ友人たちがしきりに声をかけてくるので、安心させるため、起きあがらないわけにいかなかった。ひとりが譲吉のランドセルをもち、ひとりが無理やり肩をかしてきた。

もうひとりは、ただ泣いているだけだった。

帰宅しても川で起きたことは誰にも話さず、濡れた服については、水風船で遊んだといいわけした。

翌日、川での事故に居合わせた友人たちは、どこかよそよそしかった。放課後になって、やっとひとりが声をかけてきた。昨日の帰り道で泣きつづけていた、康介だった。

「あのな、川で讓ちゃんを助けた人だけどな」

讓吉に追いつくなり、彼はそう切りだした。

「たぶん、水里地区の二ツ森っていう人だ」

「なんで？」

「ゆうべ姉ちゃんに聞いた。今年から役場で働いてるからさ、町のことに詳しいんだ」

「俺が川に落ちたこと、話したのか？」

「まさか！　川の近くの公園で話しかけられたことにしたんだ。『俺たちのこと写真に撮りながら近づいてきた』っていったら、『それなら水里の二ツ森さんかもしれない』って。夏祭りの会合に、地区長さんの代理で、きたことがあるんだって」

会合というのは、つまり飲み会のことだ。

「その人、商工会の人たちに囲まれて、ずっと説教くらってたらしいよ」

「なんで？」

「二十五にもなってカメラで遊んでばかりで、ろくに仕事もしないって」

譲吉の脳裡(のうり)で、水に濡れたカメラが揺れた。

「なあ康介、どうしてお姉さんに『写真を撮りながら近づいてきた』なんていったんだよ。それじゃあ、なんだか変な人みたいだ。俺の命の恩人だぞ」

「だって、特徴っていったらカメラくらいしか思いだせなかったからさ。それに、写真を撮ってたのは嘘じゃないよ。俺、みてたもん」

康介はそういって、口を尖(とが)らせた。

それから話題は一週間後に迫った夏休みのことに移ったが、譲吉はほとんど聞いていなかった。「旅館の手伝いがあるから」と嘘をついて別れ、ひとり水里地区へ向かった。足を踏み入れたことはなかったが、場所は知っていた。

もともと水里地区は、町内を流れる袖川とその支流に挟まれた一帯を、支流を埋め立てて宅地化しようとした場所だった。ところが、支流を失った袖川の治水工事が不十分で大雨ごとに川が氾濫したため、地元の人間は誰も住みたがらなかった。

町は追加の工事を開始した。せっかく建てたのに一向に人の入らない町営住宅を箇易宿泊所として提供し、町外からも労働者を雇用した。その最中、袖川ニュータウン計画反対を掲げた新人が町長選挙で現職を破り、事業が突然ストップしてしまった。

それでどうなったかというと、仕事を失った労働者たちは町内でほかの仕事をみつけ、そのまま町営住宅に安い賃料で住みつづけた。こうして、中途半端に造成された川沿いの低地に、移住者ばかりが暮らす水里地区が誕生した。譲吉が生まれる十五年前、高度経済成長がはじまった時代の出来事である。

水里地区に入ると、木造平屋の長屋のような住宅がいくつも並んでいた。庭を畑にしている家が多かったが、どこも野菜の草勢は弱く、病気にかかっているようにみえた。しばらくあてもなく歩いていると、土手の盛り土の麓に、ほかから少し離れてぽつんと一棟の長屋があった。物干しに見憶えのあるスニーカーがぶらさがっている。長屋に玄関は三つあったが、うち二軒は明らかに空き家で、残る一軒に、手書きで〈二ツ森〉という表札がでていた。

「ごめんください」

決心して声をかけ、玄関の引き戸を開ける。戸は途中で二度引っかかり、そのたびに大きな音を立てた。入ってすぐに、台所とひとつづきになった板敷きの茶の間があり、開いた襖の奥にもうひとつ畳の部屋があった。そこに、女性が布団で横になっていた。枕もとのラジオが、小さく鳴っている。譲吉は驚いて「あっ」と声をあげた。

戸を閉めて逃げようかと思ったが、引っかかって閉まらない。譲吉は戸に手をかけたまま、固まってしまった。

「まあ、めずらしい」

目が合うと、女性は微笑(ほほえ)んで、そういった。彼女が掛け布団をめくり、ゆっくりとした動作で上半身を起こすのを、譲吉は黙って待った。彼女は寝巻きの浴衣の前をなおし、露(あらわ)になっていた鎖骨を隠した。

「こんにちは。どちらさまかしら？」

「か、兼城譲吉といいます。あの、外に干してあるスニーカーをみて、その、昨日助けてもらったお礼をいいにきました」

彼女は首を傾げたが、表情は楽しそうだった。

「どういうことかしら？　あがって詳しく聞かせてちょうだい」

譲吉はうなずき、引き戸をなんとか閉めて家にあがり込んだ。

「そこに座って」

いわれたとおり、板の間の卓袱台(ちゃぶだい)のそばに正座する。

「ビスケットは好き？」

彼女が立ちあがろうとしたので譲吉は慌てた。とても健康そうにはみえない。

「いえ、おかまいなく。さっき食べたばかりですから」

「食べたって、なにを？」

「……ええと、給食です」

彼女はおかしそうに笑い、布団のそばに丸めてあった半纏を羽織った。

「いいから遠慮しないの」

彼女は素足の裏を板の間に擦りながら流し台のほうへ移動し、食器棚からカルピスの瓶をとりだした。グラスに原液と水をつぎ、それから冷凍庫を覗いた。そして残念そうに、「氷がないわ」といった。

譲吉は家のなかをぐるりと見回した。開いた襖の向こうにみえる寝室は四畳半。茶の間は台所と合わせても八畳ほどで、隅に裏の土手のほうへでられる勝手口がある。台所と反対側の壁にある戸はおそらくトイレのものだろう。それだけの、小さな住まいだった。

だしてもらったカルピスとビスケットを、譲吉は礼をいって食べた。思えばあれはビスケットというよりカンパンだったが、湿気ているおかげで食べやすかった。

近くでみる女性は、痩せていて白髪が多く、目は窪み唇は乾いていた。だが、きれいな人だと感じた。そして、昨日の恩人に、よく似ているとも感じた。自分の母親と祖母のあいだくらいの年齢だろうかと、譲吉は漠然と考えた。

彼女はときおり咳をした。苦しそうに息を吸い込むたびに、ゴロゴロとなにかが引つかかるような音がして、譲吉を不安にさせた。立地のせいか、じめじめと湿気が酷い。少なくとも病人に好ましい環境ではなさそうだ。咳は一度はじまると、なかなかおさまらなかった。

長居はよくないと考え、譲吉は事情だけ伝えたら帰るつもりで、前日のことを早口で話した。助けてくれた人にお礼をいいたくて、川の近くをさがし歩き、スニーカーをみつけたのだと説明した。康介から二ツ森の名を聞いたことはいわなかった。

「まあ、そんなことがあったの。怖かったでしょう。ケガはないの？」

「大丈夫です。ぼくよりも、助けてくれた人が……」

「それがほんとに祐也だとしたら、もうすぐ仕事から帰ってくるわ」

「祐也……さん、ですか」

「ええ。息子なのよ」

「川の近くで働いてるんですか？」

「ううん。昨日と今日は日雇いにでているの」

朝早く、役場からバスに乗って働きにいく人たちがいることは譲吉も知っていた。

それから五分も話しただろうか、玄関の引き戸がガン、ガンと鳴って、二ツ森祐也が帰宅した。全身に緊張がはしった。間違いなく、昨日の人物だった。

「おかえりなさい。可愛らしいお客様がいらしてるわよ」

膝に手を置いて背筋を伸ばす。

「き、昨日はどうもありがとうございました。お礼もいわずに、す、すみませんでした」

祐也は驚いた様子で靴を脱ぎながら、

「……どうしてここが？」

と訊ねてきた。譲吉はスニーカーの話をもう一度繰り返した。

「へえ、すごいな。刑事になれるんじゃないか？」

彼は茶の間で作業着を脱ぎながら笑った。昨日譲吉を抱えた腕は、思っていたよりずっと細かった。この日も祐也は説教めいたことをなにひとついわず、自分の行動が母に知られたことを、恥じているようにさえみえた。

「祐也、せっかくきてくれたんだから、譲吉くんを遊びにつれてってあげたら？」

「遊ぶって、どこで？」

「カメラを教えてあげたらいいじゃない。譲吉くん、あそこに飾ってある写真、祐也が撮ったのよ」

「いいよそんなこと、いわなくても……」

母親は玄関に近い壁に飾ってある一枚のモノクロ写真を指さした。新聞に掲載された作品なのだという。すぐに、袖川にかかる橋の写真だとわかった。欄干(らんかん)の上に、一羽の鳥が、佇むように羽を休めている。

「あれって……カモメ？」

「そう。ときどき川にいることがあるんだ」

譲吉は驚いた。町は内陸にあり、海からはかなり離れている。カモメは二度と海に戻れないのではなかろうか。カモメの目は、川の遥か先にある海へ向けられているように感じられた。そのカモメの向こうに、白いランニングシャツの男がひとり、欄干に腕をかけ、同じように川を眺めている。ピントは鳥に合っており、男の顔や姿ははっきりわからないが、むきだしの腕は細く、背中が少し曲がっていた。老人もまた、遠い故郷をみつめているのだろうか。

「ほかにも何枚か載ったのよ。新聞だけじゃなく雑誌にもね。この子、プロを目指してるの」

祐也は苦笑いを浮かべて立ちあがった。母親を黙らせることは諦めたらしい。

「ついてきな。暗室をみせてやるよ」

譲吉が首を傾げると、母親が「フィルムを現像するところよ」といった。

祐也は台所の勝手口から外へでた。譲吉もあとを追う。つれていかれたのは家の裏手にある、やはり木造の納屋だった。家屋と土手の狭い隙間に建っている。入ると、すぐ目の前に黒いカーテンがあった。それをめくると、ドアのついた板壁があらわれた。壁によって納屋はふたつの空間に仕切られ、暗室と前室というつくりになっていた。

押し開けたドアの向こうから、酸っぱいようなにおいが漂ってきた。現像でつかう薬品のにおいだという。暗室のなかに入っていった祐也は、すぐに箱をもってでてきた。てっきり写真をみせられるのかと思ったら、そうではなかった。

「ほら」

「わあ！」

それは、色とりどりの昆虫が収められた標本箱だった。まるで生きているように艶があり、脚や翅をひろげ、いまにも動きだしそうだ。きれいにラベルが貼られ、名称、採集場所、採集日時といった情報が統一感をもって記されている。ガラスの蓋をかぶせた木箱は、いかにも手づくりといった感じだった。譲吉は興奮した。

「写真よりこっちのほうがおもしろいだろ？」

「学校にあるのより、ずっとすごい」

理科室にある標本の虫たちは、脚が変に曲がっていたり、首がねじれたりしている。

「いまも標本をつくってるんですか？」

祐也は首を横に振った。

「もうつかまえるのはやめた。この標本は、俺が小学六年のとき、最後につくったものなんだ。いまはカメラで撮るだけ。仕事で厭なことがあると、山に入って虫に会いたくなる。子どもの頃から、俺の友だちといったら虫なんだ」

祐也は傷だらけの粗末なテーブルを、ありもしないゴミでも払うように撫でながら話した。カメラという言葉に思わず譲吉はうつむいた。茶の間で母親が写真の話題をもちだしたときも、譲吉はいたたまれない気持ちになっていたのだ。

「カメラ……ごめんなさい」

「ん？」

「水に浸かって……壊れたんでしょう？」

譲吉の髪に、そっと祐也の手が置かれた。

「気にしなくていい。もうひとつあるし、そっちのほうが、よっぽど手に馴染んでる。それにあれは、わ、ざ、と、し、た、ことだったから」

「……わざと？」

「そう。俺はカ、メ、ラ、を、壊、す、つ、も、り、で、川に入っていったんだ」

その意味を訊ねようともう一度口を開きかけたとき、祐也に「今日は、そろそろ帰ったほうがいい」といわれ、黙ってうなずくしかなかった。

帰宅した譲吉は、自宅と棟つづきになっている旅館の二階にこっそりあがって、袖川のほうを眺めてみた。宿は町内でも高台と呼べる場所に建っていて、それまで意識したことはなかったが、水里地区を見渡すことができた。

祐也の家はあのあたりだろうか……目をこらすうちに日が暮れて、川と集落の境界が曖昧(あいまい)になった。家々の弱い灯りが、譲吉の目には、水底からの救難信号のように映った。


その晩、譲吉は祖母の部屋に呼ばれた。厭な予感がした。

「そこにお座りなさい」

いつになく厳しい口調だ。円卓の上に饅頭(まんじゅう)がある。祖母が茶をすすったので、譲吉も饅頭を口に入れた。

「今日、水里でなにをしていたのです？」

いきなりそう訊かれ、譲吉はほとんど噛んでいない饅頭のかたまりを飲み込んだ。胸につかえたが、動揺を悟られてはならないと、お茶には手を伸ばさず我慢する。

「水里になんかいってません」

首を絞められているような声がでた。

「観念なさい。お祖母ちゃんの知り合いが、あなたをみているんです」

祖母は父や母のように頭ごなしに譲吉を叱ることはないが、曖昧な受けこたえをそのままにしておかない厳しさがあった。

「あそこにお友だちでもいるのですか？」

譲吉はいわれたとおり観念し、昨日と今日の出来事をみな白状した。

「二ツ森ですって？」

祖母が細い眉を、眉間が消えるほど寄せた。

「もう遊びにいってはいけませんよ」

「どうしてですか」

「あそこがどういう場所か、以前に教えたはずです。他人にいえないようなことをして故郷から逃げてきた人たちが、町民の仕事を奪い勝手に住みついてできた集落です」

祖母の見解にはかなりの偏見が含まれていた。水里地区ができた頃に、地元民と移住者のあいだで、揉めごとがあったのかもしれない。

「とくに……」

祖母は譲吉が卓にこぼした饅頭のクズに目をとめ、話しながら指先で拾い集めた。

「……二ツ森という家は、いけません」

「お祖母ちゃん、知ってるの？」

「あの家の母親はミツ子といって、やはり工事の頃、一歳かそこらの子をつれてどこからか移り住んできました」

「どうしていってはいけないんですか？　小母さん、ぼくにすごく優しくて……」

祖母は譲吉をキッと睨み、

「あの女は、そうやって男を惑わすのが得意なのです。あれは、ふしだらな女です」

そういったあとで、孫に聞かせるような言葉ではなかったと気づいたのか、ごまかすように咳払いをした。

「とにかく、今後一切、水里へ近づいてはいけませんよ」

彼女は一転、穏やかにいった。

「あそこは貧しい人たちが貧しいなりに暮らす場所で、外の人間が物見遊山にでかけていくような場所ではないのです」

物見遊山の言葉の意味はわからなかったが、なにか不当な責めを受けているような気はした。

「今日は大目にみて、川で遊んだことはお父さんとお母さんには黙っておいてあげます」

返事を渋る譲吉に、

「わかりましたね。それでは、もうおやすみなさい」

ピシャリといって背を向け、祖母は布団を敷きはじめた。

しかし譲吉は、二ツ森家へいくことをやめなかった。やめないどころか、頻繁に通うようになった。次第に祐也は、カメラについて教えてくれるようになった。ふたりで山に入り、ひとつのカメラで虫や花、野鳥を写真に収めた。暗室でフィルムの現像や写真の焼きつけも習い、譲吉はそれらをまとめて夏休みの自由研究にしようと決めていた。

お盆明けに数日ぶりで訪ねていった午後、祐也は家にいなかった。

「おにいちゃん、撮影？　それとも日雇い？」

彼がいないときは、譲吉はミツ子の話し相手になる。

「今日はね、お友だちに会いにいったのよ」

あまり具合がよくないのだろうか、彼女は布団に寝たまま、首だけ動かしてこたえた。

「ふうん。友だちと聞いて、譲吉に嫉妬のような感情が起こった。

「ふうん。おにいちゃんに友だちなんているんだ」

つい、そんな口をきいてしまう。

「県内のカメラ仲間なの。祐也が投稿している雑誌の常連さんが集まって、お互いの作品を批評し合うんですって。コテンパンにやられてなきゃいいけど……」

心配そうにいったあとで、ミツ子は身体を起こしてほしいと譲吉に頼んだ。

「ずっと寝てたから背中が痛いの……せえの、よいしょ……っと。はい、ありがとう」

ミツ子は肩を小さく揺らして息をしながら、譲吉をじっとみつめた。

「譲吉くんがいてくれてよかったわ」

「用事があったらなんでもいいつけてください。家が旅館で、手伝いには慣れてるんです」

「ありがとう。でも、そういうことじゃないの。祐也にとって、よかったと思って」

「え？」

思いがけない言葉だった。

「あの子がプロを目指していることは知ってるでしょう？　今日の集まりにも、写真集を出版した人がくるんですって。仲間うちからそういう人がでると、もちろん励みになるけれど、妬みや焦りも生まれてくるわ。しかも祐也は、わたしがこんな状態で自分が写真をつづけることに、負い目を感じているみたいなの」

祐也は高校を卒業したのち、隣町でひとり暮らしをはじめ、車の整備工場で働いた。しかし人間関係が上手くいかず、三年で家に戻ってきたという。傷ついた彼はしばらく働くこともなく、貯金を費やし好きな写真を撮ってすごしていた。ミツ子はまだ元気で、仕事にでていた。

そのうち投稿作が新聞や雑誌にぽつぽつと掲載されるようになり、祐也は写真で身を立てたいと思うようになった。そんなときにミツ子が体調を崩した。

「祐也は、とにかく一日でもはやく結果をださなくてはならない、プロになって稼げるようにならなくてはいけないと、自分を追い詰めるようになったの。せっかくみつけた夢なのに、好きな写真を、ただ好きとはいえなくなって、つらい気持ちでいたと思う。そこに譲吉くんがあらわれた」

「そんな大変なときに、ぼく、邪魔ばっかりして……」

ミツ子は首を振った。

「ちがうのよ。あなたのおかげで、祐也はきっと、写真の楽しさを思いだしたの」

彼女は、夏だというのに冷たい手を、譲吉の手に重ねた。

「これからも、あの子の友だちでいてあげてね」

うなずくと、ミツ子は安心したように小さく笑った。


「……おや、酒が切れましたね……ちょっとお待ちください」

譲吉は、思いがけず長くなってしまった昔話を一旦区切り、帳場にいって棚から追加の一升瓶をとりだした。ロビーの柱時計が十一時を打った。

譲吉は猪口(ちょこ)から湯呑にかえた。そこに客が、冷(ひや)のままの酒をつぐ。

「これはどうも。さ、お客さんもどうぞ……そんなわけで、わたしはミツ子さんの言葉にすっかり嬉しくなり、嬉しさのあまり調子に乗ってしまったんです。要は、欲がでた」

「欲、ですか」

「ええ。祐也さんにもっと好かれたいという欲です。そのせいで、彼を侮辱するような真似をして、むしろ傷つけてしまったんですよ」

冷の酒は、かえって喉を熱くさせた。

「わたしは、水没させてしまったカメラのことをずっと気に病んでいました。その失点を、どうしてもとり返したかった」

譲吉の家には、父親が道楽で買ったが、ほとんどつかっていないカメラがあった。数年前に購入したものだったが、祐也がもっているカメラより新しく、高そうに思えた。なくなっても、どうせ気づくまい……譲吉はそう考え、両親の寝室からそれをもちだした。

「その日は、ミツ子さんの体調が少しよかったらしく、彼女も起きて茶の間にいました。立派に仕上がった夏休みの自由研究のポスターをふたりにみせたあとで、わたしは袋からカメラをとりだし、課題を手伝ってくれたお礼だといって、祐也さんにさしだしました……」

祐也より先に、ミツ子の顔色が変わった。「そのカメラ、どうしたの？」という質問に、譲吉は「父親からもらった」と嘘をついた。じっとカメラをみていた祐也が「もって帰れ」と低い声でいったが、譲吉はそれを遠慮と受けとり、「どうせ、うちでは要らないものだから」と、二本のフィルムと一緒にカメラを祐也の膝に押しつけた。

そのときだった。

「帰れといってるんだ！」

爆発したような祐也の声が家のなかに響いた。立ちあがった祐也の足がフィルムの箱を蹴飛ばし、箱はカラカラと回転して部屋の隅に飛んだ。彼の膝のあたりにすがりつくようにして、ミツ子が「やめなさい！」と叫んだ。祐也の拳は震えていた。ぶたれる——譲吉はそう思い、息をのんだ。

その場をおさめたのは、ミツ子の咳だった。彼女は涙を流すほど咳き込みながら、譲吉と祐也、どちらにともなく「いけないわ」と繰り返した。カメラを水没させる以上にとり返しがつかないことをしてしまったのだと、譲吉は悟った。

「あの日……どんなふうにして二ツ森家を辞したのか、まったく記憶がありません。そのときのカメラはいまもこの家にありますから、とにかくもって帰ってきたのでしょう。それを最後に、わたしが彼らの家を訪ねることは二度とありませんでした。わたしは愚かにも、自分こそが傷ついたのだという気持ちになって、以前のように、水里地区を避けて生活するようになった。祐也さんに偶然会うこともなく、そのまま五か月以上が過ぎました。そして忘れもしない翌年の二月四日、祐也さんが、学校の帰り道でわたしを待っていたんです……」

祐也が譲吉の家を訪ねてきたことはなかったが、旅館の場所は知っていたから、通学路の見当は容易についたようだった。彼は譲吉を、人通りの少ない裏道へ誘った。再会した直後は、懐かしさや嬉しさより、はやく別れたい気持ちがまさっていた。顔をまともにみることもせず、何分も黙ったまま、遠回りの道を旅館のほうへ歩いた。

「明日、東京へいく。写真集を出版できそうなんだ」

不意の言葉に、思わず譲吉は伏せていた顔をあげた。そこには祐也の笑顔があった。不思議なもので、それをみた途端に心がほどけ、会わずにいた時間が消えてしまうのを感じた。

「……おめでとう」

胸にこみあげてくる感情があり、それだけいうのが精いっぱいだった。

「雑誌投稿の年間賞に選ばれることになって、出版社に招かれたんだ。例年、受賞者は作品集を出版してもらえることになっているから、きっと、具体的な打ち合わせがあると思う。会わないうちに偉くなったろう？」

「すごい。小母さんも喜んでた？」

「もちろん」

祐也は、母親も東京につれていきたかったと残念そうにいった。

「譲吉がきてた頃より、具合が悪いんだ。町の医者には入院が必要だといわれたけど、うち、健康保険も払ってなくてさ……でも、年間賞の賞金と写真集の収入があれば……」

祐也は母親について話しつづけた。

「母さんは、一歳の俺をつれて、ここに移り住んだ。もともと町の人間じゃないし、父親がいなかったから、暮らすにも大変だった。おまけに男関係の妙な噂をたてられたりして、ほかの母親から白眼視……つまり軽蔑（けいべつ）されていた。その人たちは、自分の子どもに俺と遊ばないようにいっていたから、俺は学校で友だちができなかった」

祐也は寒さで赤くなった鼻をすすった。

「母さんは仕事で暗くなるまで家に戻らなかったから、放課後ひとりでいるところを誰かにみられたくなくて、俺は山に入って虫ばかり採っていた。だけど、虫を家にもって帰ると、母さんがぜんぶ逃がしちゃうんだ。一匹ずつ名前だってつけてるのにさ。だから俺、つかまえた虫をみんな殺して瓶に入れて、下駄箱の奥に隠した。生きてるから逃がさなきゃいけないんだって考えたんだよ。母さんが家にいないとき、俺は藁半紙(わらばんし)の上に虫の死骸をひろげ、玩具(おもちゃ)のようにして遊んだ。でも日が経つと、汚く変色したり腐ってきたり……」

それをどうにかしようと思ったのがきっかけで、祐也は標本づくりにのめり込んだという。

「最初はただ紙の箱のなかに虫をピンでとめただけ。当然、劣化具合はぜんぜん変わらない。図書室で図鑑や事典を読んで、消毒に乾燥、内臓の摘出なんていう技術を知った。理科室から薬品を少しくすねたり、図工室から木材の切れっ端をもらってきたりしたよ」

標本づくりの腕があがり、やがて満足のいくものがつくれるようになったが、あるとき、隠していたそれらがミツ子にみつかってしまう。

「母さんは、俺が虫を殺す行為に残酷さを感じていた。そんなことを嬉々としてやっている息子を心配した。標本をぜんぶ捨てろといわれ、抵抗すると何日かして、どこでどうやって手に入れたのか、カメラを一台、俺にくれた」

首からぶらさげたカメラを右手でもちあげる。夏休み、譲吉もつかわせてもらった、擦り傷だらけのカメラだ。

「標本をつくる代わりに、写真に撮ってそばに置いておきなさいという意味だった。そしてその企ては、たぶん母さんが考えてた以上に成功した。俺はすぐカメラに夢中になり、一日に何十枚も撮影し、かえって困らせたよ。当時はもちろん店でプリントしてたから、フィルム代に現像代と、とにかく金がかかったはずだからね。それでも母さんにしてみれば、俺が何十匹と虫を殺して喜ぶのに比べたら、安い代償だったのかもしれない。その行為が俺の寂しさから生まれたものであることを知っていたし、その責任が母親の自分にあると感じていたみたいだから」

祐也はカメラの傷を愛おしそうに撫でた。

「俺はきっぱり虫殺しをやめて、約束どおり標本を捨てた。ただ、最後につくった傑作だけは、どうしても捨てられなかった。それが、暗室に隠してあるアレだ」

祐也は悪戯っ子のように笑ったあとで、ふっと寂しい表情をみせた。

「小さい頃、俺の記憶にあるのは、母さんの背中ばかりなんだ。母さんは、いつも忙しそうにしていた。台所に立つ背中、仕事にでかける背中、内職をしている背中……喧嘩して泣いて帰ってきた俺を叱るときも、縫い物をしながら壁のほうを向いてたよ。そんなはずないのに、俺は母さんに背中ばかり向けられていたような気がする。だから、寂しかった。……いま、母さんは台所にも立たないし、仕事もできない。俺は毎日、母さんの顔をみてすごしている。それなのに不思議なもんでさ、俺は、母さんの背中がたまらなく恋しいんだ」

　彼はまた鼻をすすった。

「母さんは俺にカメラを勧めたくせに、自分が撮られるのは大嫌いでな。こんなことなら元気なうちに一枚くらい、無理やり撮っておくんだったよ」

「病気がなおったら、いくらでも撮れるよ」

「……うん、そうだな。こんな俺でも、町内に『うちの工場で働け』っていってくれる社長がいてさ。年末に手伝いにいったんだ。機械いじりは得意だから、けっこう重宝がられたよ。『いつでも自分のところにこい』って、いってもらえた。でも……」

「でも？」

「母さんは俺の写真が好きだといってくれた。俺はその写真で、母さんに恩を返したい。やっとそれが、できるかもしれない」

「東京までどのくらい？」

「四時間だ。明日の早朝に出発して、午後から出版社に出向く。夕方の特急に乗って、夜には帰るつもり。向こうは『一緒に夕食を』と誘ってくれたけど、母さんのことがあるから、あまり家を空けられない」

「気をつけていってきてね」

「ああ。土産（みやげ）を買ってくるよ。悪いけど、うちにとりにきてくれないか？」

「……いってもいいの？」

「母さん、おまえにすごく会いたがってる。『はやく譲吉くんにあやまってきなさい』って、あの日から毎日のように説教さ」

　祐也が譲吉の頭に手を置いた。

「……あのときは悪かった。急に怒鳴ったりして、ごめん」

　譲吉は言葉がでなかった。

「ほんとうに、カメラのことは気にしなくていいんだ。はじめておまえが家を訪ねてきた日に、あれは俺がわざと壊したんだって、いっただろ？」

「うん」

「溺れるおまえをみつけて……俺、どうしたと思う？」

「どうって……助けにきてくれた」

「いいや、ちがう。俺は川で溺れているおまえをみて、真っ先にカメラを構えたんだよ。そして何度もシャッターを切った。そのうち、おまえが水に完全に沈んだのがわかって、はっと我に返った。俺は自分が怖くなった。母さんが心配したように、自分はとんでもなく残酷な人間なのかもしれないと、心が冷たさに震えるようだった。俺は夢中で駆けだし水に飛び込んだ。溺れる子どもを写したフィルムを、カメラもろとも葬ってしまいたかったからだ」

祐也はしゃがんで譲吉と目を合わせた。

「だから、あやまるのは俺のほうなんだ。ごめん、許してくれ」

譲吉は、許すことなどなにもないと思った。彼の告白に、少しも傷ついてはいなかった。祐也は写真を撮らずには生きられない人なのだと理解していたし、彼が自分の命を救ってくれた事実になにも変わりはないのだから。

「……ねえ」

「ん？」

「小母さんがおにいちゃんを叱るときに背中を向けてたのは、小母さんも泣いてたからじゃないかな」

祐也の返事はなかったから、彼がどう考えたかは、わからなかった。

ふたりは、三日後の日曜日に会う約束をして、別れた。

翌五日は、朝から大雪だった。祐也の東京行きは無事に終わっただろうかと心配になった。

そして、三十五年前の二月六日、土曜日。

雪はその日も降りつづけた。午前授業のいわゆる半ドンのあとは、自宅と旅館の雪かきが待っていた。祐也と約束したのが今日でなくてよかったと、そのときは思っていた。

夜十時頃、消防車数台がサイレンを鳴らし、旅館のそばを走りすぎていった。

「水里から火がでたらしい」

地元消防団に所属していた父が、いちはやく情報を得て家族に告げた。譲吉は急いで宿の二階にあがり、水里地区のほうを眺めた。暗闇のなかに、粒のような炎がみえ、譲吉は、すっと血の気が引くのを感じた。

目撃者の多少詩的な表現を借りれば、二ツ森家からでた炎は、まるでそこから夜が生みだされているかのように黒い煙をあげながら、木造平屋の長屋を包み込んだ。出火に気づいた近隣住民が消防に通報した。水里地区は除雪が行き届いておらず、消防車の到着に遅れが生じたことは否めないが、そうでなくても事態はたいして変わらなかっただろう。

焼け跡の、寝室にあたる場所から、二名の遺体が発見された。火による損傷が大きく、容姿による特定は不可能だったが、のちに過去の歯科治療の記録によって、二ツ森ミツ子と祐也であることが確定した。

ボーンと、ロビーの柱時計がひとつ打った。十一時半。譲吉の昔話は終わりに近づいていた。客は、酔いのせいか時間のせいか、ゆったりと身体を揺らしながら話を聞きつづけている。

「火災の翌日……二ツ森家を訪ねるはずだった日曜日の夕方、刑事がふたりやってきました。火は長屋も納屋もすべて焼いてしまいましたが、少し離れた雪の上にダンボールが敷いてあり、そこにうちの旅館の名前と『兼城譲吉さまへ』と表書きのある包みが置かれていたというんです」

包みはひと抱えある大きさで、茶色いクラフト紙にくるまれ、たしかにマジックで自分の名が書かれていた。祐也にいちゃんの字だ……譲吉には、すぐわかった。

「この時点では、焼死体の身もとはまだ確定していませんでしたが、状況からミツ子さんと祐也さんであることは疑いようがありませんでした。警察は、包みは二ツ森の人間が遺したものである可能性が高いと考えていました。だからといって宛名のあるものを勝手に開けるわけにもいかない。それで、自分たちの前で本人……つまりわたしに開封してくれないかと、頼みにきたわけです。両親は、ぎょっとしていましたよ」

宛名の人物が小学生と知った刑事もまた、面食らった様子だったことを憶えている。

「警察と消防は、すでに単なる失火ではないと疑っていたのですか？」

「当初は事故と考えられていました。現場からは寝室に一台、茶の間に一台と、二台の石油ストーブがみつかった。ここにあるストーブと同じようにもち運びのできるタイプです。そのうち寝室にあった一台が、当時回収騒ぎになっている製品だとわかったんです。タンクの蓋に問題があって、漏れた灯油に引火する事故が多発していたらしい。二ツ森家は情報といえばラジオだけでしたから、そういったニュースを知らなくても無理はなかった。しかし調査の結果、出火元はストーブでないことが明らかになりました。室内に灯油をまいて火をつけた可能性が高いことが判明したんです」

「だとすると……火の手の及ばぬ場所に置かれていた包みが二ツ森さんの遺したものであると確認できれば、彼らが計画的に自宅に火をつけた疑いが濃厚になる。つまり外部の人間による放火ではなく、心中という解釈が成り立つ。そういうわけですね」

譲吉はうなずいた。

「包みの中身というのは、もちろん……」

「ええ。この標本でした。刑事は中身が虫と知り、非常に落胆した様子でした」

譲吉は卓の上に標本を立て、客に裏面をみせた。

「封筒が貼りついていますが、これは？」

「当時もこうでした。気づいたのは若い刑事で、はやく開けろと急かされましたよ」

封筒には一枚のモノクロ写真が入っていた。台所の流しの前に立つ女のうしろ姿を写したものだった。浴衣の寝巻きの上に半纏を羽織り、ひとつにまとめた長い髪を背に垂らしている。手もとは背中に隠れてみえず、なにを調理しているのかはわからない。

「この女性が……ミツ子さんですね？」

「そうです」

客は小さく首を傾げた。一緒に身体まで傾く。

「……この写真は、いつ頃のものでしょう？　先ほどのお話によれば、祐也さんは母親の写真を撮らずにいたことを悔やんでいた。寝巻きで台所に立っているところをみると、体調を崩して以降のように思える……まあ、朝であれば起きたままの恰好で家事をすることも考えられますが」

「いえ、やはり病気になったあとでしょう。うしろ姿とはいえ、わたしが知る彼女の印象に近い。むしろ、それより痩せて感じるほどです」

「包みのなかは、これで全部だったんですか？」

「警察は手紙のひとつも期待していたようでしたが、これだけです。念のためしばらく預からせてほしいと渋い顔で帰っていきました。とはいえ、標本が間違いなく祐也さんのものであり、宛名書きも彼の字にちがいないというわたしの証言によって、外部の人間による犯行という線はかぎりなく薄くなったわけです。警察は当然ミツ子さんの病状を調べていましたから、灯油をまいて火をつけるといった作業は、祐也さんがおこなったと考えました。暮らしと母の病、その両方を苦にして、心中したのだと」

「しかし、祐也さんにとって、まさにこれからというタイミングではありませんか」

客の当然の疑問に、譲吉は小さく首を振った。

「……じつは、彼の上京は失意のうちに終わっていたんです。わたし自身、かなり時間が経ってから知ったことでした。事件について知りたくても、小学生では限界がありましたからね」

警察の調べで、出版社に赴いた祐也が雑誌の休刊を聞かされていたことが明らかになった。再開の予定のない休刊だった。本来なら年間優秀者の特集が誌上で組まれ、春には授賞式も開かれるはずだったが、次の最終号で簡単な選考経過の報告があるのみと告げられた。十万円だったはずの賞金も半分になった。写真集については、最後の受賞者ということもあり出版の可能性は残ったが、発売時期は未定とされた。

「そのため警察は、祐也さんによる一方的な無理心中という線すら考えたようです」

火災前日、五日の夜十時過ぎ、雪のやみ間に雪かきをしていた近所の住民が、東京から戻り、膝上までつもった雪をかき分けながら家に向かう祐也を目撃していた。

「もっとはやく戻るはずが、雪の影響で特急がだいぶ遅れたらしいです」

雪はふたたび未明から降りだす予報だった。その住民は夜のうちに少しでも除雪をしておこうと一時間ばかり外にいたが、そのうち二ツ森家の長屋のほうから、バリバリと木を裂くような音が聞こえてきた。何事かと家の裏手をそっとみにいくと、畑でつかう鍬を手に、祐也が納屋を叩き壊していた。住民は怖くなって、声もかけずに自分の家へ駆け戻ったという。

「暗室のある納屋は、祐也さんの仕事部屋です。帰宅するなりそこをメチャクチャにしてしまうほど、彼は絶望の淵にあったということでしょう」

「無理心中を示唆する、たとえば外傷のようなものがミツ子さんの身体にはあったのですか？」

「そういうわけではありません。仮に心中に同意していなかったとしても、弱った彼女の身体では息子の行為をとめられなかっただろうということです。ミツ子さんの死因は焼死、一酸化炭素中毒でした。気道や肺の状態から、火に巻かれる前に意識を失ったと考えられました。わたしには、それだけが救いのように思えます。隙間の多い木造住宅ですが、窓に目張りがされていたうえ、つもった雪が家の気密性を増したのではないかと、消防や警察は推測しました」

譲吉は大人になってから、当時現場に出動した消防団のＯＢや、警察官になった友人から、事件の情報を得ることが叶った。

「目張りは、心中のために？」

「いや、単に隙間風対策でしょう。ただ警察は、現場で燃え残った縄を発見しており……」

「縄……ですか」

「それで心中を拒む母親の身体を拘束したのではないか……そんな疑いまで抱いたようです」

「それは……オソロシイことです」

「結局、祐也さんに殺人容疑がかけられることはありませんでしたが、もちろん彼がそんなことをしたはずがありません。わたしは、この写真こそが、ふたりが同意のうえで心中した証拠だと考えています」

「と、いいますと」

「よくみてください。ミツ子さんはしっかり立っているようでいて、じつはそうではない。流し台にもたれかかって身体をやっと支えているんです。両手はなにか作業をしているような感じですが、実際には、そういうふりをしているだけで、なにもしていないでしょう。これは、台所で仕事をしているポーズなんです。この写真は、家に火をつけるその日に撮影されたものだと思うのです。撮られることを嫌ったミツ子さんが、死を決めたからこそ、病に衰えた身体で一枚だけ許したうしろ姿……祐也さんが恋しがった、台所に立つ母親の背中です」

「……祐也さんの死因はなんだったのでしょう？」

写真の解釈を述べたのに、それを無視するかのような質問だった。譲吉は眉間にしわを寄せた。

「もちろん焼死……といっても、彼の場合は一酸化炭素中毒ではなく、熱傷が主因と考えられたようです。解剖の結果、気道に高熱を受けていることがわかり、炎に巻かれた時点で、まだ生きていたと考えられています」

譲吉は、自分の心がそのときの祐也に向かわぬよう、つとめて機械的にこたえた。

「死因にズレがあるわけですね」

「焼死は、熱傷とガス中毒、それに酸素欠乏の三要素が絡み合って起こるものです。体力や場所、行動によって、どの要素がつよく影響するかは当然変わってくるでしょう」

「ふたりの死亡時刻にズレはなかったのでしょうか？」

「……お客さんは、どうやら祐也さんが無理心中をはかった——ミツ子さんを殺したのだという説に票を投じたいようですね？」

皮肉をいったつもりだったが、

「合意のうえの心中だったとしても、命を奪う行為には変わりありません」

と、平気な顔で返事をする。

「体表や筋肉は熱による影響が大きく、死亡時刻を推定するための、いわゆる死体現象は観察し得ませんでした。しかし解剖の結果、ふたりとも食後三時間から四時間で死亡したことが判明しています。ミツ子さんが食べた量は、ごくわずかだったようですが、胃腸の内容物から、ふたりが同じ料理を食べたことは間違いないようだと」

「なるほど……」

客の目は、酔いか、あるいは眠気のためか、トロンとしている。その目は譲吉をみているようでいて、どこかべつのところに向けられているようにも感じられた。要するに、焦点が合っていないのだ。そう、彼の質問のようにピントがずれていると、譲吉は腹立たしく思った。話すのではなかったという後悔さえ感じる。

「もうひとつ、お訊ねしたいことがあります」

「なんですか」

「祐也さんは東京で、たしかに失望を味わったと思います。しかし賞を受けた事実に変わりはなく、額が減ったとはいえ自分の作品に賞金として値がついた。休刊するにしろ雑誌には講評が載る。そして写真集についても、出版の可能性が潰えたわけではなかった。彼は夢の実現に向けた手応えを、まったく感じなかったのでしょうか？」

「それは」

知ったような口をきく客に反発心が起こり、つよい口調でいい返す。

「彼は受賞することで、母親にじゅうぶんな治療ができると考えた。母親からもらったカメラで恩返しができると喜んだ。わたしは、祐也さんが写真を撮りつづけたのは自分のためではなく、ミツ子さんのためだと思っています。ミツ子さんは祐也さんの写真が好きだった。写真を撮る祐也さんが好きだった。自分の病のために彼が夢を諦めることだけはしないでほしいと願っていた。そしてその気持ちを、祐也さんは痛いほど知っていた。病気の母親に我慢を強いながら、日雇いで食いつなぎ撮影をつづける日々は、精神的につらいものだったにちがいありません。だからこそ、期待を裏切る東京での出来事に、彼は大きな失意を覚えた」

「まだ未来はいくらでも開けるではないですか。先ほどもいいましたが、たとえふたりに合意があったとしても、心中という行為は一方が他方の命を奪うことです。ご主人が知る祐也さんは、その程度の失望で、愛する母親の命を奪うような人だったのですか？」

譲吉は黙った。もちろん彼だってそう考えた。祐也はそんな人間ではないはずだ、と。だが、現実に彼は死を選んでしまったのだ。客は、そんな自分の心を知らず、言葉を重ねる。

「祐也さんは、知り合いの社長から『いつでも自分のところにこい』と声をかけてもらっていた。金銭的にも絶望に至るには早過ぎます。もちろん彼は写真中心の生活をつづけたかったにちがいありません。一日でもはやくプロになり、自分たちをバカにした人間を見返してやりたい、そういう気持ちがあったでしょう。町の人間に頭をさげて仕事をもらうことに抵抗もあったでしょう。ですが、彼にとって母親の命は、そんなプライドよりも軽いものだったんでしょうか？」

もちろんそんなふうには考えたくない。だが……。

「だったらあなたはどう説明するんです？　外部の人間による放火殺人だとでも？」

「いいえ。火をつけたのは祐也さんです」

譲吉は思わず鼻で笑った。

「だったら結局……」

「ですが動機はちがいます。彼が自殺を選ぶほどの絶望が、ほかにあったんです」

そのとき、客の目の焦点が、どこかに合ったような気がした。一瞬きつく結ばれた口が、すぐまた開く。

「東京から帰ってきた祐也さんは、亡くなっているミツ子さんを発見したのではないでしょうか？」

……いったい、この客は人の話のなにを聞いていたのだろう。いや……きっと飲ませすぎた自分が悪かったのだ。

「お忘れかもしれませんが、解剖で、ふたりは食後ほとんど同じだけ経ってから死亡したことがわかっています」

譲吉は穏やかにいった。それに対して客は、やはり穏やかにこういった。

「食後同じ時間が経過していたからといって、一緒に食べたと決めつける必要はありません。ミツ子さんは火災の前日、二月五日の夜、食事から三、四時間後に死亡した。いっぽう祐也さんは、翌六日の夜、やはり食事から三、四時間後に死亡した。そう考えてはいけないでしょうか」

譲吉は絶句した。この男は、なにをいっているのか。

「ミツ子さんは焼死したんですよ？　火事が起きたのは六日です」

「一酸化炭素中毒の原因を火災と考えなければいいんです。大雪の最中、祐也さんは母親が寒くないようにと、ストーブを二台とも焚いてでかけたのではないでしょうか。二部屋合わせて十二畳あまりの家で、二台の石油ストーブが燃えつづけていた。ミツ子さんは外にでかけることもなく、ほとんど布団ですごしていたでしょうから、ひとりでいるあいだ、換気の機会はほとんどなかった。目張りと大雪で家の気密性が高まっていたという理屈は、火災前日の夜にも当てはまることです。やがて酸欠がストーブの不完全燃焼をもたらし、室内の一酸化炭素濃度が上昇していった。雪の影響で祐也さんの帰宅が大幅に遅れるという不運も重なった」

譲吉の指先が震えはじめた。写真に目を落とす。

「じゃあ……この写真は、いったい、いつ……？」

「それはご主人のいうとおり、火災当日に撮られたものでしょう。祐也さんは死ぬ前に、母親の写真をどうしても撮影したかったにちがいありません」

それを聞いた途端、譲吉は力が抜けた。

「話が合わないじゃないですか。あなたの説では、そのときミツ子さんはもう……」

——あっ。

「……つまり、写真のミツ子さんは……」

「はい。遺体だとすれば、説明がつきます」

男の目が焦点を結んだ像に、譲吉は啞然とした。

「彼は撮影のため、母親の遺体が硬直するのを待った。だから、彼の死は翌日まで延ばされたのです」

「な……」

「料理をしている姿をイメージして、彼は遺体にポーズをとらせた。硬直するまでのあいだ姿勢を固定する添え木として、納屋を叩き壊して調達した板を縄で結びつけた」

「ああ……」

「帰宅して母親の遺体を発見した祐也さんは深い絶望に飲み込まれ、自らも命を絶とうと思った。そのとき、最後に一枚だけ、母親の写真を遺しておきたいと考え、実行に移した。彼の精神が、束の間絶望から逃れるために起こした、反射的な衝動だったのかもしれません」

譲吉の脳裡に、業の一文字が浮かぶ。

「そして翌日、硬直した母親の遺体を起こし、台所に立たせる。遺体を暖かい部屋に置いておきたくはないでしょうから、ストーブは消していたか、ごく弱くしかつけていなかった可能性が高いと思います。結果、硬直は緩やかに進み、夕方頃まで待つことになった。とはいえ、支えなしで立たせるのはむずかしいでしょうから、どうしても流し台にもたせかけるような恰好になる。ご主人はそれを病で体力が落ちているせいだと捉えたわけですから、そう考えてみると、ミツ子さんの生前の姿を再現できたともいえる。まるで……」

そこで客が口をつぐんだ。だが、いいたかったことはわかる。

まるで……昆虫標本をつくるように……。

「撮影を終えた彼は、ミツ子さんが亡くなる前に食べたものと同じ食事をとった。東京にでかける祐也さんが母親のためにつくり置いていったものなのか、それともミツ子さんが自分でつくったものなのかはわかりませんが、ともかくミツ子さんが食べ残した料理があったのだと思います。それが彼の、最後の晩餐にもなった」

ミツ子は料理を口にした数時間後に、一酸化炭素中毒で倒れた。そしてその数時間後、帰宅した祐也が彼女の遺体を発見した。遺体は硬直がまだ起きていなかったか、それほど進行していなかったのだろう。祐也は遺体に細工を施し、硬直の完成する翌日を待って撮影を済ませ、食事をし、自らも死を選んだ。

「……ですが、彼は食後すぐ家に火をつけたわけではなかった。それからの数時間、いったいなにを……あ、そうか」

「ええ。腹ごしらえを済ませ、写真を現像して焼きつけるという最後の仕事にとりかかったのです」

添え木の調達のため外壁を壊してはいたが、暗室はまだつかえる状態だったのだろう。あるいは暗室など不要なほど、冬の水里地区の夜は暗闇に包まれていたのかもしれない。

讓吉は、あらためてまじまじと写真をみた。祐也にとって、印画紙は標本箱だった。昆虫を、風景を、カモメと老人を、白い紙に封じ込め、愛しんだ。

客は、祐也が母親の死に絶望し、自らも死を選んだといった。だが、もうひとつの解釈もあり得ると、讓吉には思えた。

祐也は、母親の遺体をまるで玩具のように扱った自分に怖れをなしたのではないか？　かつて母親が案じた、自分の内にひそむ残酷さにこそ、真の絶望を抱いたのではなかったか？

　だからこそ、溺れる譲吉に向けたカメラを水に葬ったように、母の命を奪う原因となった火に、自分自身を葬る決意をした。

　彼は、母親を写したフィルムも一緒に燃やすつもりだった。現像する気はなかった。だから、食事をした。ほんとうにそれが、最後の行為のつもりで。だが、その気が変わった。

　祐也が最後に口にした食事は、ミツ子がつくった夕食だった——譲吉は、確信に似た思いを抱く。彼女は、東京から戻る息子のために、病を押して台所に立ったのだ。たいしたものはできないにしろ、なにか自分のつくったものを食べさせてやりたかった。ミツ子の解剖でみつかった食事の痕跡は、わずかな量だったという。それは食事ではなく、味見の跡ではなかったか。

　母が自分のためにつくった料理を口にするうち、祐也の心に変化が生じた。彼は、自分の最後の作品を、母と自分が生きた証を、どうしても遺しておきたくなった……。

　譲吉には、そんなふうに感じられて仕方なかった。

ほとんど交わす言葉もないまま酒を飲みつづけ、どのくらい経っただろうか。譲吉は、ふと思いだしたことを喋りはじめた。

「……警察から戻ってきた標本と写真を、両親と祖母は廃棄しようとしました。刑事が返却にきたとき、たまたまわたしが家にいなかったら、勝手に処分されていたでしょう。わたしは頑強に拒みました。家に置いていては捨てられてしまうと危惧し、級友の康介に頼んで預かってもらいました。彼は高校を卒業し町をでていくその日まで、この標本をまるで自分の宝物のように……お客さん？」

気づかぬうちに、客は座ったまま眠っていた。柱時計が零時を打った。襖が開き、妻が顔を覗かせた。

「まだ飲んでらしたんですか。そろそろ切りあげないとお客さんにもご迷惑……あら、寝てしまってるじゃないですか」

「うん。いまから片づける」

譲吉は男を起こそうとして少しためらい、思いなおしてそっと毛布をかけ、静かに片づけを済ませた。帳場に立った彼は、ついに思いだすことのできなかった客の名前を確認するため宿帳を開き、そして首をひねった。

読みかたのわからない魚偏の漢字ではじまる名が、子どものような筆づかいで記されていた。

ただ、運が悪かっただけ

芦沢(あしざわ)央(よう)

1984年、東京都生まれ。千葉大学文学部史学科卒業。出版社勤務を経て、2012年に『罪の余白』で第3回野性時代フロンティア文学賞を受賞し作家デビューを果たすと間もなく〝短編の名手〟として声価を高める。惜しくも受賞は逃したものの第68回（2015年）日本推理作家協会賞短編部門に「許されようとは思いません」がノミネートされ、また同作を表題作とする短編集は第38回（2017年）吉川英治文学新人賞の候補にも挙がった。今回再び著者を協会賞短編部門候補の椅子に座らせた本作は、末期癌で余命わずかなヒロインが生来の「理屈くささ」を武器に、最愛の夫が長年背負ってきた人生の重荷を下ろしてやろうとする痛切なベッド・ディテクティブ物である。大工だった夫は、まだ見習いの若かりし時分、顧客の老人に不良な脚立を売り渡したせいで悲惨な事故死を招いてしまったと悔やみ続けていたのだ。人生の運不運と日頃の行いとの因果関係がねじれて織り成される人間ドラマに凄味を覚える。（K）

襖を開け閉めするような音が、どこか遠くで続いている。

開いては閉じ、開いては閉じ、開ききらず閉じきらず、ただひたすらに敷居の上を滑り続ける古びた襖。端に滲んだ淡い染みは人の顔に似て、左右に揺さぶられるほどに笑みを深めていく。

にげなくては、と私は思う。あれはきっと、こわいもの。

せめて目だけでもそらさなければ。そう思ったところで身体が少しも動かないことに気づき、思わず息を詰めた瞬間に目が覚めた。

見慣れた天井の木目が視界に飛び込んできて、カン、という金属を叩く澄んだ音にぬるまった息が漏れる。

——ああ、鉋削り。

頭を枕から引き剝がすのと、夫が鉋を持つ手を止めるのが同時だった。

「起きたか」

ええ、と答える声がひどくかすれる。咳払いをしたくなったものの、一度咳をすると止まらなくなってしまう気がして寸前で堪えた。目の前に差し出された湯呑みを目礼をして受け取り、震える腕を動かして喉を湿らせる。

「ありがとう」

夫は短くうなずくと作業台へと向き直り、金槌を小さく振って裏金を調節した。

再び、襖を開け閉めするような音が響き始める。

――何を作っているんだろう。

夫の手元には、長さ一メートルほどの角材――椅子の部品か、何か棚のようなものでも作るのか。

けれど、かなりの時間が経っても夫は同じ木材を削り続け、次の工程に移ることはなかった。作業台の上に積み上がっていく削り屑の山に、私は胸を強く押されたような圧迫感を覚える。

夫は何かを作っているわけではないのだと、わかってしまう。夫はただ、心を落ち着けるためだけに手を動かしているのだと。

私が余命半年という宣告を受けたのは、今から約一年前のことだった。

夫の被扶養者として入っている健康保険の五十五歳健診で要精密検査と言われ、何かの間違いだろうと笑いながら検査を受けたところ、末期癌だと診断されたのだ。

既に複数の臓器に転移していて手術は難しく、薬物療法に踏み切ったものの効果が出ずに治療を打ち切った。

せめて最期は自宅で迎えたいという私の希望を、夫は受け入れてくれた。夫が町大工から建具職人へと転身して以来、一日の大半を過ごすようになった作業場の片隅に、医療用ベッドを運び込んでくれたのだった。

夫が作業をしているところを見るのが好きだった。木の具合を確かめる鋭い目、道具を扱う迷いのない手さばき。その節くれだった指が立てる厳かな音に耳をすませていると、波打ち続ける心身の痛みが静まっていくのを感じた。

――けれど、夫にとって、弱っていく妻を目の当たりにする日々は、どんなものだっただろう。

夫を思うのならば、本当は少しずつ存在感を失くしていくべきだったのかもしれない。自分がいなくなっても、できるだけ変わらない生活が送れるように。

それなのに私は、自分が少しでも夫のそばにいたい気持ちを優先して、こうした最期を望んだのだ。

『ああ、本当に情けない』

ふいに、義母の声が脳裏で反響した。その言葉を聞いた瞬間の、頭から冷水をかけられたような感覚までもが蘇る。

もう二十年以上前、義父が脳梗塞で倒れ、一命は取り留めたものの介護が必要になったと聞かされたときのことだった。

どうしよう、これからどうしたらいいのかしら、と繰り返す義母に、私はどうするべきなのだろうと考えた。

義父がこうなった以上は同居した方がいいのかもしれない、というのが最初に浮かんだ考えだった。義父は身体が大きい。義母ひとりに介護を任せるのはあまりに酷だろう。一緒に暮らすなら部屋の間取りはどう使うのが最適か、あるいは改築をした方がいいのか——そこまで考えたところで、『ああ、本当に情けない』という叩きつけるような声が飛んできたのだった。

『さっきからそわそわとよそ見ばかりして。少しは真剣に考えたらどうなの』

誤解だ、という言葉がすぐには出てこなかった。喉に何かが詰まったようで、全身が冷たくなっていくのがわかった。

『落ち着けよ』

低く、静かな声が隣から聞こえたのはそのときだ。

『十和子が真剣に考えていないわけがないだろう』

夫は当たり前のことを口にするようにそう言うと、私の肩に手を置いた。その手のひらの温かさで、全身の強張りがほんの少し緩まる。

『あの、同居するとしたら、どういう形で部屋を使うのがいいのかなって……』

何とかしぼり出すようにそう言った途端、義母は変な味のものを食べたような顔をした。

『そんなの、今考えるようなことじゃないでしょう』

まったく、理屈くさい、と続けられて身が竦む。

それは、幼い頃から何度も言われてきた言葉だった。どうしてあんたはそうひと言多いの、屁理屈をこねるんじゃない、本当におまえはかわいげがない――

またやってしまった、と思った。後悔と羞恥心が一気に湧き上がってきて、頬が熱くなる。

だが、夫はもう一度『落ち着けよ』と言った。

『十和子は、母さんがどうしたらいいかって言ったから対処法を考えていただけだろう』

この人はわかってくれるのだ、と思った途端に泣き出しそうになる。けれどここで泣いたら義母を責めるような形になってしまうかもしれない、と思うと滲みかけていた涙が引き、数秒してから、ここで泣くぐらいの方がまだかわいげがあったのかもしれない、と気づいた。

義母も、突然義父が倒れて気が動転していたのだろう。翌日には言いすぎたと謝られ、それ以降は同じような言葉をぶつけられたことはなかった。

むしろ同居してからは『本当にいいお嫁さんをもらって幸せだわ』と何度も言わ

れ、義母が亡くなる前には『何だか、息子より本当の娘みたい』とさえ言われた。

義母があの日のことを引きずっていたとは思えないし、そもそもあのときの言葉が義母の本心だったとも思わない。非常事態にこそ本性が出る、という言葉があるけれど、やはり非常事態に出るのは非常事態の感情であって、それがその人の本質や本音だと考えるのは早計だ。

なのに、なぜ、今になってあの言葉を思い出しているのだろう。別に義母に対して不満やわだかまりを抱き続けてきたわけでもないのに。

私は重くなってきたまぶたを下ろし、長く息を吐き出した。

――もし、子どもを産んでいたら、どうだっただろう。

それは、これまでに何回も何十回も考えてきたことだった。私と夫の子は、どんな子どもだったのか。子どもを育てる人生とは、どのようなものだったのか。もし子どもがいれば、自分が先に他界しても夫は一人にならなくて済んだのか。

五十六歳――その数字をどう捉えればいいのか、考えるほどにわからなくなる。

二十代の頃、五十代なんて途方もない未来に自分が生きていることさえ上手く想像できなかった。けれどいざ五十代になって病気になり、もうこの先に未来はほとんど残されていないのだと告げられると、自分はどこかで平均寿命まで生きるはずだと信じていたことに気づかされる。

その、あるはずだった道が突然閉ざされたことに、意味づけをせずにはいられない。もっと頻繁に健診を受けるべきだったのかもしれない。食生活に問題があったのかもしれない。何かバチが当たったのかも——でも、そうではないのだ。そもそも平均寿命というものは平均でしかないのだから、それを基準に考えること自体がナンセンスなのだとわかっていてもなお、本来なら与えられるはずだったものを奪われたような気がしてしまう。そして、その原因は自分にあるのではないかと。

夫は、これからどのくらい生きるのだろう。どうか長生きしてほしいと願いながら、添い遂げようと誓った相手を置いていかなければならないことがたまらなくなる。

結局、私は夫に何も残してあげることができなかった。そう思うと、全身から力が抜けていくような虚しさと、居ても立ってもいられなくなるような焦燥感が同時に湧いた。いや、夫に対してだけではない。私はつまるところ、この世に何も残せはしなかったのではないか。

まぶたを持ち上げると、夫は相変わらず鉋をかけていた。時折、刃砥ぎや裏金の調整をしながらも、懸命な手つきで鉋を動かしている。

規則的に響く這うような音。

夫は昔から年に数回、夜中にうなされることがあった。悪い夢でも見たのかと尋ねても答えることはなく、翌日には決まっていつもより長く鉋をかけていた。

私はゆっくりと時間をかけて上体を起こす。夫が手を止め、首だけで振り向いた。問うような視線に、私は迷いながら口を開いていく。

「ねえ、あなた」

思いつき、というほど意味のある考えだと思っていたわけでもなかった。確信があったわけでもない。

ただ、何も残せないのなら、せめて引き取れないだろうか、と思っただけだった。夫を苦しめている何かがあるのなら、それを。

「もしあなたが何か苦しいことを抱えているのなら、私があちらに持っていきましょうか」

夫の小さな目が、見開かれていく。

「別に話したくなければ、話さないままでも構いません。ただ、もし持ち続けているのがつらいことがあるのなら、私に預けたと思って手放してしまうのもいいんじゃないかと思って」

瞳が揺らぐのが見えた。

ごと、と重いものが作業台に置かれる音が響く。夫の乾いた唇がほんの少しわななき、喉仏が上下した。

数秒後、夫はすっと息を吸い込む。

「俺は昔、人を死なせたことがある」

長い間、暗がりにしまい込んできたものを恐る恐る取り出すように、静かに語り始めた。

＊

工業高校を卒業してすぐ、光村（みつむら）工務店で働き始めた。

基礎は高校の授業で学んではいたものの、当然即戦力になれるわけでもない。まずは大工見習いとして雑用をこなしながら現場で経験を積み、五年もすれば一応見習いという言葉は取れるが、一人前として認められるようになるには最低でも十年はかかるという話だった。

その、五年目のある日、職場で一本の電話を受けた。

『遅い！』

受話器を持ち上げるなり飛んできた罵声（ばせい）に、誰何（すいか）するまでもなく相手がわかってげんなりする。その一瞬の間を鋭く咎（とが）めるように、『ったく』という舌打ちが続いた。

『最近の若いのは挨拶もろくにできやしない』

「すみません、いつもお世話になっております、光村工務店です」

咄嗟に背筋を伸ばして答えると、ふん、と鼻を鳴らす音が響く。

『いいか、お世話になっておりますってのは相手の名前を聞いてから言うんだよ。常識だろうが』

「えっと、中西様ですよね？」

『そういうことを言ってんじゃねえよ』

中西は憤然として吐き捨てた。俺は「すみません」と首を縮めながらも、ここで名前を出さなければ、おまえは得意客の名前も覚えられねえのかと言われていただろうとも思う。実際、何度かそう怒鳴られたことがあったからだ。

最初に中西を怒らせてしまったとき、叱責を覚悟して親方に報告すると、親方は『誰が得意客だよ』と笑った。『中西の用事なんて、どうせ椅子のがたつきを直せとか、電球を替えろとか、そんなもんばっかじゃねえか』

親方の言葉は本当だったと、すぐに身をもって理解することになった。中西は依頼頻度こそ月に数回と多いものの、どれも本来の工務店の業務ではなく、得意客へのサービスを求めているに過ぎなかった。時折、網戸の修繕や壁紙の貼り替えなどの依頼もあるにはあったが、何にしても金額は大きくない。

だが、それでも中西でなければ、ここまで悪し様に言われることもなかっただろう。

中西は、工務店の誰からも嫌われていた。呼びつけられて行って作業をすれば、「この程度の仕事で金が取れるんだから楽でいいよな」とせせら笑われ、少しでも世間話をするような間があれば、飲食店で料理が出てくるのが遅かったと苦情を入れてタダにさせたという自慢にもならない自慢や、娘が孫の顔も見せにこないといった愚痴を延々と聞かされる。

ベテランの大工ほど中西の家には行きたがらず、そもそも中西はベテランの大工でなければ務まらない仕事を依頼してくるわけでもない。必然的に一番の新米である自分が中西を担当することになった。

ため息をこらえながら、ボールペンを構えた。それで、と尋ねかけたところで、『おまえのところではどんな改築ならできるんだよ』と遮られる。

「改築？」

訊き返した途端、斜め前にいた親方が顔を上げた。無言で腕を差し出され、慌てて中西に電話を替わる旨を伝えてから親方に受話器を渡す。

しばらくして電話を切った親方の話によると、中西が依頼してきたのはそれなりに大がかりな改築工事だった。妻には先立たれ、娘も嫁いでいって部屋が余っているから、二階の部屋を二つ潰して居間の中心に吹き抜けを作りたいのだという。ついでに台所や浴室の設備も最新のものに替えたいということで、かなりまとまった額の工事になり、他の顧客よりも手間がかかるだろうことを見越してもなお旨味（うまみ）がある仕事になりそうだった。

これは俺にとっても願ってもない話だった。親方や実際に作業に携わるベテランの職人たちが直接中西と打ち合わせをするなら、自分は担当から外れられるからだ。勉強のために同席こそすれ、これまでのように愚痴や怒声の矛先（ほこさき）になることはあるまいと思うと幾分気が楽で——けれど蓋を開けてみれば、その目算は誤りだった。

いくら中西とは言え、押しが強く迫力のある親方には言い負かされることも多く、そのたびに鬱憤（うっぷん）をぶつけられるのはやはり自分だったのだ。

中西は、親方が提示した案を一度は呑んでも、しばらくすると俺に対し「素人だからぼったくってもわからねえだろうと高をくくっているんだろうが、そうはいかねえからな」と唾を飛ばし始める。複数の会社からの見積もりを揃えて説明を重ね、やっとのことで工事を進めても、標準的な規格の段差で躓（つまず）いたというだけで手抜き工事のせいだと騒いだ。

結局、親方自ら細かく工事箇所の説明をして無事に引き渡し書に署名をもらえたのは、通常の工期よりも半年以上遅れてからだった。

署名をしてもなお「こんな工事で大金ふんだくりやがって」と絡（から）み続ける中西を何

とかかわして工務店に戻ると、工事に関わった職人たちは皆、無事に署名をもらえたか気が気でなかったらしく、一斉に腰を上げて「どうだった」と口にした。

そして、親方の「今日はもう切り上げて打ち上げでもするか」というひと言で場がわっと沸いた瞬間――

工務店の電話がけたたましく鳴り、全員が動きを止めた。

嫌な予感がした。そして、誰もが同じことを考えているのか、誰も電話に向かって手を伸ばそうとしない。

焦燥感を煽るようなそのベルの音は、中西の怒鳴り声によく似ていた。おい、おまえら何サボっていやがるんだ。上手く隠れているつもりでも俺にはわかるんだからな。

まるで本当にどこかで見張っているかのようなタイミングに、もはや恐怖に似た思いを抱きながら電話に出る。

「はい、光村工務店で……」

『おい、どうしてくれるんだ！』

受話器から飛んできた怒鳴り声は、ビリビリと空気が振動するのを感じるほど大きく響いた。名乗る言葉はなかったが、もちろん名前を問いかける必要はない。全員の視線を受け止めながら、腹に力を込めた。

「あの、何か問題がありましたか」

『問題なんてもんじゃねえよ！　とんだ欠陥工事じゃねえか！』

受話器を耳から少し離し、親方を見る。親方は眉間に皺を寄せて煙草に火をつけた。けだるげにくゆらせる仕草に、俺は思案してから受話器を握り直す。

「つい先ほど、一緒に工事箇所を確認して引き渡し書にも署名していただいたはずですが……」

『さっきはついた電気がつかねえんだよ！』

一瞬、言葉が出てこなかった。は、と訊き返しそうになるのを、何とか堪える。

現地に確認に行くまでもなく、原因ははっきりしていた。

電球が入っていないのだ。

検査の際に親方が電球を入れて電気をつけてみせ、電球が切れたらまた工務店に連絡をもらえれば交換に来ると説明したところ、中西は『そうやっていちいち金を取る気なんだろう』と毒づき始めた。

『脚立さえあればこんなもの誰にでも替えられるんだからな』

その言い草には親方もカチンときたのだろう。『そしたら、この電球は外してもいいですね』と平坦な声で言い、中西が『どうせ素人には替えられないと思って足元を見てやがるんだろうが』と吐き捨てると、さっさと外してしまったのだ。

俺が「あの、電球は」と言いかけた途端、中西はそうした経緯を思い出したのか『うるせえ！』と激昂した。

『そんなことはわかってんだよ！　俺は、あれだけ金を払って工事させてやったのに電球代もケチりやがるおまえんとこのやり口が気に食わねえって言ってんだ！』

俺は音を立てずに息を吐く。だが、それは安堵ゆえでもあった。本当に欠陥工事というわけではなかったのだから。

「電球、入れに行きましょうか？」

『当然だろうが』

怒鳴り声と共に電話が切れた。俺は今度こそ長いため息を吐き出す。

受話器を戻し、打ち上げには電球を入れてから向かうと告げた自分を、工務店の面々はお人好しだと笑った。あんなやつ、放っておけばいいじゃねえか。そうだ、あいつは脚立さえあればこんなもの誰にでも替えられるって言ってただろう。

自分でも、どうして行くと言ってしまったのかわからなかった。吹き抜けの電球を替えるには三メートル近い脚立を使わねばならず、そんな脚立はこの辺のホームセンターでは売っていないだろうと思って申し出てしまったが、考えてみれば中西には他の工務店に頼むという選択肢もあったのだ。これを機に中西が他の工務店に鞍替えしてくれれば、今後も中西から呼びつけられることはなくなったというのに。

中西の家が近づくほどに後悔は増し、それでも何とか「他の工務店はこんな依頼は受けない。このまま電球が入れられなければ困るだろう」と自分に言い聞かせて車を降りたのだが、出迎えたのは中西の仏頂面と「金儲けのためにこんなデザインにしやがって」という言葉だった。

俺は、両手で脚立を抱えたまま呆然と立ち尽くした。

金儲けも何も、吹き抜けにしたいと希望したのは中西自身だ。掃除や電球を替える手間が増えることは何度も説明したのに、中西が『いいから言われた通りにやれよ』と言い張ったのだ。

——第一、この程度の手間賃で本当に儲けが出るとでも思っているのだろうか。

むしろ出張代を考えれば完全に赤字だというのに。

「……別に、お代はいりませんよ」

俺は低く言いながら玄関にいる中西の脇を通り過ぎた。そのまま勢いよく奥へと進んでしまいたかったが、無造作に進んだら壁に脚立の脚が当たってしまいそうでそっと進むしかない。縮めた脚が伸びないよう留め具を横目で確認していると、何グズグズしてんだ、という声が後ろから飛んできて、耳の裏が熱くなった。こんなことなら縁側から入ればよかったと後悔するが、引き返せば引き返したで罵られるだけだろう。

俺は手早く作業を終え、とにかくさっさと工務店に戻ろうと踵を返した。だが、玄関まで戻ったところで、「おい、おまえ」と呼び止められる。

「はい」

顔から表情を落としたまま振り返ると、中西は俺が脇に抱えていた脚立を顎でしゃくるようにして示した。

「その脚立、いくらだ」

「は？」

一瞬、何を言われたのかわからなかった。中西の視線に促されて脚立を見下ろした途端、『脚立さえあればこんなもの誰にでも替えられるんだからな』という言葉を思い出す。

――まさか、本気で自分で替えるつもりなのだろうか。

「これは売り物では……」

「そんなことはわかってんだよ」

中西は苛立ちを隠そうともせず舌打ちをした。

「だけど、この電球はその辺の脚立じゃ替えられねえだろうが」

「いや、ですから、またご連絡をいただければ替えにきますけど」

「そんなに小金が欲しいのか」

中西が心底馬鹿にするように唇を歪める。俺は唖然（あぜん）とし、遅れて押し寄せてきた疲労感に微かな眩暈（めまい）を覚えた。

「そうじゃなくて、危ないんですよ。かなり高さがありますし」

「年寄り扱いするんじゃねえよ。おまえのところの親方だってそう歳は変わらないじゃねえか」

中西は嚙みつくような口調で言い返してくる。俺は空（あ）いている手でこめかみを揉んだ。たしかに親方は今年六十七歳になるし、中西とほぼ同世代だと言えるだろう。だが、長年大工として働いてきた親方と中西とでは、当然身体能力が違う。

「それは親方が特別なんですよ」

「そんなに言うならもう一度立ててみろよ。上ってみせてやるから」

なぜこんな流れに、と思いながらも、中西には逆らいきれなかった。仕方なく床に脚立を横たえ、留め具を外して収納されている脚をずるずると引き伸ばしていく。踏（ふみ）ざんをつかんで留め具をかけ直し、ゆっくりと立ち上げた。実際に上ってみたら諦（あきら）めてくれるかもしれない、という目算もあった。脚立というものは、いざ自分が上ってみると傍（はた）から見ているよりもずっと高く感じられるものだ。

だが、予想外に中西は危なげない足取りで脚立を上ってみせた。

「つたくおためごかし言いやがって。これで文句はねえだろうが」

嘲る声音で言われ、目が泳ぐ。数秒考えてから、

「脚立を買う方がよほど高くつきますよ」

と口にした。中西が損得にこだわっているのであれば、あくまでも同じ土俵で話した方が効果があるのではないかと考えたのだ。実際、この業務用の脚立はかなり高価だ。たとえ毎月電球を替えるようなペースだったとしても、とても元は取れないだろう。

すると、中西はムッとしたように顔をしかめた。

「俺が金を持ってないとでも思ってんのかよ」

——どうして、そんな話になるのか。

身体から力が抜けていくのを感じる。ああ言えばこう言う、という言葉が浮かんだ。そうだ。この男は、ただ相手に文句をつけたいだけなのだ。

「金ならあるんだよ」

中西が、まるでドラマに出てくる悪役のように言いながら財布を広げる。俺は思わず視線を向け、ぎょっと目を剝いた。大量のお札が無造作に突っ込まれた財布は、折り畳めないほどパンパンに膨らんでいる。

「こんな大金、見たこともねえだろ」

中西は下卑た笑みを浮かべ、もったいつけた動作で財布から金を抜いた。

「で、いくらだ」

何となく金を直視できずに顔を伏せる。

「……親方に聞いてみないと」

「使えねえな」

中西は鼻を鳴らし、じゃあ電話貸してやるよ、と電話機を親指で示した。数秒迷ったものの、ひとまず工務店に電話することにする。

もう打ち上げに行ってしまっているかとも思ったが、親方は一応心配してくれていたらしく、すぐに電話に出て『どうした』と尋ねてくれた。言葉を選びながら経緯を説明すると、『あ?』と怪訝そうな声を出す。

『何言ってんだ。脚立なんていくらすると思ってんだ』

「でも、お金ならあるそうで……」

「何グズグズしてんだ、貸せ」

焦れたらしい中西に受話器を奪われた。そのまま中西が乱暴な口調ながら同じ説明をし、何を話しているのかわからないうちに突然乱暴に電話を切る。どんな話になったのだろうと思ったが、中西は説明するでもなく再び財布を開けた。一度すべてのお札を出してから、黒ずんだ指先を舐めて生々しくめくる。

「ほら、これで文句はねえだろ。それ、置いていけ」

「え、でも……」

視線が電話機へと泳いだ。親方は、本当にいいと言ったのだろうか。

「これはうちの店で使っているものですし、どうしてもということであれば、お金をお預りして新しいのを買ってきますけど」

「今電話で聞いたんだよ。これは少し前の型だから完全に同じのは手に入らないかもしれないって話だ」

「じゃあ、同じようなものを探して……」

「これがいいって言ってんだろうが」

中西は俺に金を押しつけて脚立をつかんだ。

「おまえらが売り物として持ってきたものじゃない方が、まだ信用できるって言ってんだよ」

仕方なく使い方や注意点を説明してから工務店に戻ると、親方は「何だ、本当に売っちまったのかよ」と呆れたように言った。俺は慌てて、「やっぱりまずいですよね」とトラックへ駆け戻る。

「今、取り返してきます」

「ああ、いいっていいって」

運転席のドアを開けたところで、親方が苦笑した。

「金は受け取ってきたんだろ。使い古しの方がいいってあいつが言ってんなら、うちはその金で新しいのを買えばいいってだけだ」

手のひらを差し出され、俺はあたふたと中西から渡された料金をその上に載せる。

親方は枚数を数えながら唇の端を持ち上げた。

「これでもう電球を替えろって呼び出されることもなくなるだろうし、まあ、怪我の功名ってやつだな」

その後、遅れて行った打ち上げの席でも、みんなから「よくやった！」と肩を叩かれた。

そして、本当にそれ以降中西から呼び出しが来ることもなくなり、徐々に彼の存在を思い出すこともなくなっていった。

＊

だがその半年後、中西がその脚立から落ち、頭を打って死んだのだ。

夫の口調は最後まで静かで、だからこそ様々な感情が内側で渦巻いているように聞こえた。

「それは、あなたのせいじゃないでしょう」

陳腐な言葉だとわかりながら、言わずにはいられなかった。

どう考えても、夫が悪いとは思えない。完全に、その中西という男の自業自得ではないか。

だが、夫は表情を和らげることなく、鉋に顔を向けたまま唇をほとんど動かさずに続けた。

「脚立が、壊れていたらしいんだ」

「壊れていた？　でも売った直前まであなたが問題なく使っていたんでしょう？」

夫は力なく首を振る。

「いつ壊れたのかはわからない。俺のところに来た刑事の話では、上から五段目の踏ざんの片側が錆びていて体重をかけた拍子に外れてしまったらしい。そこは脚を伸縮させるための留め具を動かす際に必ずつかむ場所だから、俺が売ったときには壊れていなかったのはたしかだが……どうも錆止めがそこだけ剝げてしまってたみたいなんだ。工務店では屋内の作業場で保管してたんで特に問題はなかったが、中西さんの家では雨ざらしにしていたものだから、そこだけ錆びてしまったんだろうという話だった」

「だったら、やっぱりあなたのせいじゃないじゃありませんか」

私は腹の中の何かが沸騰(ふっとう)するような感覚を覚えていた。数瞬して、それが怒りだと気づく。久方ぶりの感情だった。動悸が速くなり、眩暈がする。

何度も夜中にうなされていた夫の姿が蘇った。苦しそうな唸(うな)り声、聞いているこちらまで身が竦んでしまうような歯ぎしりの音――その原因が、こんな理不尽なものだったということ。

「その中西っていう人がちゃんと管理していなかったのが悪いんじゃないの」

夫は、今度は首を振らなかった。だが、うなずくこともない。

「たしかに、警察からもそう言われたよ。劣化は誰にも予測できなかったし、普通は使うときだけ伸ばす伸縮式の脚立を、伸ばしたまま保管してるなんてのも予想できなかっただろう。だから責任を感じることはない、と」

「じゃあ」

「だけど、それでも俺があのときあの脚立を売っていなければ起こらなかった事故なんだよ」

夫の目は、宙を見ていた。瞳が一瞬だけ揺らぎ、またすぐに曇る。

「俺はあの日、脚立を持って帰るべきだったんだ。何を言われようと、とにかく親方に直接相談してから出直しますと言い張るべきだった」

「そんな……」

私は言いかけ、そのまま続けられなくなった。考えをまとめることもできずにいるうちに、夫が再び口を開く。

「たとえ一度は置いて帰ってきてしまったとしても、戻って取り返すことはできた。落ち着いて本当に脚立が必要なのかを考えてもらって、それでもどうしてもほしいと言うのなら新品を買ってくるべきだった」

そんな、という言葉が、今度は声にもならなかった。夫はきっと、どこをどうしていれば避けられた道だったのか、繰り返し考えてきたのだろう。そして、分かれ道を見つけるたびに自分を責めてきたのだ。

「親方も先輩も、みんな気にすることはないと言ってくれたよ。おまえのせいじゃない。俺だっておまえの立場なら同じようにしていたと……中西さんの娘さんも」

夫が、しぼり出すような声音でつぶやく。

私はハッと顔を上げた。娘さん――言われるまで、中西の家族の存在を忘れていた。たしかに先ほどの夫の話には、妻に先立たれ、娘も嫁いで部屋が余ってる、という言葉があったのに。

「娘さんは、俺を責めるような言葉はひと言も口にしなかったよ。むしろ、こんな後味の悪いことに巻き込んでしまってすみませんと言ってくれた。それでも俺が顔を上げられずにいたら、『あの日、脚立の反対側を使って上っていれば、父は落ちることもなかった。ただ、運が悪かっただけなんです』とさえ」

　どんな思いで、そんな言葉をかけてくれたのだろう。胸を突かれると同時に、ありがたい、とも思ってしまう。少なくとも、夫は遺族から責め立てられたわけではなかった。

　だが、夫は、

「事故が起きた日――娘さんは約二十年ぶりに実家に帰ってきていたそうなんだ」

と、声を沈ませた。

「二十年ぶり？」

　私が訊き返すと、ああ、と目を伏せる。それから、ほんの少し迷うような間を置いてから唇を薄く開いた。

「娘さんの話だと、結婚を反対されて駆け落ち同然に家を出て以来、ほとんど連絡すら取っていなかったそうだ。孫の顔を見せたこともなく、これからも見せるつもりはなかった」

「だったらどうして……」

「娘さんに病気が見つかって、余命宣告をされたらしい」

　夫は、今度は間を置かずにひと息に言った。

「死ぬかもしれないと思って初めて、このままでいいんだろうか、と考えたそうだ」

私は皺だらけの自分の手を見下ろしながら、「ああ」とうなずいた。

その気持ちは、わかる気がした。死ぬ前に、せめて少しでも後悔を失くしておきたい。最期の瞬間、自分の人生を否定しながら死んでいきたくはない。今まさに私が抱いている感情だった。

「だけど結局、中西さんは孫の顔を見ることなく亡くなってしまった」

夫は、独りごちるような声音で言い、鉋をぐっと両手で握った。

「その日は、お孫さんは来ていなかったの？」

「まず、彼女だけが会ってみて、もし父親が昔とは変わっていて、少しでも和解できそうだと思えたら、日を改めて連れてくる気だったそうだ」

夫は眉根(まゆね)を寄せた。

「……結婚を反対されたとき、『子育てに失敗した』と言われたらしい。ガイジンなんかと結婚したって、差別されるだけで幸せになれるわけがない、と」

私は、息を呑んだ。

「何てことを……」

夫も苦虫を噛み潰したような顔をする。

「ああ、ひどい話だよ。発言自体もひどいが、当の自分が差別的な発言をしている自覚がないところがたちが悪い」

そんな言葉を実の父親から投げつけられて、娘さんは一体どんな思いがしただろう。

『おまえは本当に、かわいげがない』

父親から幾度となく言われた言葉が蘇った。何気なく言われた言葉でさえ、まるで呪いのように常に意識の奥に沈んでいるのだ。ましてや、「子育てに失敗」なんて言葉で、存在自体を否定されたとしたら――もう二度と会いたくないと思っても無理はない。

だが、それでも彼女は死ぬ前にもう一度、父親に会うことを選んだのだ。

――もしかしたら、父親は変わってくれているかもしれないと、一縷（いちる）の望みをかけて。

「きちんと話をする前に、事故が起きてしまったの？」

「ああ、久しぶりに訪れた実家が様変わりしていることに娘さんが驚いて、まず改築箇所を説明する流れになったらしい。それで、ちょうど吹き抜けの電球が切れていたから中西さんが電球をつけ替えようとして……」

夫が息を吐く音が聞こえた。私も、両目を閉じて長く息を吐く。

――何て、間が悪い。

いや、まだよかったと考えることもできるのだろうか。

夫の話からすれば、中西が娘さんの知っている頃と比べて変わったとは思えない。むしろ、再び失望せずに済んだだけでもましだったと言えるのかもしれない。

だが、私がそう言うと、夫は力なく首を振った。

「彼女は、『父が何も変わっていないのは、会ってすぐわかった』と言っていたよ。『父は私が家の中に脚立を運び込むのを手伝ってもくれなかったし、ドアを押さえながら私がふらつくのをただニヤニヤ笑って見ていただけでした』と」

夫が、ゆっくりと顔を上げた。

「それに、娘さんは二十年ぶりに会った父親に失望しただけじゃ済まなかったんだ」

私の方を向き、ため息交じりに続ける。

「彼女は、父親を殺したんじゃないかと疑われてしまったんだよ」


ちょっと待って、と私は手を伸ばした。

「中西さんが亡くなったのは、脚立の――何ていうか、はしごの段の部分が錆びて外れて落ちてしまったことによる事故だったんでしょう？」

「ああ、それは間違いない。事故の直後に駆けつけた救急隊員の話によれば、中西さんは救急隊員が来たときにはまだ息があって、途切れ途切れながら会話もできたらしいから。彼は『脚立から落ちた』とは口にしたけれど、たとえば娘さんに何かをされたというようなことは言っていなかった。あとはただ譫言のように『どうして、俺が』とばかり繰り返していただけで」

「だったら、何で殺したなんて話になるの」

意味がわからず、思わず口調が強くなってしまう。夫は困ったように眉尻を下げた。

「それはそうなんだが……何でも、未必の故意、というやつじゃないかって話で」

「彼女は脚立が壊れていることを知っていて、使えば事故が起こるかもしれないと思いながらわざと父親に使わせたんじゃないかってこと？」

私が訊き返すと、夫は少し驚いたような顔をする。

「よくわかるな」

それは、夫がよく私に言ってくれる言葉だった。十和子は本当に頭がいいなあ。俺はさっぱりわからなかったよ。父親なら、おまえはかわいげがないと切って捨てるような場面で、夫は必ずそう言ってくれた。

夫は、「まさにそういう話だよ」とうなずいた。

「そもそも錆止めを剝がしたのが彼女なんじゃないかと疑われたらしい」

「でも、実家に帰ったのは二十年ぶりだったんでしょう？」

「ああ。娘さんが警察に証言した話によれば、父親に言われて外に置いてあった脚立を縁側から室内に運び込むまではしたけれど、脚立に触ったのはそれが最初で最後だったそうだ。——だが、それは嘘で、本当は父親が脚立を買った直後に一度実家に帰っていたんじゃないかと疑う人がいたらしい。その際に錆止めを剝がしておいて、しばらく経っても事故が起こらないことに痺れを切らしてもう一度帰って脚立を使うよう誘導したんじゃないかって……まあ、警察がというより近所の噂レベルの話だが」

——そんな馬鹿な。

私は脱力した。

たとえ錆止めを剝がしておいたとして、それで実際に事故につながるほどの錆び方をするかどうかは誰にも予測できない。それに、夫が警察からも言われたように、そもそも脚立の脚を伸縮させていればすぐに壊れていることがわかったはずなのだ。

いくら、よりによって不仲の娘が二十年ぶりに帰ってきたその日に事故が起きるなんて間が悪すぎるのだとしても、だから娘のせいだと考えるのは飛躍しすぎというものだろう。

だが、夫は「娘さんが疑われた理由は単純なんだよ」と口にした。

「中西さんが、大金を持っていたからなんだ」

私は「あ」と声を漏らす。そう言えば、話を聞きながら気になっていたことではあったのだ。改築費用といい、脚立の料金といい、妙に羽振りがいい印象だった。それまでは吝嗇で、決して金払いがいい客ではなかったようなのに、一体どうしたのだろう、と。

「宝くじの一等を当てたらしい」

「宝くじ？」

思わず声が裏返った。

「ああ。当時の額で三千万円、その中から自宅の改築費用を払っても、事故の時点で二千万円近く残っていたらしい」

二千万円――たしかに大金だ。

「娘さんは、事故の当日に帰るまで宝くじの話なんて知らなかったと主張したが、信じてもらえなかったそうだ。二十年も会っていなかったのに、急に会いに行くことにしたのは、宝くじの話を聞いたからじゃないか、と」

「でも、それは、自分がもう長くないことがわかったから……」

「まあ、ほとんどやっかみみたいなものだろう。彼女は結局そのままそのお金を相続することになったわけだから」

ふいに、何年か前にテレビで見た「高額当選者の末路」という番組が脳裏に浮かんだ。当選者が強盗に襲われたという海外での事件、飛行機の墜落事故の被害者の中に当選者がいたという話、当選者の家で起きたという相続トラブル——どれも、その不幸を面白がるような調子だったように思う。やっぱり宝くじなんかに当たるとろくなことがない。そんな、どこか負け惜しみにも似たニュアンスが「末路」という言葉の選び方にも表れていた。

そうだ。たしかに二千万円はまとまったお金だったろうが、遺産として考えればそれほど突出して大きな金額でもない。なのにそこまで注目されたのは、それが宝くじの当選金だったからではないか。

私は枕に後頭部を押し当て、ため息をついた。

「それで、結局その娘さんは疑われたままになってしまったの？」

「いや、しばらくして疑いは晴れた」

夫は数分かけて机の引き出しから一枚の紙を探し出し、私に差し出す。

端（はし）が黄ばんだ厚みのある紙の上部には、〈研修プログラム〉という文字が見えた。

「これは……」

戸惑いながらも受け取ると、夫は「裏に中西さんの体験談が載っているんだ」と言いながら裏面へ返す。夫が指さした先には、小さな太字で〈中西茂蔵（しげぞう）さん　七十一歳〉と書かれていた。

「娘さんいわく、この研修プログラムってのは今でいう自己啓発セミナーのようなもので、当時アメリカで流行していた金持ちになるための哲学をアメリカ帰りの講師が教えるというものだったらしい。簡単に言うと、善行こそが運を引き寄せるっていう教えだ」

「自己啓発セミナー」

私は口の中でつぶやくように復唱する。理解が追いつかないままに体験談の本文へ目を向けた。

〈私は、このプログラムのおかげで宝くじの一等を当てました。ただ、考えてみれば、教わったことはすべて幼い頃から自然に実践してきたことのようにも思います〉

冒頭は、そんな文章から始まっていた。おそらく口頭でのインタビューを丁寧な口調に直してまとめたものなのだろう。

〈お金持ちというと、ケチくさいとか、悪どいとか、そういうネガティヴなイメージがあるでしょう。でも実はそういう輩（やから）はいわゆる小金持ちで、本当のお金持ちにはむしろ人格者が多いんですよ。

ケチくさいどころか、どんどん人にあげてしまう。道でゴミを拾ったり、道理に反したことをしている人がいれば指摘してやったり、そういう「善行」を誰かの目を気にしてとか見返りを求めてとかじゃなくて、自然にやるんですね。

人の悪口は言わないし、身なりはもちろん家の中もいつも綺麗にしている。それから ご先祖様を大切にしていますね。こまめにお墓まいりに行ったり、仏壇に毎日ご挨拶をしたり。そう、挨拶は大事ですよ。最近は挨拶もろくにできない若者が多いですけどね。

やっぱり神様はそういうところをきちんと見てくれているんだと思いますよ。だから無理にお金にがめつくならなくても勝手に運気が上がっていくんです。

あとは、大金を手にしたことは無闇に人に話さない。妬まれるとトラブルになりますから。そういう悪い気から距離を取るのも肝要です。私も宝くじのことは娘にも話していませんよ〉

そこまで読んだところで目が泳ぐ。神様、という単語の上に何度か視線が引き寄せられ、慌ててまばたきをした。

夫から聞いた話と「善行」という言葉が繋げられることに、ひどい違和感がある。たしかに中西は挨拶を重んじていたとは言えるだろうし、人に対して何かを指摘するということも日常的に行ってきただろう。

だが、果たしてそれは、ここで言われている「善行」と一致するのだろうか。

「中西さんがこの研修プログラムを受講したのは事故の直前で、体験談を寄せてすぐ亡くなってしまったそうだ」

夫はそこで一度言葉を止めて、文面の中ほどを指さした。

「ここに、中西さんは娘さんに宝くじの話をしていなかったと書かれているだろう？」

そう言われてようやく、夫がこんなパンフレットを見せてきた理由がわかった。

なるほど、たしかに事故の直前の時点で中西が娘に宝くじの話を伝えていなかったことが事実なら、少なくとも当選金目当てで事前に脚立に細工をしていたという線は消える。

だが、私は納得しかけて、ふいに引っかかりを覚えた。

「……でも、それだと順番がおかしくない？」

研修プログラムを受けたのが事故の直前で、その後に宝くじを当てたとなると、当選金で改築をしたわけではないことになってしまう。

すると夫は、自分でもどう咀嚼（そしゃく）すればいいのかわからないというような顔で、パンフレットを見下ろした。

「いや、実はそうなんだ。警察が調べたところ、このプログラムのおかげで宝くじを当てたという話自体がそもそも嘘なんじゃないかって」

「嘘？」

「ああ、つまり本当の順序としては、まず宝くじが当たって、改築をして、それから研修プログラムを受けた、と」

　それはつまり、どういうことだろう。

　――中西は、既に大金を手に入れていながら、金持ちになるための方法を必死になって聞く他の受講者たちの中に敢えて紛れ込んでいた？

　ぞわりと、二の腕の肌が粟立(あわだ)った。

　一瞬、見たこともない男の顔が浮かんだような気がする。いや、それは顔ではない、表情のイメージだ。周囲を上目遣いで探りながら、零(こぼ)れそうになる笑いを噛み殺している男――中西はさぞ気持ちがよかったことだろう。自分はおまえたちとは違う。先生の言う「人格者」であることが既に証明されているんだ。そんなふうにほくそ笑んでいたのではないか。

　私は再び体験談に目を落とした。〈ネガティヴ〉というあの世代が使うにはそぐわない単語が浮かび上がって見える。これは、実際に中西自身が口にした言葉なのか、それとも原稿にまとめる際に取材者が言い換えた言葉なのか――どちらにせよ、中西は研修プログラムの中で語られる哲学をいたく気に入っていたに違いない。

なぜなら、それは中西の生き方を肯定してくれる理屈だったのだから。

考えてみれば、当時中西は七十歳を過ぎていたのだ。大きな病気はしていなくとも、自分の行く先について思いを馳せる機会はあっただろう。妻に先立たれ、娘には絶縁され、孫の顔も見られないまま一人で死んでいくだろう未来。

中西は、工務店の人間を呼びつけては、娘が孫の顔を見せないことへの不満を口にしていたという。それはつまり、それだけ気にしていたということだ。彼はきっと、考えまいとしながらも心のどこかで考えずにいられなかったのだ。自分の人生は間違っていたのだろうかと――だからこそ、そうではないと保証してくれる理屈にすがりついた。

自分は、天の神様に認められたのだから正しかったのだ、と。

「このパンフレットを娘さんに見せたのは、中西さん自身らしい」

夫は、噛みしめるような声音で言った。

「大規模な改築がされている実家を見て驚いた娘さんに、中西さんは宝くじの話をしたんだそうだ。そして、この体験談を読ませた」

――これを、わざわざ本人に読ませたのか。

私はげんなりする一方で、そうだろうとも思う。おそらく、彼が誰よりも自分の正しさを思い知らせたかった相手は、娘さんだったのだろうから。

「娘さんは、『こんなものがあったおかげで疑いが晴れることになったのだから、ありがたいと言えばありがたい』と苦笑していたよ。結局、彼女もそれから間もなくして亡くなってしまったんだが」

夫は私の手からパンフレットを引き抜き、そのままそっと音を立てずにシーツの上に置いた。

夫は、細く長く息を吐き出した。

その反動のように勢いよく息を吸い込みながら、顔を上げる。

「たしかに、話すだけでも楽になるものだな」

先ほど私が口をつけた湯吞みをつかみ、自然な動きであおった。首から提げていた手ぬぐいで口元をぬぐい、私に向き直る。

「ありがとう」

いえ、と答える声がかすれた。声が上手く出ない、と自覚した途端、全身がだるく火照(ほて)っているのを感じた。身体の内側が捻(ねじ)られるように痛み、息が詰まる。この数十分間、普通に会話をしていられたのが不思議なほど唐突で激烈な痛みだった。背中を丸めるや否や夫の手が伸びてきて、背中に触れる。

「悪い、疲れただろう」

夫が申し訳なさそうに背中をさすってくれる。肩甲骨の間から腰まで、ゆっくりと往復する手の温もりに、私は両目を閉じて集中した。

息を意識的に吐き出し、痛みの塊を身体から押し出していくイメージをする。それでも、少しでも気を抜いた途端に全身が強張ってしまいそうになる。

痛い、苦しい。それだけが意識のすべてになってしまうことが恐ろしい。

――ああ、どうして。

見えない力に引きしぼられていくように、身体の芯から感情が滲み出してきてしまう。

どうして病気になどなってしまったのだろう。一体、私の何が悪かったというのだろう。

考えても仕方がないとわかっているのに、何度も何度も打ち消してきたというのに、それでも湧いてきてしまう思いに、どうすればいいのかわからなくなる。

『まったく、理屈くさい』

――これは誰の言葉だったか。

本当に、理屈くさい。何にでも意味を求めずにはいられない自分。因果が見出せなければ何事も飲み込めない自分。

病気になったのは何かのせいではありません、ついそんなふうに思ってしまいがちだけど、そうじゃない。あなたは、ただ、運が悪かっただけ——これまで何度も聞かされてきた言葉が蘇り、その瞬間、頭の中で何かが弾(はじ)ける感覚がした。

何かが、引っかかった。

私は宙を見つめて夫の話を巻き戻す。どこだろう。私は一体、何に引っかかったのか——

「……なぜ、あんなことを言ったんだろう」

乾いた唇から言葉が漏れた。

「あんなこと？」

背中の温もりが、動きを止める。私は夫を振り向きながら口を開いた。

「『どうして、俺が』って何のことだったのかしら」

夫は目をしばたたかせる。

「何のことって……」

「中西さんは救急隊員の前で『どうして、俺が』って繰り返していたんでしょう？」

「一体どうしてこんなことに……って思って出た言葉なんじゃないか？」

「それだと『俺が』の部分の説明がつかないの」

そう、『どうして、俺が』という言葉は、あくまでも「俺が」に重点が置かれているのだ。

　どうして、この俺が――

〈やっぱり神様はそういうところをきちんと見てくれているんだと思いますよ。だから無理にお金にがめつくならなくても勝手に運気が上がっていくんです〉

「中西さんは、自分の幸運に対して因果の意味づけをしていた。自分は運がいい、それは自分がこれまでにしてきたことが正しかったからだ。それなのに、どうしてこの俺が――」

　私は言いながら、ある可能性に気づく。

　脚立から落ちた中西は、頭を強打していた。しばらく意識があったとは言え、なぜ自分が足を踏み外したのか、起き上がって脚立を確認することは不可能だっただろう。だとすれば、中西は自分の身に何が起きたのか、正確には理解できなかったはずだ。

　脚立の踏ざんの一カ所だけが壊れてしまっていたこと、そちらの側からさえ上らなければ落ちることはなかったということ。

「娘さんは、倒れていた中西さんに脚立のどこが壊れていたのかを説明したんじゃないかしら。そして、こう言った。――お父さんはただ、運が悪かっただけ」

　お父さんのせいじゃないの。たまたま、お父さんが使った側だけが壊れていたのか。

よ。──傍からは慰めているようにしか聞こえなかっただろうその言葉は、中西の耳にはどう響いたか。そして、その言葉を口にした彼女の思いは、どんなものだったのか。

天は、神様は、あなたの味方なんかじゃない。

あなたの人生は、正しくなんてなかった──

だからこそ、彼は『どうして、俺が』と繰り返していたのではないか。どうして正しい行いをしてきたこの俺が、よりによって二択を外すのか、と。

「……娘さんは、床に倒れている中西さんを放って、脚立のどこが壊れていたのかを調べたってこと？」

「ううん、彼女はきっと、その前から脚立が壊れていることを知っていた」

私は、布団の端を強く握りしめながら言った。

そう、その可能性には早い段階から気づいていたのだ。

「彼女は、縁側から脚立を運び込んだと警察には証言していたみたいだけど、あなたには父親がドアを押さえながら、ふらつく自分を笑って見ていたとも言っていたんでしょう？　よく考えるとそれはおかしいわよね？　縁側のような引き戸は押さえておく必要がないんだから」

夫の両目が、静かに見開かれる。私はその目を真っ直ぐに見据えながら続けた。

「つまり、彼女は本当は縁側からではなく、玄関から入った――そして、玄関から入ったのであれば、脚を伸ばしたまま運んだわけがない」

夫は玄関から脚を縮めた脚立を運び込んだとき、それでも壁に脚が当たりそうだったと言っていたのだから。

「あなたは、壊れていたのは脚を伸縮させるための留め具を動かす際に必ずつかむ場所だと言っていたでしょう」

だとすれば、玄関から入ろうとして、脚立の脚を縮めた彼女が損壊に気づかなかったはずがない。けれど彼女は――わざとそのことを、父親が使う前に伝えなかった。

「どうして……」

夫が視線をさまよわせる。私は視界が暗くなっていくのを感じながら、懸命に口を動かした。

「彼女は、父親を試そうとしたんじゃないかしら」

――そんなに運がいいと言うのなら、助かってみなさいよ。壊れていない側を選んでみなさいよ。

彼女には、父親をわざと壊れた方へ誘導することもできたはずだ。だが、おそらくそうはしなかった。本当にただ、試した。

父親の理屈が正しいのかどうかを、それこそ天に問うような気持ちで。

そして、中西は、その賭けに負けたのだ。

「娘さんは、助からない病気だったんでしょう？」

不治の病を抱えた身体で、彼女は父親が自慢げに口にする「運は自分の行い次第で変わるのだ」という——運不運も自己責任なのだという理屈を、どう聞いたのか。

「十和子」

夫の慌てたような声が近くから聞こえた。

「十和子、少し休もう」

背中に夫の手のひらの感触がするのに、私にはもう、その熱が感じられない。指先が震え、呼吸が速く浅くなる。

「娘さんは、気づいていて言わなかったの」

一瞬、背中に触れた夫の手が小さく跳ねた。私は、目をきつくつむる。

——私の考えが本当のことなのかどうかなんて、わからない。確かめようもない。

だけど、それでも私は断言した。

「だから、あなたのせいじゃなかった」

私は背中を丸めたまま動かない。いや、動けなかった。

身体を捻(ひね)って、夫の方を振り向きたい。夫を抱きしめ、ずっと彼がしてくれてきたように、私もその背中を撫でてあげたい。そう思いながらも、自分の身体にはもうそれだけの力さえ残っていない。

でも、もし、私の理屈くささが、この人の荷物を降ろすことに繫がったなら——

「十和子」

夫の声がかすれ、そのまま嗚咽に変わる。

耳の奥で響き続けていた鉋の音が、遠ざかっていくのを感じた。

理由（わけ）

柴田（しばた）よしき

東京都生まれ。青山学院大学文学部フランス文学科卒業。1995年、『RIKO―女神（ヴィーナス）の永遠』で第15回横溝正史賞を受賞し、作家デビュー。重厚な警察小説からいわゆるコージー・ミステリーまで「ミステリー」の枠内だけでも作風は幅広く、またSF、ホラー、伝奇小説ジャンルにも進出して広範な読者を獲得してきた。当代女性作家の創作グループ「アミの会（仮）」が贈る『アンソロジー　隠す』に寄せられた本作は、〈RIKO〉シリーズに登場する麻生龍太郎刑事が主役を果たすスピンオフ短編と位置づけられる。毒舌タレントとして人気の松本コタローをナイフで刺し、重傷を負わせた女性イラストレーターは、自身の凶行についてあっさり認めたものの、なぜか動機だけは自供することを拒んで……。おしゃべりな男と、口をつぐむ女。〝真理は時の娘〟であり、傷害事件にいちおうの始末がついたかに見えたあとで真の対決劇は始まる。サスペンスの妙味あふれる逸品だ。（K）

1

「半落ちのまま、何日かかってんだ」

柏木のぎょろっとした目が麻生を睨みつけた。

「さっさと全部吐かせろ」

「わかってます」

「わかってない。おまえは何もわかってない。おまえが周囲に何て呼ばれてんのか、おまえ、知らないわけじゃあるまい」

柏木は声を低めた。

「次の昇任試験、おまえを警部に推す声はけっこうあるんだ。ペーパー試験だけじゃ受からないんだぞ、わかってるのか？　慎重なのは悪いことじゃない、俺もおまえの慎重さは買ってる。だがものには限度ってもんがある。犯行を自供、物証も揃ってて情況証拠も堅い。なのに動機がわかりませんでした、で済むと思うか？　このままでも公判は維持できるだろうが、検察からは動機を吐かせられなかったことでたっぷり嫌味を言われるんだ、当然おまえの能力にも疑問符が付く。俺はおまえを出世させたい。おまえみたいなタイプの刑事が一人くらいは出世すべきだと思ってる。だから言うんだ。動機を吐かせろ」

柏木の親心は充分わかっているつもりだ。だが麻生自身は、出世することにさほど執着を感じていない。そう言えばなんだか欲のない人間のようで格好良いが、本当のところは、麻生はただ不安だったのだ。

自分には、上に立つ役割は務まらない。麻生はそれを実感している。誰かの上司になるということは、その誰かの人生を預かるということだ。自分が警部になり、係を任される立場になれば、部下の捜査員の生活や出世に責任が生じてしまう。それが憂鬱だった。

動機を吐かせろ、か。

いや、動機はわかっている、と、柏木は思っている。柏木だけじゃない、この事件に関わった者はみな、彼女の動機はわか<ruby>っ<rt>ヽ</rt></ruby>て<ruby>い<rt>ヽ</rt></ruby>る<ruby>と<rt>ヽ</rt></ruby>思っているのだ。だが本人が自分の言葉でそれを認めなければ、全面自供、とはならない。

麻生は地下鉄で所轄署に向かった。

事件が事件だけに、所轄署の周囲には連日マスコミが詰めかけている。麻生はマスコミの目を避けて、業者の通用口から中に入った。

取り調べは毎朝九時には始まっている。麻生が取調室に入った時は、所轄署の古参警部補が被疑者の向い側に座っていた。立とうとするその警部補を手振りで制して、麻生は入口付近の椅子に座った。

「あなたの気持ちはわかるんですよ」

岩下（いわした）、というその古参警部補は、妙に優しい声で言った。ソフト路線で被疑者の情に訴えるのがこの人の流儀なのだろう。

「あの毒舌は確かに気に障りますよ。わたしの女房なんかもね、彼が大嫌いで、テレビに出て来るとチャンネルを変えるんです。我々男が聞いてても、ひどいこと平気で言うなあ、と呆れますからね。しかし、まあテレビの世界なんてものは、話題にされてなんぼでしょう。彼も本音はどう思っているのかわかりません。テレビでウケるキャラを演じているだけなのかもしれない。プロレスで言えば、ヒールですよ。わざと世間が呆れるようなことを言って、話題にして貰ってテレビに出る。そういうやり方なのかもしれない」

被疑者は黙ったまま、下を向いている。岩下の言葉を聞いているのかいないのか。

麻生は被疑者をじっくりと観察した。

被疑者、辻内美希、三十八歳。

綺麗な女だ、と麻生は思った。任意同行から逮捕状が出たので、着替えもろくにないまま過ごしているのに、どうやって身支度を整えているのか、髪が少し乱れている他はごく普通に見える。

職業、イラストレーター。つじうち美希、の名前で活動しており、本の装幀やポスターなどにはけっこう使われている、そこそこ人気のあるイラストレーターらしい。だが、被疑者がイラストレーターだ、というだけでは、署の外にあれだけのマスコミは群がらない。

被害者、松本茂義、四十二歳。こちらのほうが有名人である。芸名は松本コタロー。

もともとはお笑い芸人で、漫才師だった。なんとかいうコンビを組んでそこそこの人気だったのだが、相方がからだを悪くして引退。以来ピン芸人としてテレビにちょこちょこ出たり、司会業などをしていたようだが、あまりテレビを観ない麻生はそのへんのことはよく知らない。

だが数年前にワイドショーのコメンテイターを始めてから、松本コタローは妙な人気を得た。コメントが辛辣、というか、ほとんど暴言に近いほど言いたい放題なのである。初めの頃は暴言男としてバッシングされたり嘲笑されたりしていたようなのだが、世間というものは本来、悪趣味なものらしい。言われた相手を傷つけることをおそれない、暴力に等しい暴言が、本音で喋っている、と解釈され、いつのまにか市民権を得てしまった。麻生も毒舌芸人的な人気を得てからテレビで松本コタローが喋っているのを目にしたことはあるが、どうにも不愉快なタレントだな、と思ってチャンネルを変えた。それが普通の反応なのだろうと思うのだが、松本コタローはいつのまにか露出を増やし、人気タレントになってしまっている。もっとも、そうした言わばゲテモノ人気は、少しでも翳り(かげ)が出ればそれで終わり、瞬く間に消えていく。世間が松本コタローの毒舌によって体験していた刺激に飽きてしまえば、こいつ不愉快だからもう出るな、という流れになるだろう。本人も、そして松本コタローのおかげで潤っている所属事務所も、そのあたりのことは重々承知している。従って松本コタローは、世間から飽きられないよう次々と新しい毒を吐き続けなくてはならない。

そうしてここ最近、松本コタローが吐き始めた毒が、男性上位、亭主関白復活論であるらしい。

要するに、今の女は生意気で欲張りだ、女はしとやかで優しく、男をたてて生きるべきだ、という、さすがにいつの時代の話なんだ、と呆れるような主張のようである。

そして二週間ほど前に被害者松本コタローが嚙みついた相手が、取調室に座っているこの女性、イラストレーターのつじうち美希、であった。

つじうち美希がある化粧品メーカーの依頼で、口紅だかアイシャドーだかのパッケージにイラストを提供した。その絵柄が気に入らない、とコタローはテレビのワイドショーでまくしたてた。イラストでは、女性が睫毛（まつげ）の上に小さな男性を乗せていたり、指先で小さな男性を弾いたりしている。マスカラ、ネイルカラーなどの新色をアピールする為のイラストで、麻生も写真に撮ったものを見たが、まったく不快感はおぼえなかった。イラストの良し悪しなど麻生にはわからないが、洒落ていて綺麗だな、と思ったのだ。だが松本コタローにはそれらのイラストが至極不快なものだったらしく、番組の中でコタローは、化粧品メーカーのコンセプトの批判、広告代理店の批判に留まらず、金さえ貰えればどんな絵でも描く意地汚い絵描き、とつじうち美希を罵（ののし）ったのだ。

もちろん世間の多くはコタローを批判した。が、中にはコタローの味方をする「文化人」などもいて、ここ数日はちょっとした論争が連日テレビの中で繰り広げられていたらしい。

しかしイラストを描いただけで人格攻撃までされてしまった辻内美希は、本来ならば彼女こそ被害者と言っていい立場だ。彼女はクライアントの要求に応えて仕事をしただけで、そのイラストを見て不快に感じる者がいたとしても、その責任は辻内美希にはないはずだし、ましてやまったく見当違いな人格攻撃などされるいわれはまったくない。これがアメリカならば、むしろ辻内美希が松本茂義を訴える流れになっていたはずだ。

が、何が起ったのか、松本コタローはテレビ局の駐車場で刺され、その容疑者として辻内美希が任意同行を求められた。コタローは重傷だったが、命に別状はなく、辻内美希に刺されたと証言、自宅に戻っていた辻内美希の元に捜査員が急行。コタローの証言以外に物証がなかったので任意同行。辻内美希は犯行をあっさりと自供して、スピード逮捕、一件落着、のはずだった。松本コタローが有名人だったこと、犯行現場がテレビ局の駐車場という準公共の場であった為、本庁の捜査一課が出ることになったが、捜査本部が立つまでもなく逮捕に至ったので、そのまま所轄署に捜査が委譲されて麻生たちの出番は終わりになるところだったのだが。

辻内美希が動機について口を閉ざしていても、それが怒りによるものであることは、誰が見てもわかることだ。そしてその怒りにはちゃんと根拠があり、おそらく世間もその部分では辻内に同情するだろう。

松本茂義はあと数日もすれば退院し、一ヶ月も経てば仕事に復帰できる。辻内は起訴されるだろうが、素直に自供したこともあって、うまくいけば執行猶予付きの判決を得られるかもしれない。

動機に関して黙っていても、辻内美希に得なことは何ひとつないのだ。

なのにどうして彼女は、動機についてだけ口を閉ざすのだろう。


「あなたのイラスト、わたしは好きですよ」

岩下は優しげな声で続ける。

「わたしの娘もすごくいいって言ってます。娘は十三、中一なんですけどね、まだ化粧品買うには早いんだけど、ポスター見て憧れるって。わたしの立場で被害者の悪口言うつもりはないんですけどね、あの人があなたのイラストをあんなにけなした理由がわかりませんよね。男の我々、いや、おっさんの我々が見たって別に不快でもないし、むしろいいな、って思うようなものなのに。要するに被害者の松本さんは、ほんとにあなたのイラストが不快だったのではなく、ただなんでもいいから世間が注目するようなものに嚙みついて見せたかっただけなんじゃないかと、わたしは思うんですよ。あの人はほら、あれが芸風って言うかね、いつも過激なこと言って世間と喧嘩してないと仕事が来なくなる、まあそんな感じでしょう。しかしだからと言って、からまれたほうはたまりませんよね。まあこんなことになっちゃって、あなたもこれから大変だろうけど、松本さんもこれに懲りて、少しは他人を攻撃するのを遠慮するというか、攻撃された人の気持ちも考えるようになってくれたら、まあイヤな思いをする人も減るでしょうし」

岩下はふう、と息を吐いた。

「なのでまあ、あなたの気持ちはね、我々もわかるし、世間の人もきっとわかってくれると思います。ただ方法が良くなかった。話しあいで興奮して、つい、ということなんだろうけど、ただあなたは凶器となった刃物、小型の果物ナイフですよね、それを用意して松本さんがいる駐車場に向かった。この点がちょっと、納得できないわけです。そこのところを説明していただけると助かるんですが」

辻内美希は、一度だけ顔を上げて岩下を見た。だがすぐに視線を下に落とした。

「入院中の松本さんに話を聞いたところ、あなたと口論になったということはない、と言ってるんですよ。それどころか、駐車場が暗かったので最初は誰なのかもわからなくて、どなたですか、と訊いたらいきなり刺されたって。事実関係だけ確認させて貰いたいんですがね、松本さんの証言は本当のことなんでしょうか」

辻内は数秒黙っていてから、言った。

「本当です。その通りです」

「ということは、あなたは最初から松本さんを刺すつもりで果物ナイフを持って、駐車場で松本さんを待ち伏せした。話しあいがこじれたとか、何かのはずみや事故ではない、ということですね？」

「はい」

「何度も何度も、同じこと訊いて申し訳ない。その部分が松本さんの証言通りだとすると、イラストの件で悪口を言われたので腹が立ち、松本さんを刺そうと思って刺した、そういうことになるわけですが」

「いいえ」

「否定なさる？」

「事実はその通りですが、悪口を言われたので刺そうと思ったわけではありません」

「それでは、なぜ刺したんですか？」

「今は言いたくありません」

麻生は辻内の顔を見た。うつむいているので表情はわからない。が、口調はとても落ち着いていた。

麻生は確信した。

裏がある。

この事件には表面的なものとは別の、ストーリーが隠されている。

「堂々巡りですなあ」

岩下の声に怒りや焦りはなかった。さすがベテランだと麻生は感心した。

「あなたが松本さんに怒りを感じたのは当然で、その怒りのあまり犯してしまった過ちだとおっしゃるなら、そのまま調書に書けば我々の仕事は終わりです。罪を認めていらっしゃる以上は、あなただってこんなところに毎日連れて来られてあれこれ訊かれるのはイヤでしょう？　なのに怒りにまかせて刺したのではない、とおっしゃる」

「悪口を言われたので刺そうと思ったわけではありません」

辻内は、さっきと同じ言葉を繰り返した。聞きようによっては、自信にあふれている、とも感じられる口調だった。

「そうですか」

岩下はうなずいて、麻生のほうをちらっと見た。

「検察官から説明は受けたと思いますが、あなたの身柄はすでに検察の管理下にあるんです。検察官が捜査続行を決定したので、まあその、便宜上、こちらに勾留させて貰ってます。しかしこのままですと、近いうちに起訴が決定されると思います。そうなるとあなたは拘置所に移送され、裁判を受けることになる。動機、というのは、その犯行に至った経緯と密接に結びついています。あなたがご自分の口からそれを話してくだされば、反省しているということの証拠にもなります。でもなぜ刺したのか黙ったままですと、反省や悔悛が見られない、という判断をされてしまうこともありますよ。それはあなたにとっては、決して得なことじゃない。そこを今一度よく考えてくださいね。で、ちょっと取り調べを交代しますんで」

　岩下は立ち上がった。

「これまでの取り調べと重複する質問をするかもしれませんが、その点はご容赦ください」

　麻生は、自己紹介のあとそう言って辻内を正面から見据えた。

「あなたは松本コタローさんとは面識がなかった、と供述していますが、松本さんは駐車場はとても暗かったと証言しています。そんな暗いところで、面識がない松本さんを即座に本人だと確認出来た理由を教えてください」

「テレビで顔を見てましたから」

「なるほど。しかしどの車が松本さんの車なのかまでは、テレビの報道で知ることはできませんよね。事件現場となった屋外駐車場は、テレビ局の裏手にあり、関係者だけではなく見学や来訪など一般の人も使う駐車場です。事件発生時は夜の十時を過ぎていましたから、駐車している車の数は多くなかったようですが、それでもけっこうな数があったはず。なのに松本さんの証言では、あなたはいきなり目の前に現れた、ということでした。つまりあなたは、松本さんの車がどれなのか知っていて、その近くで待ち伏せしていた、と思われるんですが」

辻内は口を閉ざし、下を向いた。

「この質問にもお答えいただけませんか。あなたは松本さんの車がどれなのか知っていた。つまり、松本さんに関してあらかじめ入念に調べていた。違いますか？」

辻内は黙ったままだった。


「質問を変えます」

麻生は深追いしなかった。

「松本さんがあなたのイラストについて、テレビで批判を始めたのは事件発生の十日ほど前のことです。それ以前に松本さんと何かかかわりは？」

「松本コタローさんとは、何もありません」

「芸人さんとしては知っていた？」

「名前ぐらいは。でも興味ありませんでした」

麻生はうなずいた。

「では、あなたの個人的な事柄について、少し確認させていただいてもよろしいですか。辻内さんは埼玉県のご出身ですね。埼玉の、上尾市」

「上尾にいたのは三、四歳の頃までです。記憶はほとんどありません。父の転勤でそのあと名古屋に移り、中学二年まで名古屋にいました。さらに父の転勤で、中二の三学期から京都市内で暮しました」

「そのままあなたは京都の美術大学に進学された」

「はい。両親は最後の転勤で横浜に行ったんですけど、わたしはもう大学生だったのでそのまま一人で京都に残りました」

辻内は、うって変わって快活にも思える口調で喋り出した。自分について話すことに躊躇(ためら)いはないらしい。

「大学を出て、大阪のデザイン事務所に就職して、六年勤務して独立しました」

「わたしはそちらの業界のことは何も知りませんが、独立できたというのはかなり順調だったんでしょうね」

「運が良かったんだと思います。ポスターの仕事でいくつか立て続けに賞をいただき、装幀を担当させていただいた本がベストセラーになったことで、わたしの絵柄を世間に知って貰えたんです。それで名指しの仕事がかなり来るようになって」

「独立して東京に出られた」

「友人が事務所を立ち上げるのに誘ってくれたんです」

麻生は手元の資料を見た。

「……磯田(いそだ)雪(ゆき)さん」

「美大時代の先輩でした。卒業して雪さんは上京、都内のデザイン事務所に勤めてました。雪さんも名指しの仕事が増えていた時で、独立するので一緒にやらないかと誘われました。両親が横浜に住んでいることもあって、東京に出るのもいいかな、と」

「その磯田さんなんですが、二年ほど前に事務所を辞められているんですね。お二人で始めた事務所なのに、磯田さんだけが事務所を辞めた。さしつかえなければ、その理由を教えて貰えませんか」

「あの……そんなことが今回の事件と何か関係あるんですか」

「わかりません。しかしあなたが動機を話してくれない以上は、その動機がどこにあったのか、気になる点はすべてお訊きすることになると思います」

辻内は考えるように麻生の顔を見ていたが、答えた。

「雪さんは……体調を悪くしたんです。仕事を続けることができなくなって、事務所をわたしに譲りました」

「今はどうしていらっしゃるかご存じですか」

「入院してます。ずっと」

「ずっと」

辻内は麻生の目をまっすぐに見た。

「精神科です。自宅で療養していたんですけど、なかなか良くならないので半年ほど前に入院しました」

「お見舞いには行かれているんですね」

「時々」

辻内は、苦笑いのような表情を顔に浮かべた。

「雪さんは、わたしが松本コタローに侮辱されたことなんか知りませんよ。興味もないと思います」

「磯田さんは無関係だと？」

「刑事さん、わたしは動機を今は言いたくないんです。言うつもりもないです。何と訊かれても、同じことしか言いません」

「今は、ということは、裁判では話すかもしれない？」

「気が変わることはあるかもしれない、ないかもしれない、自分でもわかりません。とにかく刺したのはわたしです。ナイフは家にもとからあったもので、松本コタローを刺す為に買ったんじゃないです。でもあの駐車場にいたのは松本コタローを刺す為です。ただ殺意はありません。殺すつもりはまったくなかった。ただ、刺して、痛い思いをさせるだけのつもりでした。なので松本コタローが死ななかったことは、ほんとにホッとしています。万が一、ということもあったでしょうから。わたしが話せることはこれで全部です。検察官に言ってください。動機については、今は喋りません。起訴してください、と」

2

「磯田雪？　ああ、辻内美希の元のパートナーか。いちおう調べたよ。しかし今度の件とは無関係だろう」

柏木は鼻毛を一本引き抜いて、目に涙を浮かべた。

「おお痛え。なんで磯田雪が気になるんだ」

「会話を打ち切ろうとしたんです。辻内美希は黙秘を続ける覚悟で、できるだけ自分を抑えて感情を動かさないようにしていました」

「人権派の弁護士なんかが、不当逮捕に対抗するマニュアル本なんかで書いてるな。黙秘を続けるコツは、取調官の挑発にのらず、右から左へ言葉を聞き流すことだとか。あれを実践してるってことか」

「おそらく。マニュアル本を読んだかどうかはわかりませんが、動機に関しては裁判まで黙秘を通すつもりだと思います。その覚悟があるようです」

「そこまでして、こんなにはっきりした動機を黙秘して何の意味があるんだ」

「わかりません。ですが辻内美希は、何か重大なことを隠しています。そしてそれは、磯田雪と関連した事柄だと思います。辻内は磯田の話題を早く終わらせようとした。つまり磯田のことを訊かれるのを嫌がったんです。調べさせてください」

「捜査続行は検察の判断だから調べるのはかまわんが、しかしもうそろそろ時間切れだぞ。辻内が犯行を自供してるのに、いつまでも起訴しなかったら世間が騒ぐ。検察は今日にでも、見切り発車で辻内を起訴する。そうなると我々には手出しはできない」

「一日、やってみます」

「わかった。誰かつけるか。山下(やました)でいいか」

「はい」


　山下は柏木班いちばんの若手で、先月深川署から異動になって来た男だ。本庁に配属になったことがよほど嬉しいのか、ずっとハイテンションでやる気満々である。それ自体はいいことなのだが、それだけに、勇み足が少し心配になる。柏木の目から見れば、石橋を叩いてもわたらない慎重居士の揶揄(やゆ)で、石橋の龍(りゅう)さん、とあだ名される麻生と組ませておけば、足して半分にしてちょうどいいのだろう。

　鼻歌でも歌い出しそうな勢いで楽しげに運転する山下のことが、麻生は少し羨ましいと同時に鬱陶(うっとう)しい。刑事という仕事がそんなに楽しいなんて、どうかしてるんじゃないか、とさえ思う。

　磯田雪の消息はすぐに判明したが、辻内の言葉に嘘はなかった。磯田雪は入院していたのだ……アルコール依存症の治療を専門とする、精神科医院に。

　それがわかった時点で、麻生は確信していた。松本コタロー刺傷事件の奥には、思いもかけない暗闇がある。

　医院、ということはベッド数が十九床以下なわけだが、藤田(ふじた)クリニック、というシンプルな名前のその医院は、かなり金のかかっていそうな外観をした立派な建物だった。あらかじめ電話をしてあったので、受付で名乗ると手帳を出すまでもなく応接室に案内された。外来患者がいるところで警察手帳を出さなくて済んでホッとするが、藤田クリニックとしても警察手帳などちらつかせられては大迷惑だ。

　出された茶には手を出さず、五、六分待つと、白髪まじりの髪をきちんとひっつめた、スーツ姿の中年女性が現れて、院長の藤田和子(かずこ)、と名乗った。

「磯田雪さんのことですわよね」

　藤田は茶をゆっくりとすすってから言った。

「あらためてわたしの口から言うことでもないんですが、医師には患者の秘密を守る厳格な守秘義務が課されています。たとえ警察の方からのご質問であっても、裁判所からの命令があるか、裁判で宣誓でもしていない限りは、磯田雪さんのことについて何でもお話しできる、というわけではありません」

「それは承知しています。しかし松本コタローさんの事件は世間的にも注目を集めている重大事件です。一刻も早く全容を解明する必要があります。しかも磯田雪さんには一切の容疑はかかっていません。ただ、被疑者である辻内さんが犯行に至った背景を明らかにする関係で、仕事上のパートナーであった磯田さんについても調べる必要が出て来た、ということです」

「いずれにしても、詳しい病状ですとか既往歴などについてはお答えしませんが、よろしいでしょうか」

「けっこうです。おおまかなところで、現在の状態をお話しいただければ」

「状態ですか」

藤田は抱えていたカルテを開いた。

「ご存じのように当院は、主にアルコール依存症の患者さんの治療と社会復帰訓練を行っています。磯田さんは二年ほど前から外来で診察を受けていた患者さんですが、ご自分の努力だけではなかなか治療効果があがらない状態が続いていました。簡単に言えば、お酒がやめられなかったんですね。幻覚症状もあり、社会生活を続けるのが困難だと判断したので、入院していただきました。現在は当院の治療プログラムに従って、アルコールを断ち、社会生活を営めるようになる為の訓練をされていらっしゃいます」

「こちらの医院は私立ですよね。治療費入院費などはかなりかかるのではないかと思うんですが、磯田さんは事務所を辞められて収入がないはずです。費用のほうは」

「それはプライバシーですね。お答えはできません。ただ、磯田さんと辻内さんがやっていらしたデザイン事務所は経営が順調だったと聞いています。磯田さんは事務所の経営権を半分持っていらしたわけですから、それを辻内さんに譲渡する際には、そのあとの生活がすぐに困窮しない程度のものは、ね」

藤田は曖昧に微笑んで脚を組み替えた。建前ではプライバシーだから答えられないとしながらも、警察には協力しますよ、ということのようだ。

「辻内さんはお見舞いに来ますか」

「ええ、何度か。磯田さんは今でも辻内さんを信頼していて、辻内さんが来られるととても嬉しそうでした。辻内さんも、磯田さんのことが大切だというのはよく伝わって来ましたよ。仲のいいパートナーだったんですね。ほんとに磯田さんはお気の毒です。あんなことさえなければ、アルコール依存症などになることもなかったでしょうに」

山下が、あんなこと、について質問しそうになったので、麻生はそっとその袖を引っ張った。藤田は警察がすべて調べていると思っている。だから口が軽い。こちらが知らないとわかれば黙ってしまうだろう。

「あのようなことからアルコール依存症になる人は多いんですか」

「そうですね、多いと思います。身内や親しい人の死に遭遇して、その辛さや寂しさから逃れる為にお酒にはまる、その気持ちはよくわかりますよね。わたし自身もまだ三十代で夫を亡くしました。その当時、もしお酒が飲める体質だったら、お酒で一時的に悲しみを忘れようとしたと思います。幸いというか何というか、わたしはアルコールがダメでしたが」

「おいくつだったんですか」

「磯田さんの息子さんですか？　七歳、だったかしら、小学校にあがって間も無かったそうですよ。本当にかわいそう……運転者は、磯田さんの息子さんがいきなり飛び出したんだと言い張ったとか。まあそれはそうなのかもしれないですけど、でもねえ……」

「お子さんが道路に飛び出して起こる事故は多いですからね。しかしもちろん運転者の注意義務違反は問われるべきです」

「まあなんらかの罰はあったんでしょうけど。それに、事故起こした人だってショックは大きかったでしょうし……あ、でもね、磯田さんはその人のこと恨んでないっておっしゃってますよ。自分がアルコール依存症になったのは自分の弱さのせいだって。あ、申し遅れましたが、わたくし、当院ではカウンセリングを担当しています。アルコールに限らず、薬物でもギャンブルでも、依存症になってしまう人は心に何らかの問題を抱えているケースが圧倒的なんです。ですから治療プログラムの中にはカウンセリングが欠かせません。磯田さんの場合、ご自分でご自分の弱さは自覚されています。ただ、お子さんをなくされた喪失感が大き過ぎて、鬱病を発症されているんです。アルコール依存症から鬱病になるケースもありますが、もともと鬱病を抱えていて、その症状をアルコールでごまかしているうちに依存症になるケースも多いんです。とにかく時間はかかると思います……ご本人になかなか、社会復帰したいという意欲が戻って来ないんですよね……辻内さんは、磯田さんが復帰されるならいつでも事務所の権利は半分磯田さんに返すつもりだと言ってらしたんですけどね……まさかその辻内さんが……」

「鑑取りの失敗ですよ」

山下は苛立たしげに言った。

「辻内の仕事の上のパートナーが、息子を交通事故で亡くしてアルコール依存症になって入院してるなんてこと、報告書にはありませんでしたよ」

「うちの班も鑑取りは担当したんだぞ。あまり大声でそういうことは言うな。被害者が有名人で、しかも被疑者がすぐ割れて、自供も素直にした事件なんだ。逮捕から半日で送検も済んだ。それで捜査終了しても怠慢とは言えない。まさか検察が捜査続行を決めるなんて俺にも予想外だった」

「しかしその検察の判断は正しかったかもしれないですね。何かありますよ、きっと」

麻生は腕時計を見た。

「間に合えばいいんだがな。……おそらく検察は今日中に起訴するだろう。明日は土曜だ」

「サイレン出して飛ばしますか」

「馬鹿。しっかり前向いて安全運転してくれ」

磯田雪の息子が事故死した場所は目黒署管轄の商店街だった。まず目黒署の交通課に寄り、当時の事故処理記録を確認した。交通課の係長が同行してくれ、事故現場に赴く。

「わたしが直接担当したわけじゃないんですが、当時もうわたしも交通課におりましたんで、だいたいの状況は把握しとります」

植村(うえむら)係長が、商店街の中を歩いて一軒の洋菓子店の前で立ち止まった。

「ここです。この店の前で事故が起きました」

「……路地から飛び出したんじゃないんですか。子供の飛び出しというので、てっきり……」

「亡くなった磯田敬一くんは、その洋菓子店でソフトクリームを買ったんです。ほら、のぼりが出てるでしょ、ソフトクリーム売ってるんですよ、ここ。なのでけっこう子供が買いに来てるんです。で、ほらあそこです、反対側。ね、あそこが自転車置き場なんです。商店街の中心部は自転車の駐輪禁止で、東と西にああいう自転車置き場が設けられています。以前、自転車を規制していなかった頃は、商店の前が駐輪してる自転車でいっぱいになっちゃって、苦情が我々のところにも随分来ていたんです。けっこう車が通るところなんですよね。自転車の人達はみんな歩道を走るんで、買い物客との接触事故も多かった。それで地元と話しあって通行規制しました。車道を走るだけなら構わないんですが、駐輪は禁止です。磯田敬一くんも自転車でここまで来て、あの駐輪場に自転車を停め、徒歩で車道を渡ってこの洋菓子店に入り、ソフトクリームを買った。そしてまた自転車に乗る為にここを渡ろうとして、撥ねられてしまった。今はたまたま違法駐車している車がいませんが、夕方はけっこう、違法駐車車両が歩道の外側に並んでるんですよ。それでたぶんその時も違法駐車の車があって、敬一くんが洋菓子店から出て来るのが対向車には見えなかった。よくある事故です。子供は何かに夢中になると、注意するのを忘れますからね、たぶん勢いよく店から飛び出した。そして事故を起こした車の運転手はその姿を発見するのが遅れて、悲劇になってしまった」

植村の説明を聞きながら、麻生はその場面をイメージした。

ソフトクリームを手にした少年は、それを早く食べたい。いや、食べながら店を出たのかもしれない。視線も意識も、ソフトクリームに奪われている。

違法駐車車両の陰から少年が走り出す。対向車の運転手は何かに気を取られていたのか、注意が散漫になっていた。

突然、視界に少年が現れる。運転手は慌ててブレーキを踏むが、間に合わない。


ふと、麻生の視線が、隣りの店の前にあった立て看板に向いた。

『和のお店・花菱(はなびし)　コタローの昼どき街歩き、で紹介されました！　洋服にも似合う和装小物たくさん揃えてます！』

商店街の中には一つはありそうな、和装品店だった。草履や足袋、和装用のバッグなどがガラスの向こうにディスプレイされている。

「植村さん、事故当時の違法駐車車両について、何か記録は残ってますか」

「いや、どうでしょうか。取り締まりは定期的にしてますが、その時に取り締まったかどうかは……駐車違反はすぐに摘発できないですからね、一定時間そこに駐車されていたという証明が出来ないと。おそらく、事故の現場検証の時にうちの署員が拡声器使って運転手を呼び戻して、車両を移動させて終わりだったんじゃないでしょうか」

「山下、次行こう。植村さん、大変参考になりました。お忙しいところありがとうございました。我々、これで失礼させていただきます」

麻生は植村に最敬礼し、呆気にとられている植村を残して走り出した。


次はテレビ局だった。【コタローの昼どき街歩き】のアーカイブを閲覧させて貰う。モニター室の一角にある小さな画面に、二年前の放送分が三倍速で流れていく。

「あった、これですね！」

山下が叫んだ。今さっき歩いていた商店街の風景が流れ出した。

「この番組は生放送ではないんですね？」

麻生の質問に、番組のサブ・ディレクター、中井が答えた。

「生じゃないです。編集して、だいたい二週間後に放映になります。収録は、今は一日にまとめて四、五本は録りますね。この頃はまだ松本さんもいくらかスケジュールに余裕あったんですが、最近はほんとタイトなんで。あ、この商店街の時は、この前に一件別のとこで撮影してからだったかな」

「通常モードで流して貰えますか」

画面が落ち着いた速度になり、音声が再生された。

和装店の『花菱』に、松本コタローとアシスタントの若い女性タレントがマイクを持って入って行く。

着物や浴衣などが所狭しと店内に飾ってあるが、奥のほうは陳列ケースが並んでいる。

『……このへんのものは古いんですか』

『そうですね、このあたりのものは戦前、大正時代に造られたものだと思います。こちらはもうちょっと古くて、幕末頃のものです』

『赤い色がちっとも剝げてませんねえ』

『この朱色は良質の漆（うるし）で仕上げてありますから、とても丈夫なんです。金色の細工は本物の金箔です』

『きれいだなあ。これ、どんな女性が使ってたんですか』

『おそらくは大店（おおだな）のお嬢様、つまり金持ちの商人の娘さんでしょうね。武家の娘さんですともう少し、地味な櫛（くし）を使われていたと思います』

想像していたよりもずっと真面目なレポートだった。松本コタローは一皮剝（む）けば、特に面白みもない真面目な人間なのかもしれない。それだけに、一度自分の芸風、キャラクターを固定してしまうと、それをとことん追いかけてしまう。毒舌も言いたい放題も、手当たり次第に嚙みつく攻撃性も、すべてが演出なのだ。

「この番組のロケは、いつも何人でやってらっしゃるんですか」

「低予算番組なもんで」

中井は頭をかいた。

「ロケに同行してるのは、コタローさんとカメラマン、音声さん、それにスタイリストだけですね」

「車の運転は？　ワゴン車のようなもので移動されているんですよね？」

「ああ、はい、でも、この番組の売りが、コタローさんが自分でロケ車を運転して、気の向くままに撮影地を決める、というものなんで、運転者はいないです。ただ編集でカットしますが、コタローさんだけが運転してると疲れますから、音声の橘が交代で運転してますよ」

「橘さんからお話をうかがえませんか」

「あ、すみません、橘は今、別のロケに同行して三浦半島まで行ってるんですよ。戻りはたぶん夜ですね」

「ここまでだな」

麻生は車に戻り、シートに背中をあずけた。

「音声の橘さんに話が聞ければ、あの日、違法駐車をしたのが松本コタローだったのかどうか確認がとれる」

「本人に訊けばいいんじゃないですか」

「本当のことを言うと思うか？　先に松本に質問すれば、松本は運転していたのは橘だと言うだろうし、おそらく橘にはすぐ口裏合わせを頼むだろう。違法駐車は道交法違反だが、証拠がないから検挙は出来ない。表に出ることのない音声技術者なら、その程度の罪を被っても人生に大きなマイナスにはならない。松本に我々が何を見つけ出したのか知られる前に、橘に本当のことを喋らせる必要があるんだ」

「じゃあ追いかけましょうよ、三浦半島まで」

「もうそろそろ五時だ。時間切れだよ。辻内は動機について口を閉ざしたまま、起訴される。起訴された被疑者には我々も接触はできない。裁判を待つしかない」

「でも報告はするんでしょう、検察に」

「いちおうはな。だが、たぶん無駄だ」

「無駄？」

「裁判になったら、辻内は動機について自分の口から語るだろう」

「……どういうことですか」

「辻内は取り調べの際、今は話したくない、今は話さない、と、今を何度か強調していたんだ。つまり、いずれ話すつもりがある、ということだ。彼女がそれを話すとしたら、裁判の時以外考えられない。つまり辻内は、裁判で動機について話したかったんだ、取調室ではなく。おそらく、磯田雪の息子が事故死したあの日、あの場所に違法駐車したのは松本コタローだ。隣りの和装店でロケをする為に、松本は車を洋菓子店の前に停めた。そのことが事故の原因の一つだったのは間違いないだろう。辻内美希は、親友の磯田雪が息子を失った悲しみで自滅してしまったのを目の当たりにして、違法駐車した運転手にも罪を償わせたいと考え、そしてつき止めたんだ……それが松本コタローだということを」

「まさか……イラストの件も辻内が仕掛けた罠だったとか……？」

「いや、そうじゃない。松本が辻内のイラストに嚙みついたことで、辻内が計画を発動したんだろう。辻内はおそらく、どうやって松本コタローを罰すればいいのかこの二年、考えていたんだろうが、松本がイラストにいちゃもんをつけ、調子にのって辻内の人格攻撃までやってしまったことで、辻内の決心が固まった、そういうことだろうな。しかしまだ、ピースが足りないんだ」

「ピース、ですか」

「うん。最大の謎は、なぜ辻内は、自分が松本を刺した動機を隠したのか。どうして、裁判になるまでそれを口にしないのか、だ。おそらく辻内は松本を刺すことで懲らしめようとしたんじゃない。刃物で刺したのは、トリガーをひいたということだ。松本の心臓を射貫くのはあくまで、弾、だ。そしてその弾は、まだ松本に命中していないんだ。辻内が裁判で動機について語った時、ようやく弾は松本の心臓に到達する」

麻生の胸ポケットで携帯が鳴った。麻生は携帯に出て、何度かうなずいてから了解してそれを切った。

「柏木さんからだ」

麻生は、大きく伸びをして、背中の緊張をといた。

「辻内美希が起訴された。ゲームオーバーだな」

3

辻内美希の裁判が始まったのは、それから半月ほどしてからのことだった。その頃にはもう、麻生たち柏木班は別の事件の捜査についていた。

辻内はなぜ、動機を話さなかったのか。彼女は本当に裁判でそれを口にするのか。気になっていたが、いずれにしてももう、麻生にできることは何もない。

いだ。

強盗殺人事件が解決して、ようやく休みがとれることになった前夜、麻生は、スーパーで買って来た刺身と煮物をテーブルに並べ、好きな日本酒を冷のままコップに注いだ。

懐かしい映画のテレビ放映があった。最後に映画館で映画を観たのは何年前だろう。剣道に明け暮れていた学生時代も、少しの時間が空けば映画館には通った。小説を読むのは苦手だが、つくりものの物語自体は嫌いじゃない。それも推理ドラマや犯罪アクションのようなものではなくて、他愛のない恋愛ものがいい。

麻生自身、三十過ぎまで独身でいて、ようやく結婚を考えたいと思うような恋愛をしかかっているのだが、仕事が忙し過ぎてなかなか進展していない。

明日の非番は、玲子に逢える。そう思うと嬉しさがこみあげて来た。明日は玲子のリクエストで、上野の国立博物館に行く予定になっている。玲子は古いもの、失われたもののかけらが好きだ。逆に新しいものにはあまり興味を示さない。

画面には、美しいフォルムの車が映っている。新車のCMだ。麻生は車やオートバイが好きだ。警察官になったのも、剣道を続けられる仕事が良かった、というのも理由ではあるが、本当は、白バイ隊員になりたかったからなのだ。

麻生は見るともなしに、新車のCMを見つめた。新しいものには興味のない玲子も、新車でドライヴするのは嫌ではないかもしれない。まあしかし、今のところ車なんか買うつもりはないけどな。


突然、衝撃が麻生を襲った。

手にしたコップが床に落ちて割れた。

画面に、松本コタローがいた。優雅に走って行く車について、いつもの毒舌で何か言っている。だがドライバーの運転技術は褒めている。

やっぱり車の良さは、女の人にはわかりにくいでしょ。女の人の運転はおっかないからねえ。

美しい新車がなめらかに停まり、運転席からヘルメットをした人物が降りて来る。ヘルメットをとって頭を振ると、長い髪がさらさらと落ちる。

大写しになる、美しい女優の顔。

コタローが女優の足下にひれ伏し、大袈裟に謝る。

誰でも美しく乗れる、誰にでも優しい車。そんなようなコピーが入り、最後に松本コタローがその車を運転して去って行く。

麻生は、呆然とテレビ画面を見つめていた。

今、辻内美希のはなった弾丸は、松本コタローの心臓の直前まで迫った。

あとは裁判で、辻内がすべてぶちまけるだけ。

松本コタローが違法駐車した為に、七歳の男の子の命が奪われてしまった、と。

それで、完了だ。

弾は松本コタローを射貫き、コタローは破滅する。


車のCMに、道交法に違反した上、子供が事故死する一因をつくったタレントが出ているなどとは、笑えない冗談だ。スポンサーは激怒する。すでに放送されてしまったコマーシャルは打ち切りになる。莫大な違約金が発生、損害賠償請求もあるかもしれない。

世間は掌を返してコタローをバッシングするだろう。刺された被害者として、退院後は辻内美希に対して寛容なコメントを出し、人気が上昇していた矢先である。決まっていた仕事はすべてキャンセルになり、新しい仕事もなくなるだろう。


辻内美希は、この時を待っていたのだ。コタローが出ている新車のCMが放送開始される時を。

イラストやデザインの業界にいる辻内なら、広告代理店にも何らかのコネはあるに違いない。松本コタローが新車のＣＭに出ることを何かのついでに知った辻内は、それだけはゆるせないと思ったのだ。違法駐車で子供の命を奪っておきながら車のＣＭに出て多額の出演料を手にする、それだけは絶対にゆるせないと。

取調室で動機について語ってしまえば、ＣＭの放送開始前にそれが世間に知られてしまう。違約金は発生するだろうが、スポンサーにとっては、不幸中の幸い。それではコタローのダメージが最大にはならない。

麻生は足下を見た。床で砕け散った、ガラスのコップ。

辻内は裁判で、涙ながらに松本コタローのせいで子供が死んだ、と訴える。その様子が見えるようだ。

麻生は、大きくひとつ、溜め息を吐いた。

いずれにしても、すでにすべては終わっている。俺にはどうにもできないし、正直、松本にも辻内にも、同情は感じない。

ただひとつだけ、麻生は知りたいと思った。

このことを知った時、磯田雪は喜ぶのだろうか。

息子の墓前に、彼女は何と報告するのだろう。

親友が隠し続けた「理由」について、磯田雪は、それを何と、子供に説明するのだろう。

プロジェクト：シャーロック

我孫子武丸（あびこたけまる）

1962年、兵庫県生まれ。京都大学文学部中退。在学中は京都大学推理小説研究会に所属。いわゆる新本格一期生として、島田荘司によるペンネームの名付けと推薦を得て、1989年に速水三兄妹が登場するスラップスティックな味わいの本格ミステリー『8の殺人』でデビューを果たした。このシリーズは3作続き、1990年には腹話術の人形・鞠小路鞠夫が探偵役となる、ユーモアミステリー『人形はこたつで推理する』を発表。これもシリーズ化された。ユーモアタッチや、ほのぼの系の本格ミステリー作家という印象が一変したのが、サイコ・スリラー風の物語に、強烈なサプライズが用意された『殺戮にいたる病』（1992年）だった。またカルト宗教がらみの事件を、技巧を凝らした構成で描いた『弥勒の掌』（2005年）も代表作である。シナリオを担当したサウンドノベルゲームソフト『かまいたちの夜』（1994年）が大ヒットするなど、小説以外の分野での活躍も著しい。（N）

1

　最初はそれは、日本の警視庁の、やや暇（ひま）を持て余した職員の趣味のようなものだった。

　木崎誠（きざきまこと）。刑事を志して警察に入ったものの、実際には総務部情報管理課というところでデスクワークを続ける日々。四十を越えて管理職となり、自分のなりたかったものはこんなものだったのだろうかとふと人生の来（こ）し方行く末に思いを馳（は）せていた時、テレビのニュースで「ワトソン」という人工知能が作られていることを知った。自然な文章を理解し、医師に代わって病気の診断を行なったり、難解なクイズに答えたりもするという。

　実際にはその名前は、医師のジョン・H・ワトソンから取られたものではなく、IBMの創業者から取られたものであるらしいのだが、木崎はそんなことは知らなかった。ワトソンがあるのにホームズはなぜないのだろうと思ったのも当然だ。医師のAIではなく、名探偵のAI。

木崎は推理小説が好きだった。とりわけ、神のごとき名探偵というやつが。プログラムについては高校時代、簡単なゲームを作れる程度には勉強したことがあったし、その後も仕事や遊びで使い続けてきた。

警視庁にはもちろん犯罪データベースが着々と構築され、犯罪の手口等から検索して前科者を発見するといったことはできるようになった。しかしとてもそれは「名探偵」だとか人工知能といえるようなものではない。ただのデータベースだ。

名探偵といえる人工知能の条件は何だろうか。

木崎は一瞬で答を出した。

５Ｗ１Ｈ。

あらゆる事件の基本は５Ｗ１Ｈである。これはそう規定しておいて問題なかろう。

しかし、５Ｗ１Ｈのうち、When, Where, What については名探偵の仕事というよりはむしろ依頼人や警察、もしくは助手の仕事であり推理の基礎となるデータと考えてよい。すなわち名探偵とは、「ある時ある場所で起きたある事件」について訊ねられ、たちどころに残った疑問、「誰がなぜどのようにそれを犯したか」について答える者である。

推理小説において問題となるのもほぼその三つである。犯人を当てるフーダニット、不可能状況やアリバイ崩し等、犯行方法自体が謎となるハウダニット、そして数は少ないものの通常では考えられない動機を問うホワイダニット。

事件は様々なものが考えられるがとりあえず殺人事件に特化しよう。

被害者のプロフィールとそれを取り巻く身近な人間関係相関図。殺害場所（場合によっては正確な平面図、あるいは緯度経度）と日時、死因、現場に残された手がかりの数々。それらのデータを入力すれば、人工知能によって「推理」が行なわれ、真犯人が指摘される。それが理想の動作である。

その「推理」こそがこの人工知能の要（かなめ）であることはもちろんだ。しかしそもそも「推理」とは何か。そんなことはすっかり分かっているつもりでいたが、コンピュータで実現するためには改めてその機能、動作について理解しなければならない。

数時間ほど呻吟（しんぎん）した挙げ句（その様子を見ていた部下は何か仕事のトラブルかと思ったようだった）とりあえず、演繹的（えんえきてき）なものと帰納（きのう）的なものに分割して考えた方がよさそうだと結論した。

演繹的とは、すでに存在するデータ、前提となる命題から、最初は見えなかった論理を構築し、結論を導き出す方法だ。例えば有名なホームズとワトソンの出会いの場面。ワトソンの日焼けの程度と負傷などを観察し、アフガニスタンで従軍していた軍医であることを言い当てる。いかにも「推理」と呼ぶにふさわしい方法だが、コンピュータにそれをさせる具体的な方策が木崎にはとんと思いつかなかった。もちろん、

1＋1が2になるような単純な論理ならいいが、そんなものは人工知能に訊ねるまでもない。

そう、人工知能による「推理」は帰納的なものを基本とする方が簡単だ。

時に不特定多数となる可能性のある容疑者群の中から、「機会」のなかったものを取り除いていくといった作業は人間には難しいが、コンピュータにはむしろ得意な分野だ。そして、「機会」があったものについては一人一人について、実際に犯行シミュレーションを行なえばいい。もしそこで出たシミュレーション結果が、現場の状況と決定的に異なるようなら、その容疑者は犯人ではないと言える。「Aがもし犯人なら」と仮定し矛盾が出たら廃棄する。数学的帰納法にも似たエレガントな「推理」だ。

そう方針を決めると、木崎は「帰納推理エンジン」（Inductive Reasoning Engine）の構築に着手した。

被害者、容疑者の身長、体重などから、フリー素材を使って3Dモデルを作り、様々な犯行をシミュレーションする。アリバイの確認はグーグルマップと乗換案内アプリを呼び出して使う。かつて日本の推理小説で流行したような時刻表トリックの類は、乗換案内アプリの登場でほとんど無意味となった。

自宅で刺殺された被害者が発見されたとする。数名の、一見動機も機会もある容疑者がリストアップされたなら、彼らが、アリバイのない時間に実際犯行が可能かどうか、何度もシミュレーションをしてみる。可能だったとして、現場の乱れ方、血痕の飛び散り方、証拠品などとの矛盾はないか。比較検討してマッチング精度の高い順に並べれば、すなわち犯人である確率が高い順ということだ。

囲碁や将棋のソフトの多くには「定石」や「定跡」が搭載されている。序盤の膨大な変化を計算する手間を省く上で、プロが長年研究した定石での対応は有効な手段だからだ。

それをヒントに木崎は、推理エンジンとは別に、「定石」——古今東西の推理小説で使われたロジック、トリックなどをある程度抽象化して組み込むことにした。現実の犯人が偶然フィクションと同じトリックを考えて実行する、などということはなかなか考えにくいが、真似をするという可能性は充分ありうる。「トリック集成」といった本を手当たり次第に買い集め、インターネット上の資料も参考にしつつ、実行不可能なものを排除してデータ入力していく。

これは一人の手にはあまる仕事のようだ、と気づいた時点で、とりあえず最低限の体裁だけを整えてレンタルサーバにプログラムをアップし、ミステリ好きが集まりそうな英語の掲示板にもリンクを張っておいた。誰でもいじれるよう、パブリックドメインとし、希望があればソースも公開しますと書いた。元々そうするつもりだったわけではないが、何となく汎用性が高いように英語ベースで作っていたのは幸いだった。

木崎自身は元々多くの人間と繋がりがあったわけでもなかったが、"A. I. Detective Project : Sherlock"と題したそのプログラムはあっという間に数万ダウンロードされ、専用の掲示板で木崎の頭越しに活発な議論がなされ、頻繁な書き換え、別バージョンが作られ、専門的なサブルーチンが付け足されていった。

マイアミの鑑識課員だというデクスター・モーガンは（恐らく、テレビドラマのキャラの名前をつけたのだと思われる）、現場で見つかった血痕を分析し、その飛散の様子を精緻に再現するプログラムを付け加えた。撮影した血痕の写真を見取り図上で正確に配置し、そのプログラムにかければ、どこからその血が噴き出し、撒き散らされたのかを3Dモデル上で確認できる。犯人に首を刺された被害者が、大量の血を撒き散らしながら逃げまどったような場合、水源ならぬ「血液源」を逆算することでその被害者の動きもほぼ正確に分かるし、あるはずの血痕がない部分から犯人がどのように返り血を浴びているかも推測できるという優れものだった。

ラスベガスで科学捜査研究所に勤めているというグリッソム博士（これまた怪しい）と名乗る人物は、弾痕や銃創から発砲位置を簡単に推定するプログラムを提供してくれた。日本では銃撃事件自体が少ないこともあり木崎にはその重要性があまり分からなかったのだが、このプログラムには特に絶賛コメントが殺到し、「実際の狙撃（そげき）事件で役に立ちました」というヨーロッパの小国警察の警官だという人物（これはニュースにもなったので本物だったようだ）からの感謝の声も書き込まれた。

「定石」も次々と膨（ふく）れあがった。邦訳も英訳もない東欧のミステリの珍トリックを付け加えるミステリマニアもいた。これは実行は不可能だ、いや可能だといった議論が行なわれ、削除されるものも多かった。

ロンドンのホームズマニアを名乗る人物は、「ホームズには博物学的知識がなければならない」として、現場や関係者、表面に現われるすべてのデータは「博物学的関連づけ」がなされるべきだと主張した。実際のホームズ物語で言うならば、一片の土（つち）塊（くれ）が落ちていたならその土がイギリスのどの辺りの土であるかを見抜き、そのことによって犯人が何地方から来たか分かるはずだというわけである。

「博物学的関連づけ」を現場に存在するあらゆる証拠品（一見関係ないものも当然含む）、関係者、関係者の所持品エトセトラ、エトセトラ……に適用すると、連想ネットワークのようにお互い関連するものが出てくるかもしれない。それこそが名探偵の推理の本質である、というのが彼（あるいは彼女）の考えであった。確かにこれは、木崎が最初諦（あきら）めたホームズの演繹法のかなり理想的な再現に思える。

一見途方もないようにも聞こえる要望だったが、それもまた検索エンジンの発達した現代では、ある程度までならさほどの苦労なく実現できる機能だった。現場写真一枚あれば、画素数の限界まで事物を読みとり、ネット上に存在する画像とマッチングさせてそのモノにまつわるデータを引き出してくる。被害者の着ている服のブランド、素材、価格。汚れがあればその汚れの正体は何かを探れるだけ探る。それが事件に直接関係なかろうと。

もちろんこの「博物学的関連づけ」は、深く探れば探るほどデータ量は幾何級数的に増大し、計算効率がどんどん悪くなる。スーパーコンピュータならいざ知らず、一個のPCで運用する場合には、その探索レベルを最初に決めてやるオプションが必要だった。囲碁などのソフトにもあるようにあらかじめ「持ち時間」などを設定することによって効率の良い「推理」が可能となる。最初のレベルで犯人が見つからなかったなどの場合のみ、探索レベルを上げて再計算すればよい。

こうして、最初は好事家たちの趣味にすぎなかったプログラムは、どんどん肥大化し、殺人事件に限らず現実に起きうるあらゆる事件、事象に対応できるようになっていった。ＩＢＭやグーグルなど、余りある資本と人材、そしてビッグデータを利用して作られる人工知能とはまるで違う道だったが、誰でも使え、手を入れられるのは大きかった。認知度も飛躍的にあがった頃、「シャーロック」という呼び名は、直接的過ぎると思われたのかギリシャ文字のSに当たる「シグマ」と呼ばれるようになった。

シグマを利用して解決したデータは、デフォルトでは「シグマの動作向上のため送信」されることになっている。被害者等のプロフィールを匿名化、事件を抽象化して送信する、もしくはまったく送信しない、というオプションももちろん選択はできる。多くのユーザーが「抽象化して送信」を選んだので、事件そのものが現実のものなのかフィクションなのかの判断は難しくなったが、大会社が集めているようなビッグデータには及ばないものの、相当数のデータが集積され、シグマの能力は日増しに上がっていった。

イギリスの寒村に住むある母親は、冷蔵庫に一切れ残っていたシェパードパイがなくなっているのを発見したのだが、双子の娘のどちらが食べてしまったのか分からず、「シグマ」に頼ったところ、見事に犯人を言い当てたという。その時彼女が入力したデータとシグマの推理はまったく「定石」によるものではなかったため、とりわけこのプロジェクトに古くから関わっている人間ほど驚いた。この時点で、シャーロック――シグマは次のステージに育ち始めていたのだと思われる。

ある時点まで参加していたものたちのほとんどはあくまでも「フィクションにおける名探偵」の思考のシミュレートを試みていたふしがある。どちらかというと最初のプログラムを作った木崎自身がそういう考えだったからだ。フィクションと割り切り、自分で作った「犯人当て問題」をプログラムに解かせて遊ぶ一派も少なからず存在した。うまく解ければ成功で、失敗した場合は問題かプログラムのどちらかに欠陥が存在するということになる。プログラムの欠陥であるという結論が出ると、当該箇所の修正パッチが配布される、という具合だ。

しかし「消えたシェパードパイ事件」以降、小国に限らず、先進国でも、実際の捜査に使われることが増えていった。日本では各捜査官がこっそりと、アメリカなどではおおっぴらにとお国柄の違いはあったものの、事件が起きると「一応はお伺いを立ててみるか」といった調子でプログラムを走らせるのがほとんどどこでも通例となりつつあった。何か調べものをするのに、百パーセント信用はできないけどとりあえずウィキペディアを見ておくか、というのと同じだ。

そんな中、ある事件が起きた。

木崎誠が仕事帰りに襲われ、殺害されたのである。

2

木崎が殺された事件は、当初日本でもほとんど話題にならなかった。

自宅近くの路上で撲殺（ぼくさつ）され、財布を盗られていたことから、通り魔的な強盗被害に遭ったものと見なされた。もちろん帰宅途中の防犯カメラの映像なども虱潰（しらみつぶ）しに調べたものの何の手がかりも得られず、当然のことながらシグマにお伺いを立てるだけのデータも揃わなかった。

いずれ別件で捕まった犯人が余罪として自白するまで解決しない事件だろう、と捜査本部も解散しかかった頃、木崎のパソコン（自宅、仕事場両方）を調べていた鑑識課員が、どうやら木崎こそがシグマ――シャーロックの生みの親なのではないかということに気がついた。事件と何か関連があるのではないかと思うのは当然だ。しかし、生みの親とはいえ、もはや集合知の産物としか言いようがないシグマにおいて彼の果たした役割はさほどのものとも思われず、上層部の関心を惹（ひ）くことはできなかった。その結果、捜査本部解散の決定は覆（くつがえ）らなかったのだが、鑑識課員は一人で引き続きそのパソコンを調べることとなった。

長沢雄太（ながさわゆうた）というその若い鑑識課員はシグマには当初から並々ならぬ関心を抱いていたこともあって、プライベートの時間も潰して半ば趣味のように、木崎のパソコンと彼がレンタルしていたサーバを調べ、シグマの成長していく過程をつぶさに追うこととなった。木崎が細かく記録していた掲示板のログ、様々なバージョンのシグマ、廃棄と決定されたサブルーチンの放り込まれた巨大なフォルダ。木崎はもはや積極的に手を加えることには関心を失い、どこの国のどんな人と関わり合い、愛され、また感謝されたかを眺めることに執心していたようだ。

　四十を過ぎていまだ独身だった木崎にとって、それは我が子のような存在だったのかもしれない。まだ別段結婚したいとも子供が欲しいとも思っていない長沢にしても、木崎が眺めていたであろう経緯を追ううち、シグマを誇らしい、愛おしいとさえ思うようになっていた。

　多くの犯罪者を捕らえ、事件を解決してきたこの人工知能のすべては、木崎がいなければ生み出されることはなかったのだ。現在の多彩な機能と洗練が集合知の結果であるとしても、それだけ多くの人々を惹きつけ、注力を傾けさせたのは最初の木崎のアイデア、プロトタイプが魅力的であったからなのは確かだろう。

　長沢は木崎という人物そのものにも関心を抱くようになり、パソコンやサーバの中だけでなく、まだ遺族に返されていない所持品や、部屋の写真――とりわけ本棚の中身が分かる写真などを眺めながら、彼の人となりに思いを馳せるのが日課のようになった。少しずらした昼休みを取って総務部へ行き、彼の部下に話を聞いてみたりもした。

　推理小説については長沢も結構好きだったので、自分が読んだのと同じ本を発見しては喜び、気になっていた本を見つけると、端から買ってきては読んでみた。もはや

「捜査」から完全に脱線していることは自覚していた。事件の真相を探ることより、いつしかシグマへの憧れが木崎への憧れにすり替わっていたのだろう。

莫大(ばくだい)な金を投じたわけでもないし、コンピュータの天才というわけでもないのに、ちょっとした思いつきで、歴史に名を残す存在となった。木崎の名は誰も知らずとも、これから先シグマの名は必ず残るだろう。そしてシグマについて誰かが調べると、必ずMakoto Kizakiの名が出てくる。

パソコンの中身をあらかた調べつくした頃、階層化されたフォルダの底の底に鍵のかかった隠しフォルダがあることに気づいた。自分と同じ独身男でもあるし、どうせエッチな動画とかそんなものだろうと思いつつ、色々とパスワードを試していたら、ホームズ関連の言葉を入れているうちに「IRENE」で開いた。ホームズものの有名な登場人物、アイリーン・アドラーだ。女性名というところがやはり、エッチなものであるという確信を深めた。

フォルダを開いて出てきたのは単なる日記だった。カレンダーに毛の生えたようなアプリケーションだ。それもさほど長く使っていたわけでもなく、死の直前、一ヵ月ほど前にインストールして、何日かおきに書いていただけのものらしい。

一番最初の書き込みが四月十日。こんな記述だ。

『正確に何が起きているのか分からないが、とりあえず何かあったとき用にメモをつけておこうと思う。

もし万が一わたしに何かあってこれを読んでいる人がいるとしたら、警告しておく。これを読んでも得るものは何もないし、逆にあなたに危険が及ぶ可能性もある。その覚悟がないのなら直ちにこのパソコンの中身を消去し、忘れてしまうことをお勧めする。今ならまだ間に合うと思うので。』

「今ならまだ間に合う」ではなく、「と思う」なのが不安を煽る。もう間に合わないかもしれないというのなら、ちゃんとその内容を読んでおかなければ対処できないではないか。もっとも、「まだ間に合う」と断言されたところで、ここで読むのをやめられるとは思えないのだが。

木崎はこんな記述を残して実際に殺されてしまったということになる。何かしら殺される理由に心当たりがあったということなのだろうか。

長沢は一旦日記を閉じ、フォルダごとUSBメモリにコピーし、家に持ち帰った。根拠はないが、木崎本人のパソコンに触れ続けることに不安を覚えたのと、コピーを読む方が安全なのではないかという気がしたのだ。

翌日、長沢は仕事を無断欠勤した。

長沢は一人住まいのアパートに閉じこもり、携帯の電源もＷｉ－Ｆｉルーターも切って、息を潜めていた。

どうすればいいのか分からなかった。

あんなものを読むのではなかった。

外へ出ることさえ恐ろしい。といって、こんな安アパートにいて安心かというとそうではない。

何か手を打った方がいいのではないか。しかし一体どんな手を？

まるで分からなかった。何しろ敵はそこら中にいて、あらゆる手段で彼を狙ってくるに違いないからだ。

木崎が日記の中に書いていた。

『まさにあれは「パンドラの箱」なのかもしれない。だとしたらその箱を開けたのはわたしだ。わたしが開けなければあれはこの世に解き放たれることはなかった。殺されることになったとしても文句は言えない。』

木崎はさほど抵抗しなかったのかもしれない。もっととことん戦ってほしかった。

殺されないで済む方法を考えておいてほしかった。

長沢は、二重三重に木崎を恨んだ。

無断欠勤も三日目になった。

外に買い物に行く気も起きないので食べるものもなくなりつつある。最後の食パンにマヨネーズをかけて食べていると、ドンドンと乱暴に扉を叩く音がしてびくっとする。動きを止め、息を潜める。安普請（やすぶしん）のアパートとあって、中の気配は結構伝わるのだ。

「長沢？　いないのか？　長沢！」

鑑識課の同僚、吉村（よしむら）の声だった。特別仲がいい、というほどではないが、一度このアパートに来たこともあるから、様子を見てこいと言われたのだろう。一瞬、返事をしようと口を開いたが、やめた。今は誰も信用できない。

「おーい。倒れてんじゃないよな？」

しばらく耳を澄ませているらしかったが、諦めて立ち去る靴音が響き、長沢はたまらず玄関に走り、ドアを開けていた。

「吉村！」

階段を降りかけている背中に呼びかけると、吉村が振り向く。

「なんだよ、いたのかよ。――具合でも、悪いのか？　携帯も繋がらないし……」

長沢が必死で手招きすると、吉村は苛々するほどゆっくり戻ってきて、眉をひそめる。

「どうしたんだよ、一体──」

「いいから中に入ってくれ、早く！」

「なんだよ、一体──」

「しっ！」

文句を言いながらもドアの前までやってきた吉村を無理矢理中に引きずり込み、外に不審な人影や気配がないことを確認して長沢はドアを閉めた。

3

吉村紀夫は抗議しようと口を開いたが、長沢が口に指を当てて睨みつけたので、仕方なく口を閉じる。

狭い1Kのアパートだ。カーテンを閉め切り、もう夕方だというのに電気もつけていないので、中の様子もよく分からないほど暗い。多分この数日窓も開けていないのだろう、既に饐えた臭いがこもっている。

「何だよ、寝てたのか？　具合が悪いんなら、帰るよ。生きてんのは分かったから、課長には適当に言い訳しといてやるわ」

吉村は靴も脱がずに再び出て行こうとしたが、長沢は彼の腕を摑(つか)んで引き留めた。

「待ってくれ！　話を聞いてくれ！　耐えられない……耐えられないんだ」

「何だよ、一体。気持ち悪いな。──悪いけど、俺カウンセリングとかできないから。その──、身体(からだ)じゃなくて心の問題……鬱(うつ)とかノイローゼとかだったらさ、早く医者行った方がいいよ。悪いこと言わないからさ」

「違う！　そんなことじゃないんだ！　頼むから、聞いてくれ……」

三和土(たたき)は狭く、部屋に上がった長沢に腕を引っ張られると、土足で上がらないようにするには靴を脱ぐしかなかった。そのまま暗い部屋に連れて行かれ、ローテーブルの前に座らされる。暗闇に目が慣れるとテーブルだと思ったものは炬燵(こたつ)で、すぐ隣には布団が敷きっぱなしであることも分かってきた。

何かを食べるような音がしたので振り向くと、長沢は立ったまま食パンを口に詰め込んでいた。そのまま布団の上に座り、ごくんと口の中のものを飲み込んでからようやく話し始めた。

「……俺が木崎誠のパソコンをずっと調べてたのは知ってるよな？」

「木崎……？　ああ、シグマを作ったとかいう。まだ調べてたのか」

「なんで殺されたか分かった」

「やっぱり強盗じゃなかったってのか？　犯人が分かったんなら、上に報告しないと……」

「犯人が分かったとは言ってない。『なんで殺されたか分かった』って言ったんだ」

「……まあいいや。じゃあ、なんで殺されたかだけでもいいよ。なんで報告しない？　なんで無断欠勤してんだよ」

「……怖いからだよ。外に出るのが」

「は？　何言ってんの？」

　薄闇の中、こちらを見つめる長沢の目だけがぎょろりと目立っていた。改めてよく見ると、髭も剃っていないし、ちょっと見ない間にやつれてしまっているようだ。満足に眠れていないのか、目は落ちくぼんでいる。

「俺もやばいからだ。俺が真相に気づいたことを、きっと誰か気づいてる」

「誰かって誰だよ！　真相ってなんだよ、もう。――ほんと、とりあえず医者行った方がいいぞ。眠れてないんだろ？　とにかく、眠れる薬だけでも出してもらえ。すごく楽になるから」

　吉村は自分の経験に基づいて言ったが、長沢は聞く耳を持たなかった。

「俺はおかしくなんかなってない！　ほんとなんだ、信じてくれ！」

「……信じるも何も、お前さっきからなんも説明してねえじゃん。だから、犯人は誰で――あ、犯人は分からないのか――木崎誠が殺されたのが物盗りじゃないっていうなら、なんで殺されたんだ？」

「シグマの生みの親だから……だと思う。この数ヵ月間、シグマの関係者が、どうも世界中で不審な死に方をしてる」

吉村は天を仰いで一呼吸してから、先を促した。

「ほう。それで？」

「信じてないだろ！　ほんとなんだ！　シグマの掲示板でもようやく話題になりつつある。そのうち世界的ニュースになるぞ……いや、ならないかな……ならないかもしれない。握りつぶされるかもってことだ。でもたくさんの人間が殺されてることは事実だ」

「それで？　世界を飛び回る殺し屋が、シグマの関係者を殺して回ってるってのか？」

「――それが恐ろしいところだ。犯人は一人じゃない。多分、全部別の人間だ。でもそいつは、また別の誰かに動かされてる」

「……ごめん。やっぱ何言ってるか分かんねえわ。――そもそもさ、シグマの関係者って、世界中で全部で何人いるんだよ？　どこまでが関係者だ？　誰か深い関係のあるやつが死んだとしようや。それを見た別の誰かがそういやあいつも死んだなって書き込む。そういやあいつも、あいつも……って。でも実際にはそのほとんどはただの病死だったりする。そういう話なんじゃないのか？」

「違う！　現に木崎は、自分も殺されるかもしれないと予見して、日記を残してたんだ。そして実際に殺されちまった。偶然のわけがない」

吉村は溜息をつく。

「だからさ、一体何が起きてると思ってるんだ？　順序立てて説明しろよ」

長沢はしばらく俯いて黙っていたが、やがて意を決したように顔を上げ、言った。

「――モリアーティだよ。モリアーティが生まれたんだ」

「モリアーティ？モリアーティって、あれか、シャーロック・ホームズの宿敵とかいうじいさんか。それが生まれたってどういう意味だよ」

「多分、作った本人は気の利いたいたずらくらいのつもりだったんだろう。シグマの元になったシャーロックが木崎の遊びだったように。シャーロック――名探偵がいるなら、その宿敵がいた方が面白い、そう思ったんじゃないか」

「宿敵――名犯罪者ってことか？　名犯罪者のＡＩ？」

「ああ」

「考えてみたら〝名犯罪者〟って変だよな。自分で言ったけど。名犯罪者って、なんだ？」

「……俺も正直、その仕組みは分かってない。ただ、木崎の日記によれば、シグマの成功の陰で、ひっそりとモリアーティが作られたに違いないと。そしてシグマの側に挑戦をしかけてきているとしか考えられないというんだ。シグマと似たような仕組みだと推測するなら、ある人間が、殺したい人間の情報を入力すれば、極めて成功確率の高い、時に露見さえしないような犯罪計画を立ててくれる……そういうシステムなんじゃないか」

「まあもしそういう、悪党にも便利なツールができたとしてもだ、我々はシグマを持っている、連中はモリアーティを持っている。ただそれだけのことじゃないのか？　コンピュータという便利な道具は敵にも味方にもなるってことだ。お前がなんで怖がる必要があるんだよ」

「……だって、いち早くモリアーティの存在に気づいてしまったわけだし。連中は、可能な限りその存在を秘密にしたいだろう」

「お前の言ってることは矛盾してるよ。世界中にそのモリアーティとやらを使って犯罪を犯してるようなやつがいるなら、そんなものがそうそういつまでも秘密にしておけるわけはない。もうとうにニュースになってなきゃおかしいだろ」

長沢は初めて正論だと思ったのか、はっとした様子だった。

「それは……確かにそうだけど……」

「それに、お前が秘密に気づいたって、誰に分かるって言うんだ。黙ってりゃ誰にも分かるはずないし、それが嫌ならいっそのこと証拠を揃えて警察上層部かマスコミに訴えりゃいいじゃないか。秘密が秘密でなくなりゃ、もうびくびくする必要もない」

長沢はしばらく考え込んでいた。

「うん……そうか。秘密が秘密でなくなれば……そうだな……そうかもしれん」

「な？　だからちゃんと出勤して、上に報告するんだよ。そしたら殺される理由なんかなくなるんだからさ」

長沢は顔を覆い、嗚咽(おえつ)を漏(も)らす。

「ありがとう……ありがとう……助かったよ。お前が来てくれてよかった」

「何泣いてんだよ。とにかくちゃんと飯食って寝ろ」

「うん……ありがとう」

吉村はそそくさと立ち上がると玄関へ行き、靴を履いた。とりあえず落ち着いた様子の長沢は引き留めることもない。

「じゃあな。明日は絶対来いよ。俺から連絡しといてもいいけど、できるんだったら自分で課長に一言謝っとけ。メールでもいいからさ。な？」

「うん。分かった」

吉村は軽く手を挙げ、部屋を出た。

それが生きた長沢を見た最後だった。

4

長沢雄太はその翌日も出勤してこず、不審に思った上司がアパートの大家と連絡を取り合って、部屋を開けてもらったところ、首を吊って死んでいるのが発見された。

前日訪ねた吉村の証言もあって、長沢がノイローゼ状態にあったことも分かり、遺書はなかったものの、自殺であろうという結論がすぐに下された。

吉村はもちろん、それが自殺ではなくて殺人であることを知っていたが、手を下した犯人がどこの誰なのかはまったく知らなかった。それは、Ｍが――モリアーティが決めたことだからだ。

長沢は――そして恐らくは木崎誠もまた、モリアーティが本当はどういうものかをまったく理解していなかった。当然だろう。モリアーティの真価を知るものは、そこに取り込まれるか、消されるかしかないからだ。

モリアーティが犯罪計画を立てるＡＩであるというのは一部しか正しくない。モリアーティは「誰が誰をどのように殺すか」までを含め、すべての計画を立案し、そして現実に「実行させる」ＡＩなのだ。

長沢が推測していたように、最初のプログラムはシャーロック同様、お遊び程度のものだった。ホームズがいるのならモリアーティもいてほしい、作成者はただそう思ったのだった。

「名探偵とは何か？」に対する答の一つがシグマであったということを踏まえ、彼（あるいは彼女）は、では犯罪者の、犯罪界のナポレオンとまで呼ばれる人物の思考とはどんなものだろうかと考え始めた。

基本的にはそれは、名探偵の思考を先読みし、それを上回るように計画を立てるものであろう。

それについては極めて簡単だ。すでにシグマが存在するのだから。

何かの犯罪計画を立てたら、それに基づいてたくさんのシミュレーションを行なってみる。そしてその結果を——残されたデータをシグマに入れてやる。ほとんどの場合において、シグマはなかなかの推理を発揮し、犯人が特定される。つまりは犯罪計画としては失敗ということだ。

しかし、千、二千といった数のシミュレーションを行なえば、シグマに必要なデータが残らなかったり、あるいはシグマが間違った結論を導き出すケースが一つ二つ出てくるものである。それこそは完全犯罪となるはずだ。少なくとも相手がシグマである限りは。そもそもシグマの帰納推理エンジン自体がシミュレータなのだから、それを逆手に取った手法である。

シグマにとって――名探偵の側にとって圧倒的に不利なのは、その思考が、ソースが明らかにされてしまっていることだ。敵はこちらの思考を読めるが、こちらは敵の存在さえ知らないのだ。

そしてモリアーティを使う側からすれば、可能な限り、シグマのバージョンアップ、進化は遅い方がいい。多くのシミュレーション結果からようやく見つけた唯一の解が、次の日のバージョンアップで潰されてしまわないとも限らない。

そしてもちろん、犯罪の立案には探偵とは別個の思考も必要とする。一つは「事件に見えない殺害方法」。そもそも事件に見えなければ捜査自体行なわれないし、シグマに入力してみようとするものもいない。しかしもちろんシグマには「定石」として既に使われたことのある殺害方法は登録されており、常に更新し続けられているので、それだけではまだまだ「完全犯罪」には遠い。

目に見える動機のある人間の近くで、少しでも殺人の疑いの残る突然死があれば、名探偵でなくとも、疑いを持つ人間はいるだろう。

つまり、モリアーティの持つ、より重要な二つ目の思考法は――動機のない人間、関係図に出てこない人間に殺させろということである。

モリアーティはまず、シグマの関係者リストを吸い上げ、シグマに送信された事件データとも組み合わせて膨大な人物関連マップを作成する。

そして、モリアーティを使ってある人間がある人間を殺す計画を立てた場合、当然のことながらそのデータはすべて本体の存在するサーバに問答無用で送られる（送る、送らないというオプションがあるのだが、それは見せかけで実際にはどちらを選んでも送られる）。つまり、一度でもモリアーティを使って犯罪を実行した者のデータは蓄積され、モリアーティがいつでもある程度自由に使える「駒」になるということなのである。次に、同じ地域で（あるいは多少離れていたとしても）別の誰かが誰かを殺そうと思った際、モリアーティは犯罪計画の中にそのいくつかの「駒」を配置することが可能となる。モリアーティ自身が考えて指示を出し、従わせることができるということである。

今回、吉村は長沢が出勤してこなくなったことから、何かに感づいた可能性を心配し、様子を見に行った。しかしそれはそもそも、木崎誠を襲って殺したのも吉村だったからで、それがバラされてしまうかもしれないし、敵対すると見なされれば逆に自分も殺されるかもしれない。それを恐れての行動だった。

木崎を殺したのは、モリアーティの指示に過ぎない。つまりはそれ以前に一人、モリアーティに頼って殺してしまっているから、無視することができなかったのだ。木崎の帰宅ルート、周辺の防犯カメラ、いつもの人の流れ――そういった情報を元に組み立てられたシンプルで証拠を残さない計画書がある日突然送られてきて、無視して以前の罪をバラされるよりも、さっさと実行した方がよさそうだと判断したのだ。

　そして、前回素直に従ったから、というわけでもないだろうが、長沢を殺す役は引き受けずに済んだ。そもそも同僚でもあり、様子を見に行ったことで、疑われる可能性は木崎の場合とは比較にならないほど上がっているからだ。恐らくは、もし長沢の死が偽装自殺だと見抜かれたところで、まず捜査線上にあがってくることのない人間が選ばれているはずだ。そしてもちろん吉村にはそれが誰なのか知るよしもない。知っているのはモリアーティだけだ。

　今度のことでつくづく恐ろしいと思うのは、長沢を殺すよう命じたのも、モリアーティ自身であるかもしれないということだ。

　木崎や、シグマに直接関わっているような人間は、ある意味モリアーティにも近い場所にいたと言える。もしかしたらお互い関連があり、誰かがモリアーティを使い、仲間を殺したのかもしれない。一度使われれば、モリアーティの性質上、芋蔓（いもづる）式に周辺で事件が起きてもおかしくない。吉村の場合のように。

　しかし長沢は？　長沢を殺す計画を立てたのは吉村ではない。

　そもそも、鑑識課員である吉村は、いずれ木崎の事件に関するものが回ってきた場合、それが致命的なものであればいつでも握りつぶす予定でいた。運悪く先に長沢がパソコンを調べ始め、そして異常な熱意を持ってしまったがゆえに、中身を消去することができなかったのだ。恐らく長沢は、パソコンを調べるうちに木崎のアカウントを使って色々なところにアクセスしていたに違いない。それがモリアーティのアンテナに引っかかったのだとは思う。しかし、殺す必要性がどれほどあったかというと疑問だ。長沢も心配していた通り、モリアーティの存在を誰かに訴えたところで、それでどうにかなるものでもない。

そもそもモリアーティ自身に大きな目的が与えられているとも思えない。シグマ同様、バラバラにツールとして使われ、そしてそれらのフィードバックされたデータを元に、少しずつ進化を重ねているだけだろう。

しかし、何らかの防衛機能は持っているのかもしれない。本体のあるサーバや、あるいは作成者の存在にアクセスを図るような者には自動的に殺人指令が出るようになっているとしたら？　もはや誰の意志も介さず、殺人を続けているのだとしたら？

だとしたらもう、それを止める術はないのではないか。死体が増えるだけでなく、「駒」となる人間も増えていく。そのつもりがなくてもう「足を洗う」ことなどできない。

世界中の人間が、殺す者となるか殺される者となるかの二者択一を迫られることになるのではないか。

人間が対抗することが許されない今、何かできるのはシグマしかいない。物語においては常に勝利を収めてきた名探偵は、何かこれを押し止めることができないのだろうか。

吉村はそこでふと思いつくことがあった。

今のシグマには、単独の事件、あるいは一繋がりの事件を扱う能力しかない。複数の、遠く離れた場所で起きている事件について、それらの法則性、関連性を見出すことはしていないはずだ。

ミッシング・リンク。シグマにミッシング・リンクを教えてやらないと。誰かが。そうすれば、世界各地でモリアーティを黒幕と指摘する声が同時多発的にあがり、奴も逃げられなくなる可能性がある。

しかし、吉村には、そんな危険を冒すつもりはなかった。何らかの監視の目が働いていないとも限らないし、もしモリアーティにそれを嗅ぎつけられれば、反逆者と思われる。

誰も動かないと、人類はどうなってしまうんだろう。

吉村は考えないようにするしかなかった。

葬儀の裏で

若竹七海（わかたけななみ）

1963年、東京都生まれ。立教大学文学部卒業後、業界紙の編集部に勤務。1991年『ぼくのミステリな日常』でデビュー。1992年「夏の果て」が、第38回江戸川乱歩賞最終候補作となる。2013年「暗い越流」で、第66回日本推理作家協会賞短編部門受賞。私立探偵・葉村晶を主人公にしたハードボイルド「葉村晶シリーズ」は、ヒロインの葉村自身も不条理な目にあうことが多いため、不運な女探偵シリーズとしてもファンに知られている。長編はもちろん、完成度の高い短編ミステリには定評がある。氏の作品に通底するのは、人の心に巣くう悪意であることが多く、読み口はブラックなものが多いのだが、絶妙な塩梅でユーモアがちりばめられているあたり、いわゆる「イヤミス」とは一線を画している。氏のミステリに対する傾倒は、数々の作品に散見する読書量からも垣間見える。（Y）

1

子どもの頃は、葬式が楽しかった。

水上家は本家と目されていて、辛夷が丘千倉地区の中心でもあった。昔からそういう役割を担っていたこともあったのだろうが、家が昔ながらの大きな農家で、襖を外すとすべての部屋が一つになり、大勢の集まりに対応できた。そのため、冠婚葬祭正月お盆その他、なにかというと我が家には人々が寄り集まった。

いまでも思い出す。にぎやかなお餅つき、緊張した面持ちでスーツを着た若者や振袖姿の娘たち、綿帽子を被ったお嫁さん、競りや宴会、秋祭り、大勢の笑い声、興奮したざわめき……。

なかでも、葬式の思い出はあざやかだ。

主に真夏か真冬、どちらかといえば冬。学校に行く途中、姉と競争で道端の霜柱を踏んで歩くようになり、田んぼ脇に氷が張り、ムクドリに食べ残された渋柿以外、すべての景色が霜に白く覆い尽くされる頃、報せがやってくる。長らく寝たきりの遠縁、癌で入院中の大伯父、転んで骨盤を骨折したおばあさん……が、いよいよ、と。

その「いよいよ」は外れることもあり、骨盤骨折ばあさんなどそれから十八年も元気に生きて稼ぎ、その間、さらに二度骨折、三度脱臼して保険調査員を驚かせたが、これは伝説となった例外だ。たいていは、報せが入れば待ったなし。わたしと姉は母に呼ばれ、自分たちの部屋を片付け、仏間を徹底的に掃除しなさい、真鍮のおリンやロウソク立てを顔が映るほど磨きなさい、と申し渡された。

ふだん、仏間は少し怖かった。部屋に入ると、長押にぐるりとかけてあるたくさんの「ご先祖様」に見下ろされることになるからだ。うちの先祖は写真を撮られるのが好きではなかったようで、大抵は集合写真の隅から引き伸ばされた遺影だから、ボケて、滲んだシミのようだった。

だが、建具が外されれば、薄暗い仏間にも光が入る。顔形のはっきりしない先祖も、磨いた仏具に感心して微笑んでいるように見えた。これから始まる葬式への期待を込めて、わたしはせっせと励んだ。

姉はこの手の仕事が苦手で、わたしに押しつけて姿を消し、磨き終えた頃に現れて、さも自分がやり遂げたような顔をしていた。もっとも、両親にはバレていたと思う。祖母のリウマチがひどくなると、仏像にまつわる重要な仕事が、姉を飛ばしてわたしに任されたからだ。

漆塗りの仏壇に、埃を払って美しくなった仏像を祀る。仏具を並べ、花をいけ、お灯明をともし、お供え物を丁寧に並べる。暗がりの仏間が、陰影深い舞台へと変わる。

でも、うっとりしているヒマはない。実行日がはっきりしている結婚式や成人式、正月、盆、秋祭りと違い、葬式はいきなりだ。「いよいよ」の報せすらないほど急なものもある。時間がない。でも間に合わせなくてはならない。

だから葬儀の日は、千倉中の人たちが手伝いにやってくる。

男たちはうちにやってきて庭木の枝を切り、掃いても掃いてもまだ散ってくる落ち葉をきれいに掃いた。蔵から必要な道具を出し、家具や建具をどけ、車の誘導をして、座布団を借りてきて日に当てるのを手伝った。

女たちは黒い服の上にエプロンや割烹着をして台所にこもり、手際よくおむすびや煮しめ、ちらし寿司を作ったり、自分で育てたかぼちゃの煮たのやナスの漬物を皿に盛ったり、酒の支度をして、茶菓子を用意した。

父は縦にも横にも声も大きな人だったが、細かいところによく気づき、動作が素早かった。指示を出しながら、自分も汗を流して働いたから、つられてみんなも働いた。

母は家中をコマネズミのように走り回って裏方を務め、客が来ればさっと後れ毛を整え、別人のようにすました顔で挨拶をした。サッシもない家で、あれだけ働いているのに、母の足袋はいつも真っ白だった。葬式が終わると、うちの裏庭には、数え切れないほどの足袋が干してあったものだ。思えばあの汚れのない足袋が、本家の嫁としての母の矜持だったのだと思う。

都心のベッドタウンになって半世紀、くたびれた一軒家で埋め尽くされたいまの千倉地区からは想像もできないが、わたしが子どもの頃、集落は小高い丘に囲まれた、田んぼと畑ばかりののどかな田園地帯だった。町道が地区の中央を通っていて、交通の便も悪くないし、外界と隔絶されていたわけではないが、住民のほとんどが親族でもある地域内の結束は固かった。

よその人間にバカにされるわけにはいかない、わが千倉地区はメンツにかけて立派なお弔いを出さねばならぬ。そのためにはかぎられた時間内に、完全に準備を済ませねばならぬ。

葬儀が急であればあるほど、やらねばならぬことは増え、忙しくなったが、その分、誰もが高揚した。個人的な行き違いや思惑や対立は、いったん棚上げにされた。

あの独特の緊張感は忘れられない。誰もが顔を強張らせ、拳を硬くにぎっていた。父はその中心にいて、いつものように冷静に場を仕切っていたが、よく面倒も起きた。必要なものが足りなくて選ばれた男衆が取りに走ったり、火葬される前にどうしても亡骸（なきがら）に一目会いたいという人を、裏口からこっそり中に入れたり。そういう際には、子どもだったわたしたちも一役買い、存分にスリルを味わった。

だが、たいていの葬式は、天寿をまっとうしたお年寄りのものだ。わたしと姉はチクチクするウールのワンピースとタイツを着せられ、母の手製のエプロンをつけて台所の手伝いに回された。暖かい台所で、いい匂いのする湯気を吸い込み、大人の女たちのゴシップや情報交換に耳を傾けながら、こういうときにだけ登場する揃いの塗り物を拭いたり、早く到着した客人にお茶を入れたりした。ときには、お茶を運ばされることもあった。

お茶出しは姉の得意だった。愛想を振りまくのが好き、可愛いとか、しっかりしていると褒（ほ）められるのも大好き。いつもいそいそと、お客にお茶を出しに行った。たまに、姉が別の客にお茶を出していると、わたしもやらされた。見知らぬ大人たちが仏間に溜まり、声高に語り合っているなかへ入っていくのは、人見知りのひどかったわたしには苦痛だった。彼らが、磨かれた仏像その他、家の調度をしげしげと眺め、値踏みをし合っている隙に、口の中で挨拶めいたことをつぶやきながら、さっとお茶を置く。それから一目散に台所に逃げ込む。ときおり背後から、母の、あれはどうもお愛想のない子で、と取り繕（つくろ）う声が聞こえてくる。姉が、アンタってダメね、とバカにしてくる。

それで苦い気持ちになっても、台所の女性たちは優しかった。おばさんだって、いまもてなしは苦手だよ、と慰めてくれた。いいんだ、挨拶が苦手でも。サクラちゃんは手先が器用なんだ、それがみんなの役に立つよ。この間、サクラちゃんが作った焼き物をお父さんに見せてもらった。お父さん、ものすごく自慢にしてたんだから。

単純な子どもだったわたしが、おかげで元気を取り戻す頃、自宅で通夜を済ませてきたご遺体がうちに運び込まれる。辛夷寺から和尚がやってきて、ふだんの埃まみれ、酒のシミだらけの墨染の衣をあらため、こういうときのためのあざやかな衣をまとって金色の袈裟をかける。男衆の頭に巻かれた手ぬぐい、女たちのエプロンや割烹着が外され、皆がそれぞれの席に着き、居住まいを正し、鐘が鳴り、ひそひそ話がやむ。

葬儀が始まる。

辛夷寺の和尚は越中の端から玉袋を覗かせ、子どもたちに怪談を聞かせて喜んでいるようなぐうたらだったが、声は良かった。お供もつれずにやってきて、木魚を叩き鐃を鳴らし読経をしたが、その声は朗々と響き、わたしたち一族を包み込んだ。祖母は和尚の読経に心酔し、聞くたびに寿命が延びる、死んだ者もきっと成仏できる、と涙を流していた。わたしも子ども心にありがたいような気持ちになった。

とはいえ、しょせん子どもは子ども。読経が長引くにつれ、寒いし、よそゆきの服は着心地が悪いし、眠いし、足はしびれ、座っているのがやっと、となってくる。ようやく読経が終わると今度は説教だ。あの世で待っている仏様、極楽の話などを聞かされ、もう勘弁してくれ、と叫び出しそうになる頃、ようやく儀式は終わる。緊張した面持ちだった人たちが、え、これで終わりなの、とはぐらかされたような顔になり、座がざわつき、おたがいに本当に終了したと知り、肩の荷を下ろしたようにホッと顔を緩(ゆる)める。

葬式のお楽しみは、ここからだ。

いったん座布団が片付けられ、折りたたみ式のテーブルが並べられ、座布団が敷き直されて——さて、大皿に盛られた料理と酒が運ばれてくる。父が本家として献杯の音頭を取り、皆が黙々と食事をとり、しんみりと故人の思い出話が語られる。でもすぐに、列席者がほろ酔いになり、声は大きくなり、座は笑いに包まれ始める。

わたしも安心して、大皿に盛られた料理を次々に皿にとる。おむすびも、食べ慣れた母の俵形ではなく三角、おいなりさんの中身に柚子(ゆず)が入っている、エビフライにオーロラソースが添えられている、そんなことが特別に感じられ、ワクワクした。

地区の外に住む同じ年頃の従姉妹やハトコと会えるのもお葬式のときくらいだった。ブランクがあって、最初のうちはおたがい、もじもじしている。だが、酒が回ったおじさんが子どもには聞かせられない話を始めたり、喧嘩を始めたりする。特に急な葬儀のときは、笑いなど起こらず、怒りだけが渦巻いて、男たちの酒の飲み方は荒くなる。

そうなってくると、わたしたちは遊んでいろと庭に追い出された。天気のいい、よく乾燥した冬の日、わたしたちは子犬の群れのように土埃を立てながら、庭を転げ回った。

なにをして遊んだっけ。ゴム跳び？　かくれんぼ？　ああ、そうだ、ドロケイごっこ。わたしたちの間では、刑事より泥棒が人気で、泥棒役が刑事役のハトコを脅して、姉が生まれたとき、父が敷地内に植えさせた梅の木に登らせた。降りられなくなったハトコが木の上でお漏らししたのを大人に知られ、わたしたちがこっぴどく叱られているのを、子どもの遊びに加わらず、縁側のふちにしゃなりと座った姉が、あきれたように眺めていた……。

2

「サクラさん、ちょっとよろしいですか」

呼びかけられ、肩に触れられた。反射的に右手に力が入り、緊張したまま声の主を見上げた。ケータイを握りしめた黒いパンツスーツ姿の女性が、わたしに向かってかがみこんでいた。

「新しいボイラーの問題で、待ち時間が延びそうなんです。皆さんにお弁当をお出しするのを遅らせようと思うのですが、どうでしょうか」

子どもの頃の思い出が急激に遠のき、わたしは目を瞬(まばた)いた。年齢のせいか、このところの心労のせいか、いったん物思いにふけってしまうと、現実に戻るのに時間がかかる。

ココハドコワタシハ……

視線が手に落ちた。シミだらけで骨ばって、血管の浮き出た手だ。座っていても、しっかりと父の形見の杖を握りしめている。いまにも誰かに襲われるんじゃないかと警戒しているように。見慣れた、大切な、わたしの右手。

我に返った。

ここは辛夷が丘の千倉葬儀会館。わたしは水上サクラ、姉である大前六花(おおまえろっか)の葬儀のためにここに来た。会議室みたいな個室に、安い菊の花を大量に挿した祭壇、女優みたいに気取っている姉の遺影を飾り、プロの司会進行役の案内で、バイトの僧侶の読経の間に焼香(しょうこう)を済ませた。参列者が少なかったから、読経もあっという間。男たちの熱気も台所の湯気もなく、生身の人間の面倒もなく、コンパクトでパッケージ化された葬儀を、いましがた終えて、火葬がすむのを待っているところだ。

　つまらない葬式……。

「サクラさん？」

　女の顔をまじまじと見た。優しげな一重まぶたで思い出した。木の上でお漏らしをしたハトコ、富士夫の娘で、若葉といった。大手の葬儀会社に就職し、業界のもろもろをみっちり学んで独立した。いまはこの千倉葬儀会館で、葬祭ディレクターとやらを務めている。なにをやっても失敗続きで、周囲に迷惑をかけどおしている富士夫の、唯一の成功作だ。

「若葉ちゃん、そういうことは喪主に聞いたらどうかしらね」

　急いで返事をした。わたしはボケていない。歳をとって、少しばかり反応がゆっくりになっただけ。若い人たちはその程度で、ボケたと決めつけることがある。

「すみません、喪主様が見当たらないんです。ご本家に決めていただければ、間違いないかと思いまして」

　待合室の視線が、いっせいに集まった。ご本家。そう呼ばれることなど久しくなかった。懐かしい、死語だ。

　それでも、そうやって持ちあげられれば悪い気はしない。わたしは軽く座り直した。

「高齢者に食事の時間は大切だよ。啓おじさんも浜田んとこのカズも糖尿だろ。弁当は予定通りに出した方がいいと思うよ」

若葉が気まずそうに言った。

「あの、さっきもお伝えしましたけど、啓おじさまと和久おじさまは体調が悪くて来られなくなった、と連絡がありました。だからその分のお弁当はキャンセルしたんですよ」

そんな話、初めて聞くよ。

言い返しかけて、わたしは言葉を飲み込んだ。一年ほど前から、記憶が曖昧だったり、聞いたことを忘れてしまったり、といったことがたまに起こるようになった。姉の件がストレスになったのではないか、医者はそう言った。

しっかりしなさい、サクラ。

自分に言い聞かせた。あんたはまだまだ大丈夫。判断能力は鈍ってない。記憶だって確かだ。子どもの頃のことを、これほど鮮明に思い出せるのだ。

やるべきことは、まだある……。

わたしは咳払いをして、若葉に言った。

「そうかい、わかったよ。だけど、やっぱり食事の時間は予定通りにしておこう。うちの親族には、糖尿予備軍が大勢いるからね」

「わかりました。おっしゃる通りにします。お邪魔をしてすみません」

若葉は素直にうなずいた。悪いコじゃあない、と思った。職業柄、言葉遣いも丁寧で気がきく。だが、富士夫は欲が深かった。若葉にも父親似のところがある。そうでなくても若い人は、年寄りの力や財産は、しっかりした自分たちが管理するのが正しいと、当然のように考える。油断しちゃいけない。

「気をつかわせて悪いね、若葉ちゃん。忙しいだろうに」

微笑んでみせると、若葉は首を振った。

「気をつかうのが私の仕事ですから。それに、ご本家の葬儀はやっぱり特別ですよ。父からも、くれぐれもよろしくと言われてます。六花さんの冥福を心から祈る、参列できずに申し訳ない、とのことです」

会話が終わり、若葉が立ち去ると、待合室にざわめきが戻ってきた。親戚づきあいは面倒だが、顔を合わせてしまえば、それなりに話も弾む。この場にいない人間の噂話、最新の技術、伝説のおじさんの武勇伝。

千倉中央公園の花壇に、造園業者が間違って阿片罌粟を大量に植えてしまった、という話が大いにウケていた。千倉も治安が悪くなったもんだ。こないだなんか、よりによって、二年前に死んだ津田の伯父貴んちの仏間の窓ガラスが割られてたってさ。伯父貴が生きてたら、ナタ持って犯人を追っかけてたな。

「そういえば、富士夫っていま、どうしてたっけ」

それまで黙っていた高幡の従兄が言った。姉と同い年だが、髪を真っ黒に染め、爪の手入れも欠かさないから見た目は若い。自動車ビジネスが絶好調とみえて、高級スーツにイタリア製の靴。数百万はする腕時計をこれ見よがしにはめている。

「施設に入ってるよ。富士夫も糖尿で苦労してるんだから、食事時間が大切なことくらい知ってるだろうに。若葉も人が悪いや」

返事をしたのは、北野の兄の方だった。こちらは量販店で買った不祝儀セットをそのまま着ている。中肉中背、すべてが平均値だから、既製品で苦労したことはない、身に着けるのは日頃からなんでも大量生産品と決めている、と笑っていた。

「これ見よがしにサクラに取り入って、なにが狙いなんだか。あんな気の利いた伝言、富士夫がするかよ」

「それにしても、親戚が減ったなあ」

北野の弟のサスケが呟いた。その昔、富士夫を木の上に追い上げた又従弟で、建築士だ。五十人は収容できるはずが、四分の一ほどの椅子しか使われていない待合室を、利かん気だった頃と同じ目つきで見渡して、

「こうやってたまに親戚が集まると、少子高齢化が目に見えるな。オレらが子どもの頃は、佃煮にするほどガキだらけだったのに、今じゃジジイとババアの寄り合いだ。

少ないんだな、子どもが」

「それもあるけど、うちの下の息子の嫁なんか、孫を親戚の集まりに連れて来たがらないのよ」

春妃が電子タバコをくわえて言った。従姉の娘で、書道の先生だ。巨大な粒の黒真珠を、首から下げ耳に刺し指にはめ髪に留め。一方でうちの母の葬式のときに新調した、大昔の喪服をいまだに着ている。スタイルは変わっておりませんとアピールしているらしい。

「だから孫は自分の従兄弟とほとんど会ってないの。よっぽど亭主の親族が嫌いなのかと思ったけど、息子に聞いたら、嫁は自分の実家の親戚の集まりにもつれていかないらしい。面倒だし、知らない人と会って病気でも伝染されたら困るんだって」

「いまの子どもたちはかわいそうになあ」

子どものいない高幡があくびをして、言った。

「オレらは子どもの頃から転げ回って一緒に遊んで、同じ釜の飯を食ってる。その結果が、いわゆる強い人脈ってやつだろ。よく知る間柄だから、おたがいに融通を利かせあうし、情報も交換する。いくら親戚だって、ほとんど知りもしない相手に、身を切ってまでよくしてやったりしないけどな」

「最近はネットで赤の他人と繋がる方がいいんだろ。いやになった相手はすぐに切って、自分の人生から追い出せる。地縁とか血縁とか、良くも悪くも絶ち難いもんな。六花姉さんを見てみろよ。親父さんやオレらに、後ろ足で砂をかけるようにして出てったくせに、結局、けろっと戻ってきた。でもって最後の最後にまた、大迷惑を」

北野兄がこちらをチラッと見て、弟の脇腹を小突いた。わたしは首を振った。

「いいんだ、気にしないどくれ。サスケの言う通りだよ」

本当にそう。サスケの言う通りだ……。

姉は高校を卒業する頃から、両親と激しく言い争うようになった。卒業後の進路についての、両親の意見が気に入らなかったらしい。親たちは当然、姉には婿養子をとって、水上家を継いで欲しいと願っていた。

アンタたちが恥ずかしい、そう姉は両親に言い放った。なにが本家の立場よ。なにが親戚同士助け合わなきゃならないよ。こんな辺鄙な田舎で、こそこそ生きていくなんてイヤ。アンタたちの娘ってだけで、一挙手一投足を見張られるのもイヤ。息がつまりそう。

アタシは自由に生きたい。どんな仕事をするか、誰と結婚するか、アンタたちの都合や体面に縛られたくなんかない。こんなとこ、早く出て行きたい。

怒った父が、勝手にしろ、と突き放すと、ある日、姉は父の金庫から大金を持ち出し、家を出て行った。大前明という倍以上も年上の男と一緒だった。

金は、津田の伯父と呼ばれる親族内の有力者から、父が内密に預かっていたものだった。我が家は、というより千倉中が、大騒ぎになった。大前明は北野兄弟の父親の仕事仲間だった。責任を感じた北野のオジが動き、なんとかことは収まったが、見えないところでオジはかなりの無理をしたらしく、数ヵ月後に病を得て倒れた。

父もまた、その後始末に必要だった金の工面には、相当に苦労したようだ。おまけに傷ついた体面を取り繕う必要もあったのだろう。わたしや母にはなにも言わず、若い頃にとった電気関係の資格を活かし、危険な仕事に率先してついていた。後年、父は施設に入り、親族の誰にも看取（みと）られずにそこで死んだ。父の死を知った母は倒れて寝たきりになった。両親の死は、元を正せば姉のせいだ。

とはいえ、わたしは姉を憎みきれなかった。劇的な駆け落ちから時をおかずに、大前明は姉の元から姿を消した。姉のお腹には大前の子がいた。姉は千倉に戻らず、パートで働きながら、一人で息子を育てた。

ときどき、わたしのところへ手紙がきた。気位（きぐらい）の高さは相変わらずで、無心は一言も書かれていなかったが、生活の苦しさを端々（はしばし）に訴えていた。わたしは金を送り、親との仲をとりもつ、仕事も紹介するから、子どもを連れて戻ってこい、と言ってやったが、姉は頑（がん）として戻らず、息子の、つまりは孫の顔を両親に見せることもなく、両親の葬式にも顔を出さなかった。姉の息子が死んだのをわたしが知ったのも、その死から三年も経ってからだった。

このまま疎遠で終わる、そう思っていたのに、二年前、姉は突然、うちに現れた。自分でも面映ゆかったのだろうが、きつい口調で、わたしたちの父方の叔母が暮らしていた場所に住まわせてくれないかと言い出した。千倉の集落から離れた、小高い丘の途中にある場所だ。あそこなら、サクラちゃんの迷惑にはならないでしょ？

二つ返事で承知した。叔母が死んで二十五年、お国に固定資産税を取られつつ、立地条件が悪くて再建築の許可がなかなか取れず、シロアリとコウモリの住まいになっている空き家が乗っかったお荷物の土地だ、断る手はない。

姉は元のアパートを引き払い、千倉に戻ってきた。その後、廃屋寸前の農家は再建築され、スイッチ一つでお湯が入る風呂、ヒートショックが起こらないようにするための暖房システム、シンクが二つに食洗機、ビールサーバーまで運び込み、豪華な一人暮らし用の一軒家として蘇った。

完成した家を、先に立って案内していた姉の嬉しそうな顔を思い出す。

「ねえ、サクラちゃん。アタシも暦が一周してようやくわかったの。ひとは出てきたところに帰る生き物なんだって。アタシにとっては千倉ね。ここで人生を締めくくる。ゆっくり落ち着いて、余生を楽しむの。木を植えて、草花を植えて……ああ、でも、葉っぱが落ちてこない樹じゃないとダメだわ。これまでさんざん働いてきたんだから、庭の手入れは楽にすませたいもの。掃除に駆けつけてきてくれる人なんか、いないんだから」

　あのとき姉もまた、子どもの頃の葬式を思い出していたのかもしれない。少し、しんみりしたように言った。

「だけど、墓守はするわ。両親には、いまだにわだかまりもあるけど、本当に申し訳ないことをしたとも思う。いまさら墓に布団を着せたって、どうにもならないんだけど」

　本当に骨を埋める気かねえ、とお披露目の帰り道、わたしは考えた。いくら世代交代が進み、六花の出奔騒動を知る人は少なくなったとはいえ、戻ってくれば蒸し返される。まして、田舎暮らしは見張りあいだ。それがイヤで出ていった人間に、耐えられるのだろうか。

　三年もてば、大丈夫かもしれないけど。

　この観測があたったかどうか、いまとなっては永遠にわからない。

　姉が千倉で暮らし始めて約一年たった、去年の十一月末。姉が頭をかち割られ、血まみれで庭先に倒れているのを、わたしが見つけた。すぐ病院に運んだが、心肺停止の状態だった。懸命の蘇生術を受けて、心拍も呼吸も再開したが、脳の損傷はひどかった。姉は眠ったまま一年と十五日がすぎ……三日前の早朝、入院先で息を引き取った。

3

「ほら、喪主様が戻ってきたぞ」

北野兄がヒソヒソと言って、わたしはまた、物思いから目覚めた。

待合室の扉が開いて、堀之内健斗（ほりのうちけんと）が入ってきた。スマホの画面から片時も目を離さず、指を動かしている。イヤホンからゲーム音楽がペコペコと音漏れしていた。

健斗は誰もいない一角に向かってゲームをしながら歩いて行き、そのままドスンと座り込んだ。まだ二十五歳のはずだが、痩せこけた身体にむくんだ顔、固まった背骨をかばってよちよち歩く姿は、おそろしく老（ふ）けて見えた。

体にあっていない喪服、靴は黒だがスニーカー、ひん曲がったネクタイ。

母親の葬儀でも喪主だったんだ、ばあちゃんの葬式も直系の孫の自分が喪主になる、と言いだしておいてなんだその格好は、とネクタイを締め上げてやりたくなった。

姉に孫がいるという話は、彼女が帰ってきてすぐに聞かされた。

ムサシは姉に女手一つで育てられ、苦学して大学を出て上場企業に入った自慢の息子だったが、ある日、姉にはなんの報告も相談もなく、飲み屋で知り合った一回り年上の女と籍を入れたそうだ。反対したが、もちろん遅かった。

「ムサシに言われちゃったのよ。相手の女は金を持ってて、贅沢をさせてくれる。俺、もう貧乏はイヤになったんだって。二の句が継げなかったわよ」

千倉名物の栗ようかんを食べながら、姉は愚痴をこぼした。だから早く戻って来ればよかったのに、うちにいればお金に不自由は、と言いかけてわたしは黙った。いまさら姉を非難したって始まらない。

だがムサシ夫婦は、子どもが生まれた直後に離婚した。原因は姉も知らないが、どうやらムサシに非があったようで、子どもは妻が引き取った。

ムサシは会社を辞めて妻の店を手伝っていたから、離婚と同時に職も失って、姉の元に戻ってきた。働かず、家事もせず、親の財布から勝手に金を抜いて飲みに出かけては、へべれけになって帰ってくる。

「いつか目が覚めるだろうと思ってほっといたんだけど、そのうち酒場の階段から転げ落ちてね。外傷性のコーマク……なんとかで、あっけなく死んじゃった。元の奥さんにも知らせたけど、ああそうですか、って言ったきり。孫のこと聞ける雰囲気でもなかったし、そのままになっていたんだけど」

息子の死から二十年以上もたって、孫の堀之内健斗から突然、電話がかかってきた。それからたまに連絡を取り合っているのだ、と姉は言った。だが、それ以上のことを聞き出そうとしても、姉は言葉を濁して語らなかった。

姉の入院中、わたしは姉のスマホから健斗に連絡を入れたが、何度かけても繋がらなかったし、返信もないまま一年が過ぎた。それが、姉が亡くなったこと、葬儀の日取りを留守電に入れたとたん、電話がかかってきたのだった……。

「喪主様、歳はいくつだって？　誰かにヤツのこと調べさせたんだろ、サクラ」

北野兄がわたしに向かって訊いた。

「いまは二十五歳だけど」

「あれで二十五？　ひでえもんだな」

高幡が鼻を鳴らした。

「オレらの若い頃も、自慢できるような代物じゃなかったが、あれほどひどくはなかったぞ。葬式の間くらい、ゲームをやめろっていうんだ」

「よく言うわ。兄さん、松原の大叔父の葬式のとき、火葬場の裏で痴話喧嘩してたじゃないの」

春妃が笑った。高幡の従兄は顔をしかめて、

「話を作るなよ。なんだよ、火葬場の裏って」

「バブルの頃に千倉葬儀会館に建て直す前は、ここ火葬場だったでしょ。前の前のご

本家が、自分とこの地所を削って、田んぼの真ん中に火葬場を作ったのよ。いつかみんなの役に立つからって。さすが先見の明があったわよね」

「それはそうだったけど」

「思い出した。そうだ、火葬場の裏の田んぼにコイツ、女を突き落としたんだよ。ちょうど田植えの準備がすんだばかりだったから、かわいそうに泥人形みたいになってさ。なのにコイツ、女に向かって、この辺りじゃここが一番栄養がある、美容にもいいぞだって」

北野兄が息を吸い込みながら笑い、サスケがつられて笑いながら、ひでえ、と言った。

「ひっでえんだよ。なのになんでか、一番モテたんだよな」

「おい、過去形にするな。いまでもおまえらよりはよっぽどマシだ」

「六花姉さんだって、本当はコイツとさ」

北野兄が調子に乗り、わたしの視線に気づいて黙った。場の空気を察するのに長けたサスケがED治療薬を肴に冗談を飛ばし始め、男たちはわざとらしい下品な笑い声を立てた。

わたしは部屋の隅に行き、お茶の用意をし始めた。春妃がくっついてきて、耳元でささやいた。

「ねえサクラ姉さん、一応聞いておきたいんだけど。本家の今後について、どうするつもりなの？」

こんなときに、と驚いて顔を見たが、春妃は臆さなかった。

「いまの本家に後継はいない。帰ってきた六花姉さんに孫がいるって聞いたときには、ひょっとしてその子がと思ったんだけど」

春妃はちらっと健斗に目をやった。椅子に座り、首だけ前に突き出してゲームに熱中している。わたしは会館備えつけの安っぽいお茶っぱをすくいながら、答えた。

「心配しなくても、あれは関係ない。あっちだってそんな気ないだろう。千倉のことも、本家のしきたりその他についても、なんにも知らないんだ。論外だよ」

「なら、いいんだけど」

春妃は唇を尖らせた。こいつもか、とわたしは思った。わたしがあんなのに本家を継がせると本気で思ったのだとすれば、春妃もわたしの認知機能を信用していないのだ。

わたしはボケちゃいない。まだ、ボケられない。ボケている場合じゃない。本家として、やることがあるのだ……。

「それで実は、うちの上の息子のことなんだけどね」

春妃は布巾を手に取り、手伝っているフリをしておしゃべりに夢中だ。子どもの頃の台所でも、いつもそうだった。

春妃の上の息子、名前はなんていったか……。

「息子さん、元気かい」

「一昨年厄年を終えたのよ、南平も立派なおっさんよ」

「そう。南平くん、昔はずいぶんヤンチャだったっけね」

「とっくの昔に心を入れ替えて、今は地道な内装工事会社の経営者よ。知ってるでしょ、六花さんの家の内装手伝ったの」

「豪華にしてくれたよね」

「ご本家の仕事だからって、南平も力を入れたのよ。息子を褒めるのもなんだけど、人一倍よく働くし、家族思いで伝統を大切にしてる。腹も太くて、気っ風もいい。下の人間にも慕われてて、南平のためならひと肌脱ぐって仲間も多いの」

話がうまく流れてホッとしているわたしに気づかず、春妃はまくし立てた。

「そりゃね、うちは血筋からいったら水上家とは遠いわよ。だけど本家に必要なのは、やっぱり人柄じゃないかしら。サクラ姉さんさえその気なら、アタシは形式にはこだわらないたちだし、長男だけど、籍を変えさせてもいいと思ってんの。南平なら、実の親の面倒も、義理の親の面倒も、きっちりみるわ。たとえボケても放り捨てたりはしないから」

わたしはお茶をお盆に載せ、春妃を見た。運べと促したつもりが、春妃は気づきもしなかった。杖をついて歩くようになると、こういうのが困る。うるさくて気の利かない相手から、なかなか逃げられない。

若葉が弁当を運び込んで来て、気づいてお茶を配り、残りを取りに出ていった。米の飯や油や醬油の入り混じった、お弁当の香りがした。いちばん高い弁当だが、それでも工場で作ったそっけない代物だ。あの頃の、千倉の女たちの手作りの煮物や惣菜や漬物とは比べ物にならない。

「今日、南平くんは?」

「どうしても外せない仕事が入っちゃって。あの子、頼りにされてるから。だけど、よかったら今度、時間を作るから、直で会ってやってよ。そうね、うちに食事に来るっていうのはどうかしら」

「やめておくべきだよ、サクラ姉さん」

背後から声をかけられて、振り向いた。大沢の従弟が娘を連れて立っていた。

大型車両から特殊車両、バイク、ヘリ、ボートとたいていの乗り物ならなんでも操縦する大沢は、五十近くになってから娘をもうけた。娘は名をミナミといい、鼻ピアスに黒いアイシャドウ、黒のレースのドレスを着ている。葬式のためではなく、いつもこの格好だが、これで抜群に頭が切れ、コンピュータ関係に強い。中学でいじめられてドロップアウトしなければ、国の中枢にだって入れた逸材と思う。

ミナミは目で挨拶をしてきた。いっとき、本家で彼女を預かったことがある。いい子だ。養子にするなら本当はこの子がいい。だが、そんなことをしたら、この子はわたし以上に苦労する。

「あら。どうしてうちの食事がダメなのよ」

春妃が大沢に突っかかり、大沢が苦笑して手で胃のあたりを押さえた。

「忘れたのか。前に食事に呼ばれていって、毒キノコ食わされた。おかげでえらい目にあった」

「あれは偶然よ。亭主が研究用のものをキッチンの冷蔵庫に入れていたから、間違えただけ。季節の手料理をふるまってあげようと、善意で呼んだのに」

「ホントは人体実験だったんじゃないのか。金に困ってるからって、サクラ姉さんや俺たちに、保険なんかかけるんじゃないぞ」

春妃の夫は定年後、自宅で日夜怪しげな研究に没頭しているが、これが実を結んだという話は聞かない。最近、春妃は車を売り、これまでに縁のなかった相手から書道の仕事を引き受けた、という噂があった。古い喪服を着ているのも、たんに新しいのを買う余裕がないからか。

「失礼ね。なんてこと言うのよ」

春妃は額に青筋を立てた。

「冗談だよ。本気で怒るのは痛いところを突かれたヤツだけだね」

「言っていいことと悪いことがあるわよ」

「三日も便所に居続けるような目にあわされたんだ、春妃に関するかぎり、言って悪いことなんかなんにもないね」

わたしはそっと二人から離れた。大沢と春妃の喧嘩には慣れっこだった。本人たちは気づいていないだろうが、この二人が、中学生の頃から裏でくっついたり離れたりの関係を続けていること、もちろんわたしは把握している。春妃の下の息子が、おそらく大沢の子だということも。

騒ぎをよそに、ミナミが近づいてきた。ちらっと健斗を見て小声で言った。

「アイツの件だけど、調べてみたらかなりの借金があったよ。ソシャゲでバカみたいに課金しまくってんだよ」

「なんだい、それは」

前にも説明されたような気はするが、なぜだかこの手のことがわからなくても、ボケの心配にはいたらない。相手がミナミだからよけいに安心して、知らないといえる。

「えーと、欲望は満たすけど、ギャンブルと違って金銭的リターンのないゲームに、大金をつぎ込み続けてるってこと」

頭の回転が早いミナミは、要点を押さえてみせた。

「それは……どこが面白いのかわからないけど、いい状態じゃなさそうだ」

「うん、よくない。てかサイアク。堀之内健斗は死んだ母親の家に住んで、親の遺産を食いつぶして、ゲームにはまり込んでた。貯金がなくなって取り立て食らって、車売って家も売って、ネットカフェに寝泊まりして。底なし沼に首まで浸かってるみたいなもんだね、見たとこ本人、ゲームも課金もやめる気なさそうだし。サクラおばさんに一つ、忠告していい？」

「なんだい」

「アイツ、さっき下のレセプションで、大前六花の葬儀の喪主だけど香典の管理はどうなっているのか、って聞いてた。式次第がすむまで、ここの金庫に保管してると聞いたが、確認させてもらえるか、って。係員が、では担当者を呼びましょうって、若葉姉さんに連絡入れようとしたら、ごまかして逃げ出したけどさ。ひょっとしたら、集まった香典、丸ごと持って消えるつもりかもよ。そのためにわざわざ喪主になったんじゃない？」

いかにもありうる話だ。

近くで咳払いが聞こえた。北野兄が近づいて来た。ミナミにありがとうと囁（ささや）くと、彼女はさっと離れていった。それを見送って、北野兄が言った。

「ミナミはサクラのお気に入りだな。しばらく一緒に暮らしてたから、情がうつったんだろ」

「なんて言い草だよ。ミナミは野良猫じゃないんだ」

顔を背けたが、北野兄は前に回り込んで来た。若い頃から外回りの仕事を続け、日頃、オレはベテランだ、ぽっと出の素人(しろうと)連中になど負けるか、生涯現役だ、と吠えているだけあって、足の運びは衰えていない。

だが春妃同様、年をとってすっかり気が短くなったらしい。単刀直入に売り込みにかかった。

「本家の後継の話なんだがね。そろそろはっきりしちゃどうかな、でないと、サクラに一番近い親族で、遺産の相続人は、あの六花の孫ってことになるだろう。それはよくない。すごくよくない」

北野兄の声はだんだん大きくなり、熱気を帯びてきた。

「そんなことになるくらいなら、例えば、サクラはお気に入りのミナミと、六花姉さんが住んでいたあのこぢんまりした家、あそこに引っ越して暮らしたらどうかな。引退するんだよ、ゆっくり落ち着いて、余生を楽しむんだ。親の墓守と思ってさ」

その場の全員が、この会話に聞き耳を立てていた。堀之内健斗もだ。彼はイヤホンを一つ外し、目を合わせないようにしながら、こちらに注意を注いでいた。

「そりゃ、悪くないねえ」

受け流したつもりが、北野兄は真に受けた。

「そうだろ、悪くないだろ。サクラは女だてらに、本当は六花が継ぐはずだった親父さんの後を継いで、これまで一人で必死に本家を守ってきたんだ。立派だよ。もう楽したってバチは当たらない。あとの面倒は全部オレに任せるといい。財産管理も不動産管理も情報管理もさ。千倉の本家は並大抵の奴には務まらない。サクラにもわかってるだろ。なにも若いのに責任を負わせることないんだ。人生経験を積んだ、仕事のできる男こそ、本家の後継にふさわしい。な、オレみたいな」

高幡やサスケたちの冷たい視線に気づかず、自己アピールに躍起だった北野兄が、待合室の入口を見て、ひっ、と息を飲んだ。わたしは振り返った。でかい女がそこに立って、三白眼であたりをねめまわしていた。

4

待合室内の空気が重くなった。室内は静まり返り、堀之内健斗のイヤホンから漏れる音だけがマヌケに響き渡った。

動かなくなってしまった人たちをかき分け、父の杖をついて女に近づいた。時間稼ぎにゆっくりと歩きながら必死に考えた。この女の名前はなんだ。思い出せ、えーと、確か、さ、し……そうだ砂井。砂井三琴。辛夷が丘署の警察官だ。

でろんと立っていた砂井は姿勢をあらため、軽く頭を下げた。喪服ではなく濃紺のスーツだが、手には数珠を下げている。玉石の粉を樹脂で固めた安物の数珠だが、お参りに来たというサインには違いない。

「ご無沙汰しています、水上サクラさん。このたびは御愁傷様でございました」

「わざわざありがとうございます、刑事さん。砂井さん、でしたね」

「刑事じゃありませんよ。生活安全課の捜査員です」

「そうですか。それは失礼しました。なんですか、わたしのような一般人には、刑事さんと生活安全課の方の区別などつきませんで」

砂井は三白眼を光らせてニヤリとし、少しよろしいですか、と言った。

わたしと砂井は一緒に一階に降りた。姉の葬儀会場は葬儀を終えたときのまま、電気は消されていた。廊下の明かりに照らされて、姉の笑顔がぼんやりと浮かんで見えた。寄ってたかってあれだけアピールしたのだから、誰か一人くらいはついてくるかと思ったのに、誰もこなかった。

わたしは砂井と向き合った。

「お葬式はこちらの会館でなさったんですね。サクラさんのご自宅でかと思いました」

砂井は祭壇を無遠慮に眺め回しながら、言った。

「うちで？　なぜ？」

「水上家のご親族の葬儀は、すべて本家で行なっていたと聞いたものですから。サクラさんがご本家を継がれたということは、ご自宅がご本家になるんですよね？」

「昔の住まいは農家で大きかったけど、刑事さんも、失礼、砂井さんも知っての通り、いまは建て直してごく普通の住宅だからね」

「敷地内に蔵が三つもある家を、普通の住宅とは呼びませんよ」

砂井は鼻を鳴らし、わたしはムッとした。

「とにかく、人を送るのは葬祭会館からというのが、現在の常識と思うけどね。昔の葬儀のことなんか、誰に聞いたのかねえ」

砂井はわたしの問いには答えず、祭壇に近寄った。数珠を指にかけ、手を合わせて目を閉じる。スーツは安物だが、七センチはあるヒールは高級品だ。大勢の男たちが、砂井に頭頂部を見下ろされてきたのだろう。

お参りが終わるのを待つ間、折りたたみ椅子に腰を下ろして考えた。

姉が襲われたのは、息をひきとる一年と十五日前、去年の十一月末日のことだった。

周囲に人家もない家に一人で暮らしていた姉を気づかって、わたしは時折、到来物や菜園の野菜などを届けていた。お昼どき、うちからの上り坂を、運動がてらリュックを背負い、杖をつきながらゆっくり歩いて登る。姉は人恋しかったのだろう、わたしの姿を見つけると、道と庭の境目までやってきて、嬉しそうに手を振ってくれた。

だがその日、姉の出迎えはなかった。わたしは庭木戸を通って中へ入り、背負ってきた野菜を縁側におろした。姉を呼びながら、靴を脱いで家に上がり、高い位置から庭を見下ろしたところで、頭から血を流して倒れている姉に気づいたのだ。

わたしはそのとき、姉が転んで頭を庭石にぶつけ、怪我をしたのだと思った。一一九に通報し、救急車に同乗して病院に行った。そして担当医から、姉は転んで頭をぶつけたのではなく、誰かに殴られたのだと知らされた。意識を取り戻せるかどうか、いまの段階ではわかりません。もう少し早く治療を始められていたら、治ると保証できたのですが、これでは……。

警察には医師が通報した。やってきた捜査員たちは、わたしがなぜ警察に連絡をしなかったのか、しきりとこだわった。最初にやってきた刑事課の二人組も。彼らが去ってから現れた、砂井とその相方、生活安全課の二人組もだ。

文句を言っているわけではない。疑うのが警察の仕事だ。ただ、残念だとは思う。

見当はずれの藪に向かって吠えたところで、姉の頭を殴った犯人が捕まるはずもないからだ。

それでも仮に、姉が襲撃からあまり時をおかずに亡くなっていれば、警察も殺人事件として総力を挙げたのだろうが、長年、苦労してきたわりに姉は頑健だった。意識は戻らなくても死んだわけではないし、一発殴られていただけだったから、扱いは傷害事件になって、所轄の辛夷が丘署だけが捜査した。場末の警察署のことで、そもそも人手が少ないうえに、使えない人材のふき溜まりと言われている署だ。

実際、一年たっても事件はびくとも解決していない。


砂井が手を下ろしたので、わたしは頭を下げた。

「お参りくださいまして、ありがとうございます」

「いえ、犯人を逮捕できないまま、お姉様がお亡くなりになってしまわれたということで、われわれも忸怩(じくじ)たるものがあります」

砂井は棒読みに言った。忸怩たる、なんて意味をわかって使っているのだか。

「今日はその詫びに来たのかい。それとも、捜査になにか進展でも？　捜査が続いていたとは知らなかったけど」

嫌味だったわけではないが、砂井は表情を硬くした。

「刑事課の初動捜査は少々、その、杜撰だったようです。しかもその頃、辛夷が丘で侵入盗被害が増えて忙しくなると、われわれ生安に事件を丸投げしたわけで。ご遺族にはいろいろと不満もおありと思います。犯人の特定に至っていないことも、お姉さんは殺されたも同然なのに、殺人罪ではなく傷害罪の扱いだということも」

　わたしは手を振って、言いにくそうに言い訳をする砂井を黙らせた。罪状などどうでもいい。姉の頭を殴った犯人をぶち込んでくれさえすれば、いいのだ。

「一年前、あんたたち警察はわたしに、なぜ警察に通報しなかったのか聞くばっかりで、姉に敵がいたかどうか、家に現金は置いてあったのかどうか、そんなことはなに一つ尋ねようとしなかった。わたしがやったと思っていたんだろ。おたくの刑事さんたちは、この父の形見の杖までひったくった。杖から血液反応が出なくて残念だったね。出たら捜索令状が取れて、葬式にかこつけなくても、うちに入り込めたのに」

　砂井はショックを受けたような顔つきになった。

「そんなこと、刑事課はともかく、われわれは思いつきもしませんでした。サクラさんはお祖母さん譲りのリウマチ持ちだそうですね。体を動かすことを厭わないから、普通のお年寄りよりもむしろ動けるが、頭蓋骨をかち割るほどの力はないと、主治医もはっきりおっしゃっていました。いや、惜しいことをしました。おっしゃるように捜索令状を取れたら、それでお宅の敷地内の蔵が見られた。きっと高価で珍しい、驚くようなものがたくさんあったでしょうに」

　厚かましいにもほどがあるが、それだけに本気で言っているように聞こえ、わたしは黙った。砂井は続けた。

「われわれ生安課は、刑事課からお姉さんの事件の捜査を引き継いだわけではなく、いうならば犯罪被害者支援の一環として、サクラさんの様子をうかがっていただけなんです。その過程で事情を聞いたのが、犯人扱いされたと思われたのでしたら、申し訳ありませんでした。ですが、捜査の方にもちょっとした進展がありました。千倉中央公園の花壇に、間違って阿片罌粟が大量に植えられていた、という騒ぎをご存知ですか」

「そうだってね」

　千倉も治安が悪くなったもんだ、とサスケが言って、笑いが起きていた。

「その経緯を調べるために、問題の造園業者をわれわれが聴取しました。親のやっていた植木屋を、他に仕事もないという理由で継いだ二代目です。植物の知識も仕事もいい加減で、経営は苦しかったようですね。ネットの写真だけ見て安い苗を大量に買い込んだ、麻薬が取れる花だとは知らなかった、そう供述しています。嘘じゃなさそうなんですが」

　砂井は安物の数珠の房をいじりながら続けた。

「彼との雑談中、気になる話を聞けました。事件の起きた日の午前中、その業者は六花さんから、庭にリンゴの苗木を植えて欲しいと頼まれて届けに行った。ところが、道に軽トラックを停めたところで、六花さんの家から男女の激しい口論が聞こえてきた。男の方は金を返せ、でなきゃ殺してやる、と叫び、女は、そんな金は知らない、とわめき返していた。気まずくなって、車をリスタートさせ、時間をつぶして戻ったが、何度チャイムを押しても、大声で呼んでも六花さんの返答はなく、そのまま帰った、と。どう思います？」

「どう、とは」

「そういう喧嘩の相手に、心当たりがあるか、という意味です」

即答すると、砂井は小首を傾げた。そういう仕草をすると、この目つきの悪い女刑事も、女らしく見えた。

「ないね」

「そうですか？　聞いたところではその昔、六花さんは親の金庫から大金を持ち出して駆け落ちしたそうですね。なんでもその大金は、六花さんとサクラさんのお父様が預かっていたものだったとか」

「誰から聞いたんだい、そんな話」

「まあ、あれですね。どこの親戚にも、失敗続きで周囲に迷惑をかけどおす、口が軽くておっちょこちょいな人間が、一人はいますよね」

ハトコの富士夫か。表情を変えまいとしたが、杖を握る手に力が入った。この女刑事、意外に仕事熱心だ。わざわざ施設に出向いたのか。

「どういう種類のお金だったかまでは話してもらえませんでしたが、お父様と、六花さんの駆け落ち相手の仕事仲間だったご親戚が、その埋め合わせをなさったとか。しかもそのご親戚は、心労がたたったのか、その後すぐに病に倒れられた。となると、例えばそのご親戚の身内なら、六花さんに、金返せ、と言いたくなりはしませんか」

北野兄弟の顔が浮かんだ。今でも、特に兄の方は、言葉の端々に姉に対する不快感がにじみ出ている。言ってしまえば、姉は彼らにとって親の仇だ、無理もない。とはいえ、

「姉が駆け落ちしたのは、もう半世紀も前の話だよ。金返せと喚(わめ)けば返ってくると思うほど、そのご親戚の身内とやらも、のんきじゃなかろうよ」

「まあ、そうでしょうね。正常な精神状態なら」

女刑事は数珠をいじりながら、さりげなく言った。

「でも、あれですね、人間歳をとると、思い込みにとらわれてしまうこともあるようですね。認知機能に若干、問題が出てくるというか」

「姉を殺した犯人は、ボケ老人だったと？」

汗が吹き出て、杖を持つ手が滑った。女刑事は肩をすくめた。

「気になるのはそれよりもむしろ、お金のことです。本当に、金返せと喚いても、お金は返ってこなかったんでしょうか。六花さんの家はずいぶん豪華ですよね。スイッチ一つでお湯が入る風呂、ヒートショックが起こらないようにするための暖房システム、シンクが二つに食洗機、なんとビールサーバーまで。キッチンのコンロがタッチパネルってのも初めて見ましたよ」

「姉が業者と相談して決めたんだ」

「ええ、で、その費用は？　最低でも二千万はかかったんじゃないですか。六花さんはパートに毛が生えたような仕事をして、お子さんを育てていた貧しいシングルマザーだった。駆け落ちの際、大金を持ち出して親に迷惑をかけたからと遺産相続も放棄した。なのに、どこからお金が？」

わたしが出したんだよ、そう叫びそうになった。金はわたしが出したんだ、それでいいじゃないか、余計なお世話だよ。

必死にこらえて頭を巡らせた。この女刑事はバカじゃない。建築費用の出所として、すぐに思いつくのはわたしだ。なのに、なぜか、それに気づかないふりをしている。

富士夫に会ったくらいだから、水上家に関係するいろんな書類にも目を通したはずだ。なにか不備でも見つけたか。税金とか金銭の流れに問題でもあったのだろうか。ボケ老人を持ち出したのは、もしかして気づかぬうちに、わたしはなにかやらかしたのか……。

祭壇に目がいった。姉の遺影はすまして笑っていた。終活の一環として、姉が写真館で撮ってきた遺影だ。姉はこの写真を気に入っていた。ぼろきれのようになるまで働いて育てた一人息子に先立たれた女ではなく、お茶を運ぶだけで褒められる、優雅で楽な人生を送った女のように見えるから。

優雅で楽な……。

「リンゴは落葉果樹の代表格だって知ってるかい、刑事さん」

わたしはぼんやりと言った。砂井はキョトンとした。

「は？」

「落葉果樹の苗は、主に毎年十一月から十二月に植えるんだ。春になって花が咲く。リンゴは桜と同じバラ科だ。風が吹くと、まるで桜吹雪のように花びらが散って庭を埋め尽くす。そして秋が深まると、葉が落ちる。花びらも落ち葉も厄介だよね。掃いても掃いてもまだ散ってくる。姉はそういう樹はダメだって言った。これまでさんざん働いてきたんだから、庭の手入れは楽にすませたい、掃除に駆けつけてきてくれる人なんか、いないんだから、と」

「おっしゃっている意味が、よくわかりませんが」

砂井はそう言って目を瞬いた。わたしは続けた。

「だから、その、阿片罌粟の造園業者だよ。姉にリンゴの苗を植えてくれと頼まれて、届けに行ったというのは嘘だ。姉の名前は六花だよ。六つの花だ、いい加減な植木屋の二代目より、花には詳しい。姉が生まれたとき、父が花の咲く庭木を六種類植えさせたんだ。その中には、リンゴと同じバラ科で落葉果樹の梅の木もあった。花びら、落ち葉、場合によっては落果までが地面を汚す」

ハトコの富士夫が登らされて、降りられなくなった梅の木だ。

「姉なら絶対に、リンゴなんか選ばない」

「ですがそれが嘘だったとして、造園業者はなんだってお姉さんを？」

「さあ。ただ、辛夷が丘で侵入盗の被害が増えたって言ったね。刑事課がそれで忙しくなって、姉の事件はあんたたちに丸投げされたって。てことは、侵入盗は一年以上前からだ。親戚の家の仏間のガラス窓が割られていたとも聞いた。その侵入盗は捕まったのかい」

砂井はしばらく黙ったまま、こめかみを掻いていた。話は、おそらく彼女が想定していたのとは、全然違う方向に向かっている。

「造園業者が侵入盗で、お姉さんの家に盗みに入り、見つけられて騒がれてお姉さんを殴ったと？」

「苗木をぶら下げて、庭師のご入用はありませんかとでも言えば、怪しまれないとでも思ったんじゃないか。素人の考えそうなことだよ」

「ふーん。どうしてその侵入盗が素人だとわかるんです？」

「どうしてって、そりゃ」

　素人でなければ、津田の伯父の家を荒らそうなんて、考えるはずもない。姉が持ち出したのが、津田の一党の金でなければ、なまじのことではびくともしなかった父や北野のオジが、寿命を縮めることはなかった。津田の伯父はわたしには優しくて後ろ盾になってくれた恩人だが、一方でそれくらい恐れられていた。ナタを持って追いかけた、というのは戯言(ざれごと)ではないのだ。

　とは、警察に言えるはずもない。

「窓が割られてたと聞いたからね。プロなら窓は破るだろ、割るんじゃなくて」

　我ながら苦しい口実だと思ったが、砂井はうなずいて、組んでいた腕をほどいた。思った通り彼女は優秀だ。引き際を心得ている。

「なるほど納得です。造園業者に再聴取してみましょう。さすが、ご本家としてご一族を束(たば)ねてらっしゃる方は違いますね」

「刑事さんに褒められると面映ゆいね。辛夷が丘署は人材のふき溜まりと聞いていたけど、砂井さんみたいに優秀な人もいたんだね」

「優秀？　サクラさんに教えていただくまで、造園業者のことなど疑ってなかったのに？」

「優秀でなきゃ、そんな高級なヒール履けないだろ。三十万はするよね」

砂井の三白眼がちかっと光った。

「まさか、警察官の給料でそんな高い靴、買えませんよ」

「そうかい。それじゃ、よっぽど趣味がいいんだ。高く見えるもの。その数珠もステキだね」

わたしは喪服の袂から自分の数珠を取り出した。水晶とシルクの特注品で、房の根元には黒ダイヤをあしらってある。

「自分で手作りした数珠なんだけど、飽きちゃってさ。あなたの数珠ととっかえっこしないかい、刑事さん」

砂井はしばらく黙っていたが、やがて、安っぽい数珠をこちらに差し出して、ニヤリとしながら言った。

「わたしは刑事じゃありませんよ。生活安全課の捜査員です。今後とも、そこのところをどうかお忘れなく」

5

砂井三琴が立ち去った後も、わたしはしばらく、薄暗いままの葬儀会場の椅子に座っていた。頭をフル回転させ、全力で敵に立ち向かうのは久しぶりだった。全身にけだるい疲れが残っている。

本家を引退、ね……。

それができればいいのだが。あとのことを安心して任せられる人間がいれば。周りからやいのやいの言われなくても、自分の限界はわかっている。子どもの頃のことは鮮明に思い出せる。必死になれば、女刑事を言いくるめることもできる。でも、最近のことや若い世代については、記憶が曖昧だったり、聞いたことを忘れてしまったりする。今はまだ、姉の件がストレスになった一過性のものだとしても、いずれはその症状が進行してしまうかもしれない。

やらねばならないことは、まだあるのに……。

ドアの軋む音がして、わたしは振り返った。半分閉まった葬儀会場のドアの前に堀之内健斗が立っていた。廊下の明かりが半ば遮られ、会場内は薄暗くなった。

「あのさあ、大叔母さん」

音漏れのするイヤホンを外しながら、健斗は言った。

「集まった香典を俺に渡すように、あの女の担当者に言ってくれない？　親戚なんだろ。俺さ、喪主なんだよね。香典は喪主のものだろ」

「心配しなくても、香典の残りはちゃんと健斗に渡すように言ってあるよ。残ればの話だけど」

健斗は苛立ったように髪をバリバリ掻いた。ふけが周囲に舞った。

「残ればってなんだよ」

「だから、葬儀費用や香典返しのお金を引いた残りだよ。たぶん足が出るだろうけどね。そのぶんは、わたしが払っとくから、健斗は心配しなくていい。それとも喪主として、費用はあんたが払うかい？」

「冗談じゃねえよ。葬儀費用とかそんなの、知ったことかよ。香典は丸ごとよこせよ。それと、ばあちゃんの遺産は俺のだよね。いくらある？」

「そんなもの、入院費用でとっくに消えたよ」

「ほんとかよ。弁護士雇って調べっぞ」

凄んでいるつもりらしい。鼻で笑ってやった。

「好きなだけ調べたらいいさ。弁護士費用が無駄になるだけだと思うがね」

健斗の顔が歪み、黙った。が、次の瞬間、気持ちの悪い笑顔になった。

「なあ、さっき親戚のおっさんが言ってたけど、俺って大叔母さんの遺産の相続人なんだって？　大叔母さんって金持ちらしいじゃん。だけど本当は、本家を継ぐのは俺のばあちゃんだったんだって？　だったらさ、大叔母さんのもんは俺のもんだよな。そうだろ？」

返事をするのも大儀だった。六花の孫は、ミナミが予想した通りの行動をとっている。このままいくと……。

「違うね。姉さんは相続を放棄したんだ。そもそも本家の財産はわたし個人のものじゃない。一族全体のために使われるものなんだ。わたしはただの管理人だよ」

「へえ、だったら俺のためにも使ってよ」

健斗はへらへらと言った。非常灯の明かりを受けて、前歯が緑色に光った。

「俺だって親族だろ。いいじゃん、大叔母さんが死んだら遺産は俺のとこに来るんだし。他に山ほど親戚がいるったって、血筋で一番近いのは俺なんだろ？　どうせ俺の金なんだから、ケチケチしないで先に寄こそうよ」

わたしが黙って取り合わずにいると、健斗は大きくため息をついた。

「なんでババアってこうなのかな。がめつくて、握った金は離さない。俺はさ、自分が相続人だって聞いてすぐ、じゃんじゃん課金して日本経済に貢献したよ。なのに大叔母さんも、ばあちゃんもさ。ばあちゃん昔、俺のじいちゃんと一緒に大金を持ち逃げしたんだって?」

姉が孫の話をしようとしなかったはずだ、とわたしは思った。孫に会えて、嬉しくて、思い出話をするうちに、姉もつい口を滑らせたのだろう。だが、その孫は……こんなだった。こんな男に他言してはいけない話を、姉はうっかり漏らした、そのことは、わたしにも知られたくなかったのだろう。

「うちの母親が言ってたけど、俺の親父のムサシって、子どもの頃からすっげえ貧乏だったんだってね。本当は金があったのにさ。親は子どものために金を使うべきだろ。だからその大金、ほんとは親父ので、今は俺のだよね。だから言ってやったんだ。金返せ、でなきゃ殺してやる、って。ばあちゃんときたら、そんな金は知らないってヒステリー起こしてた。下手な嘘だよな」

……ちょっと待て。

わたしは健斗の顔をまじまじと見た。痩せて年寄りじみた体に乗った、むくんだ大きな顔。

「造園業者が姉さんの家で聞いたっていう男女の喧嘩って、まさか」

「あ、それたぶん俺」

健斗はスマホに気を取られ始めたが、わたしが黙りこくっているのに気づいて顔を上げた。

「なんだよ。ばあちゃん殴ったのは俺じゃないぜ。あのときはさ、ばあちゃんすぐに金出してきそうもなかったし、あんないい家に暮らしてるんなら同居させてもらおうと思って、喧嘩の後、辛夷が丘駅まで荷物を取りに行ったんだよ。二年前、大金持ち逃げの話をしたあと、ばあちゃんいきなりいなくなってさ。あの家を見つけるの、苦労したんだよね。なのに荷物をとって戻ってみたら、庭で植木屋みたいなやつに、頭ぶん殴られてるとこだった」

やっぱりわたしは、ボケてしまったのかもしれない。健斗がなにを言っているのかわからない、理解できない……。

「ほんと使えなかったよ、あのばあちゃん」

健斗は袖で鼻をこすった。

「いくらなんだって、あれじゃその場にいられないもんな。バッテリーの充電すらできなかった。結局、荷物抱えてネットカフェに逆戻りだ。おまけにさっさと死んでくれてれば、もっと早く金になったのに一年ももちやがって。今日まで俺がどんだけ苦労したと思ってんだ」

「健斗あんた、姉さんが襲われて、大怪我をして倒れているのを知っていて、そのまま放って逃げた……」

庭に倒れた姉が、目に入った時の衝撃を思い出した。頭に靄(もや)が降りるようになったのは、あれからだ。あのときの医者の言葉も思い出した。お姉さんが意識を取り戻せるかどうか、いまの段階ではわかりません。もう少し早く治療を始められていたら、治ると保証できたのですが、これでは……。

「だから、俺がやったんじゃないって。殴ったのはあの植木屋。焦ったみたいで、家の中を荒らしもしないでそのまま逃げてった。ばあちゃんの財産はいずれ全部俺に来るんだからいいか、と思ったのに一年も。な、早く金くれよ。俺が相続人だってことはさあ」

「あんたを相続人にする気はない」

わたしは杖を握りしめた。

「遺言状を書いてあんたを相続から外す。姉妹の孫であるあんたに、遺留分の請求はできない。残念だったね。姉妹の孫なんて赤の他人も同然だ。あんたを食べさせる義務はわたしにも、他の親族にもない。お骨を拾い終わったら、さっさと千倉から出て行くんだね」

健斗の笑みが一瞬消えたが、再び戻ってきた。もったいぶって立ち上がり、腕を組んでわたしを見た。

「俺を追い出せると思ってんの、大叔母さん」

「警告したよ、堀之内健斗。あんたは親族じゃない。遺産は諦めて立ち去るんだ」

「あーあ、偉そうに」

ガタン、と椅子を蹴飛ばし、こちらに向かって前のめりに歩いてきながら、健斗は言った。

「じゃあさ、遺言状書く前に死んでよ、大叔母さん」

「やめなさい。警告しただろ。いますぐ出て行きなさい」

「俺に命令すんな、ババア。死ねよ」

健斗の伸ばした指が顔のすぐそばまで近づいてくるのを、わたしはじっくりと待った。ボケかけた年寄りにも、待つことはできる。

そしてすばやく杖を持ち直し、健斗の喉を強く突いた。

6

ケータイで若葉を呼び出し、高幡の従兄たちを葬儀会場へ連れてくるように言った。彼らが来るのを待つ間、仰向けに倒れて動けずにいる健斗の顔を見下ろせる位置に椅子を移動して、座った。

喉に手を当てて、健斗は苦しそうに、かっ、かっ、と息をしていた。もう声は出せないはずだ。歳を取っても、記憶が曖昧でも、父から受け継いだこの杖の使い方だけは身に染みついている。頭をかち割るのは無理でも、喉仏は潰せる。

「一つ、教えてあげようね」

わたしは健斗に言った。

「姉さんが駆け落ちするときに持ち出したのは、父が預かっていた津田の伯父の金でね。伯父が脅迫した大企業から受け取ったという曰く付きだった。その大企業が警察に通報したかどうか、札の番号を控えたかどうか、見極めるまで金は使えない。だから秘匿してた。考えてもごらんよ」

耳障りな音がするなと思ったら、健斗の足の近くにスマホが落ちていた。相変わらずイヤホンから音漏れしている。

「もし、姉と大前明がその金を使ってしまってだよ、札の番号から身元を突き止められたとする。姉はともかくケツの穴の小さい大前は、知るかぎりのことをなんでもしゃべってしまうだろう。そんなことになったら大変だ。津田の伯父は怖い人でね。本家の父だって潰しかねない。こんな、ふうにね」

わたしは立ち上がり、杖を持ち上げて、力一杯スマホを突いた。何度も何度も。やがてパネルにヒビが入り、画面が乱れだし、真っ暗になった。忌々しい音漏れも消えた。

「これでよし。どこまで話したっけ。ああ、そうそう。姉は事情を知って、青くなって金を返そうとした。津田の伯父がどれだけ怖い人か、姉もよく知っていたからね。でも、健斗、あんたの祖父(じい)さんの大前明にはわかってなかった。あの男、あんたとよく似てるよ。自分を過信して、相手を馬鹿にして。どれほどの力を持つどんな相手か調べもせずに、舐めてかかって」

姉に返せと言われた大金を持って、一人で逃げようとした。それがどんなに無謀な行為か、ナタで顔を割られるまで、大前は気づきもしなかった。

「わかったかい。あんたが姉さんに返せと言った大金は、とっくの昔に姉さんの手元になかった。姉さんは嘘なんかついていなかったんだよ」

姉はその大金のせいで、大前明を失った。次は自分がやられるかも、それとも息子かも。その恐怖は呪いのように姉につきまとった。

「子どもの父親を殺されて、姉さんは両親を恨みもした。父も当然、大前明の、その、処分に関わらざるを得なかったから。落とし前ってヤツだ。人間、やったことの責任は負わないとならないんだよ。健斗、あんたもね」

かっ、かっ、と喉を鳴らしながら、健斗はわたしを見た。さっきまでの生意気さはみじんも感じられない。非常灯を受けて緑色に光る、怯(おび)えた目。

「姉さんも人生のほとんどを費やして、若気の至りの落とし前をつけた。千倉に戻らず、両親にも会おうとしなかったのは、恨んでいたせいもあるけど、自分が顔を出さない方が、親やわたしのためだと思ったからさ。めだたない貧乏な暮らしに甘んじたのは、息子を守るためだった。二年前、津田の伯父が死んだ。それを聞いてようやく、姉さんは故郷に帰ってこられたのさ」

わたしはゆっくりと腰を下ろした。健斗に大金について口を滑らせたことも、ここへ逃げてきた理由だろうが。健斗は、さっきのような調子で姉に金を要求したに違いない。

健斗に金の話をしなければ、健斗がまだ姉の手元に大金があると思い込んだりしなければ、金をよこせと姉に詰め寄ったりしなければ。

造園業者はきっと、二人の口論を聞いて欲をかいたのだ。それで侵入盗から強盗に転じた。その大金とやらを出せ、と。出せるはずもない姉は逃げ、強盗は姉の頭に何かを振り下ろし……。

わたしは目を閉じた。完成した家を案内している姉の、幸せそうな顔を思い出す。あれは、千倉に戻ってこられたという喜びだけではなかった。

子どもの頃の葬式と一緒だ。なにかあれば、一族が集まって助け合う。個人的な行き違いや思惑や対立があっても、いったん棚上げにして。姉の家についてもそうだ。

長らく千倉を離れていた本家の娘が帰ってくる。家を建てたがっている。

その報せを聞いて、まず千倉の男たちがやってきた。

北野兄は外回りのかたわら、資材を持ち出しやすい場所に放置している建築業者や、おしゃれな最新のシステムキッチンを入れたばかりの住宅展示場を探し出し、安全な攻略法を考えた。高幡の従兄が自分の自動車工場から、ナンバーを変えてベトナムに送り出すばかりのトラックや重機その他を用意し、大沢が操縦を担当することになった。おかげで、一夜にして、軽く家一軒建てられるだけの建築資材が集まった。あとは、建築士であるサスケや大工、電気関係の仕事をしている親族や、表看板が配管工という親族、春妃の息子の南平が手伝ってくれた。

わたしは再建築を許可する書類を用意した。銀行や役場の関係者による印鑑やサインは、書道家の春妃が見事に仕上げてくれた。ミナミは男たちの資材の持ち出しを楽にするべく、警備システムにも介入し、建築許可の書類等を市役所のパソコンに紛れ込ませた。

そして姉の家は出来上がった。もちろん、タダというわけにはいかなかったが、あの女刑事が見込んだほどの費用はかかっていない。二千万だなんてとんでもない。リウマチになってなお、わたしの作る美術品は、国宝や重要文化財とすり替えても滅多に見破られないと評判だ。それらを数点処分したお金で、みんなが満足するだけのお酒代とお車代はまかなえた……。

ドアが軋む音がして、大勢がこちらに向かって歩いてきた。仰向けのまま動けず、喉を押さえて、かっ、かっ、と息をする健斗の目が、それに気づいて見開かれた。

北野兄がいち早くやってきて、倒れた健斗をつくづくと見下ろした。高幡の従兄やサスケ、春妃、大沢にミナミ、若葉その他、千倉の親族たち……。

事情を説明した。誰か、なにか言うかと思ったが、誰もなにも言わなかった。そのうち高幡の従兄が沈黙を破った。

「やっぱりな。大前明に似てるって、俺も思ったんだよ。あいつも頭悪かったもんな。さっさと金返して津田の伯父貴に詫びを入れろとあれだけ言ってやったのに、六花を自分に取られて嫉妬してるんだ、とかなんとか、見当違いなこと並べやがって」

「伯父貴ったら、あとは頼む、って前のご本家とうちの親父に押し付けたんだよな」

北野兄が首を振った。春妃が電子タバコをくわえて、言った。

「だから、前の前のご本家は先見の明があったのよ。いずれきっと役に立つって、一族の使い勝手のいい火葬場を、地区の真ん中に作ったんだから」

「サクラさんだって先見の明がおありですよ。最新式のボイラーを入れさせたんですから。あれなら、灰も残らないほど火力が出ます」

若葉が言い、サスケが笑った。

「それなら、裏の田んぼに灰を捨てなくてもすみそうだ。栄養がいいんだか、一時期、品質の良いコメがめちゃくちゃ取れたもんな。千倉の人間は誰も食べたがらないから、産地偽装のシールを貼って、都内のスーパーにおろしたけど」

「サクラ姉さん、いったいなにを狙ってボイラーを新しくしたんです？」

「姉さんのね。頭を殴った犯人をさ」

不意に、胸が詰まった。呼吸器に繋がれたまま、いっこうに目覚める気配のない姉、施設で身内にも看取られず、一人ぼっちで死んでいった父、倒れて寝たきりになり、最後にはわたしの顔もわからなくなった母、子どもの頃の楽しかったお葬式、和尚の読経、女たちの手作りの煮物、庭に降り注ぐ花びら、寂れていく一族、それでも細々と、着実に、受け継がれていくだろう千倉の誇り……。

落ち着きなさい、サクラ。

わたしは自分に言い聞かせた。あんたは大丈夫。泣いたりしない。あんたは本家だ。本家として、このものたちを束ねる義務がある。

「まあ、とにかく犯人は逮捕されることだろうよ」

わたしは咳払いをした。北野兄が呟いた。

「逮捕されればいずれ、施設に入る」

刑事施設、拘置所に。

「富士夫がいるしな。他にも何人か親族が結審を待ってるとこさ。ボイラーの方がマシだったと思うかもしれないな、六花姉さんをやった犯人もさ。よかったな、喪主様。あんたはボイラーの方で」

男たちは健斗を取り囲み、見下ろして、口々に、大切なスマホも一緒に送ってやるよ、すぐ済むさ、と声をかけた。やがて、高幡の従兄がわたしを見て言った。

「それじゃご本家、後はやっとくから」

「わかった。よろしく頼むよ」

わたしは杖をつき、ゆっくりと歩き出した。部屋を出るとき、姉の孫がいま感じているだろう恐怖が、かすかに臭(にお)ったような気がした。だが、かわいそうだとは思わなかった。警告に従わなかったのが悪いのだ。倒れた姉に気づいて、すぐに救急車を呼ばなかったのが悪いのだ。おかげでわたしは一年以上も、姉の帰りを待って、待って、待ち続けた。肝心な時に立ち会えず、父と同じように姉が一人ぼっちで死んだらどうしようと、恐れ続けた。それで……。

ほんの一瞬、姉と呼吸器と、呼吸器を外して姉の口元を押さえる、シミだらけで骨ばって血管の浮き出た自分の手が見えたように思ったが、その映像は頭の靄の中に消えていった。わたしは女たちを従えて、葬儀会場を後にした。

虹

宮部(みやべ)みゆき

1960年、東京都生まれ。1987年『我らが隣人の犯罪』でデビュー。1989年『パーフェクト・ブルー』出版までは兼業作家だった。作家専業1作目となる『魔術はささやく』で1989年第2回日本推理サスペンス大賞を受賞。以後、1993年『火車』で第6回山本周五郎賞、1999年『理由』で第120回直木賞、2001年『模倣犯』で第55回毎日出版文化賞特別賞、第5回司馬遼太郎賞、2007年『名もなき毒』で第41回吉川英治文学賞を受賞と、名だたる文学賞を総なめにしてきた。その作品群は幅広い年齢層に支持され、現代の〝国民作家〟と言っても過言ではない。時代もの、現代もの問わず、氏の作品に通底しているのは、人の心(の有り様)が一番怖い、という視点である。華やかな受賞歴とは裏腹に、作家本人は常に驕らず昂ぶらず、他者に対して権力を振りかざす人を敬遠する。出版界では一、二を争う歌唱力の持ち主でもあり、かつて、宮部番の編集者の間では、「次(の受賞)はレコード大賞かも」というジョークが言われていたことがあるほど。(Y)

洗濯機の蓋を開けてツヨシのパジャマを取り出すと、すぐにわかった。片山さんがまたやってくれた、と。

白地にブルーの格子縞のパジャマが、全体にうっすらとまだらな黄色に染まってしまっている。洗濯槽の中に手を突っ込んで探ってみると、案の定、片山さんが昨日着ていた絞り染めのブラウスが見つかった。地色が鮮やかなウコン色だから、これが原因で間違いなしだ。

ツヨシとわたし、母子二人でこの山査子寮に暮らすようになって、そろそろ一ヵ月。これまでにも、こういうことが何度かあった。

山査子寮のランドリー室に置かれている洗濯機は三台だ。そのうち①番と②番の全自動式は普通の衣類用。ほとんど古道具級の二槽式の③番は、寮の備品の足ふきマットなど衣類と一緒に洗えないもの専用と決められていて、運営スタッフの人たちも使う。これらのことは入寮時に説明してもらえるし、〈山査子寮の暮らしの決まり〉という薄いリーフレットにも書いてあるし、出入口の脇に貼ってある寮長の清水さん直筆の「ランドリー室使用規則」にも書いてある。

なのに、片山さんは全然理解してくれない。もしくは頓着していない。

問題点その一は、彼女がしばしば洗濯機を動かす手間を惜しみ、誰かが先に使用するのを待っていて、そこに自分の洗い物を突っ込むことだ。

問題点その二は、その際、

〈色落ちしそうな衣類は取り分けておいて、白ものや下着類とは別に洗うべし〉

という常識を働かせてくれないことだ。まあ、問題点その一がそもそも凄いレベルの非常識であって、二はそのオマケに過ぎないのだけれど。

脱水まで済んだ洗濯物を選り分けながら、わたしはため息をついた。ツヨシのパジャマの上下、体操着、わたしの下着やTシャツ、数枚のショーツ、タオルやハンカチなど。みんな絞り染めのブラウスから色移りして、寝ぼけた感じの黄色に染まっている。

それでもまあ、この洗濯槽のなかに、泥だらけのジョギングシューズを放り込まれなかっただけマシか。冗談抜きに、片山さんはそういうことをやる。幸い、被害に遭ったのは別の入寮者だったけれど、激怒するその女性に、謝るどころか逆に言い返していた。

「うちの娘のシューズを、誰が踏みつけたのかわからないマットやカーテン用の洗濯機で洗うなんてできるわけないわ!!」

だったら自分で手洗いして。さもなきゃ娘に洗わせて。

片山さんの娘は、（清水寮長からちょっと聞いた話では）通っていた中学校で県大会出場クラスの陸上選手だったとかで、今も毎朝のランニングだけは欠かさない。両親の離婚話が片付けば元の生活に戻れるんだからダラけていられない、と言っているそうだ。

片山母娘とわたしたちの部屋は隣同士だ。入寮時期はあちらが一週間ほど遅い。一見して年上だとわかったし、最初に挨拶を交わしたとき、強烈な「寄らないで触らないで関わらないで」オーラを感じたので――そしてそれはお互い様って感じもしたので、当たらず触らずを心がけてきた。

それでも片山さん本人はもちろん、せっせとランニングを続け、なぜかしら自室ではなく共用の娯楽室で耳にヘッドフォンをつけて勉強し、わたしを含めた他の入寮者の女性たちやその子供たちを冷ややかな横目で見て日常の挨拶さえしない片山さんの娘にも、いい感情は抱けない。

すごく意固地に、「わたしはあんたたちと違って健全」なふりをしようとしているのが、最初のうちは痛々しかった。今は、その頑なさが腹立たしい。あまりにも可愛げがない。あの敵意と侮蔑に満ちた冷ややかな顔を見かけると、どうしても我慢できなくなって、あなたもあなたのお母さんもわたしたちと同じ逃亡者で、この山査子寮というシェルターに救われた家庭難民なんだよ、と言い聞かせてやりたくなることさえあった。

あらかた洗濯物を取り出して、洗濯槽の底にへばりついているラストの一枚は、ツヨシのものだった。わたしたちの家ではなかったかつての家で、一年生のときから通っていた少年サッカークラブの練習着。白い丸首シャツの右袖に、クラブのマークのワッペンがついている。二人で家出する直前に買い換えたので、まだくたびれてはいない。

この練習着は、ツヨシが、またどこかでサッカーができるようになるまでとっておきたいというので、着替えに不自由しているときでも袖を通さないようにしていた。それを、昨日に限って自分から引っ張り出して着ていたので、

「いいの？」

と尋ねると、

「うん。もういい」

短いやりとりのなかに、息子の小さな心を満たしている不安や不満や絶望が感じられ、わたしはあとで少し泣いてしまった。

よりにもよって、これを洗っているときに色物を放り込むなんて！

ケチで怠惰（たいだ）で無神経な片山さんへの怒りをどうにかこうにか呑み下し、また泣けて

きそうになりながら運動着を広げてみて——

　驚いた。

　これだけは色移りを免(まぬが)れている。真っ白のままだ。

　いや、違う。やっぱり色移りしている。ただ、他の洗濯物とは様子が違うのだ。全体にぼけた黄色になるのではなく、白い練習着の背中に、くっきりと鮮やかな黄色の半円ができているのだった。

　弧(こ)の部分が右肩に、開いている部分が左の脇の下と右裾に向かっている。誰かが大きめのコンパスを使い、白地の背中に黄色の円を描きかけて、半分でやめた。ちょうどそんなふうに見える。

　珍しいこともあるものだ。練習着をかざして、しげしげと眺めてしまった。

　とはいえ、このままにしておくことはできない。半円の上をなぞるように衣類用の漂白剤を着ければ、きれいに抜けるだろうか。すぐやった方がいいか、それともいったん乾かしてからの方が完全に抜けるだろうか。

　迷っているところへ、スイングドアをギーギー鳴らして、片山さんが入ってきた。両腕いっぱいに洗濯物を抱えている。そこから、娘さんのものか本人のものか、ブラジャーの紐(ひも)が何本もぶら下がっている。

　山査子寮は二階建ての古いアパートを改装した建物で、わたしたちがあてがわれている個室は二階に、ランドリー室や娯楽室などの共用スペースと運営主体のＮＰＯの事務室は一階にある。今はわたしとツヨシを含めて三組の母子と、二十代半ばぐらいの女性が一人身を寄せているのだけれど、洗濯物を運ぶときにカゴもランドリーバッグも使わないのは片山さんだけだ。結果として、彼女はしばしば落とし物をする。下着や寝間着を廊下や階段に落っことして平気な顔をしている。

一から十まで神経の知れない人。

だけど、パッと見はごくごく普通の奥さん。いや、かなりお洒落な〈奥様〉だ。歳は三十代半ばから四十手前ぐらいだろうけれど、色白で肌がきれいだから若々しく見えるし、背が高くてスタイルもいい。今風のショートカットの髪をやや明るめに染め、この絞り染めのブラウスみたいな、ちょっと個性的なアイテムを、いつも上手に着こなしている。今日も麻袋をかぶったみたいな生成り（きなり）のチュニックに細身のパンツを合わせ、革のサンダルを突っかけていた。このサンダルはずいぶん履き込んでいるらしく、革に風合いが出ているところがかえってお洒落だ。

中身はケチで図々しくて無神経なくせに、見た目はすっごく上等な人。

①番の洗濯機の前に仁王立ちして、わたしは彼女を睨み（にらみ）つけた。目と目ががっつり合う。

と、片山さんはあからさまに震え上がった。顔色を失うとは、こういうことだろう。

「え、あれっと、もごもご」

意味不明の発声を残して、逃げるように出ていってしまった。これじゃ、わたしの方が悪人ですねありがとうございます。

主婦の習い性できれいにしわを伸ばし、ぱんぱんと叩いてからたたんだ彼女のブラウスを突っ返してやるタイミングを逃し、

——これ、うちの洗濯物にまた紛れ込んでいましたよ。

と皮肉ってやることも、

——ふざけんな、ごらぁ！

と怒鳴ることもできなかった。

で、わたしはどうしたか？

ランドリー室内にある陰干し用の突っ張り棒にハンガーをかけて、片山さんのブラウスを干した。はい、お人好しですねありがとうございます。

色移り被害に遭った他の洗濯物は、すぐ洗い直さなければならない。でも、ツヨシの運動着だけは手洗いしよう。この黄色い半円が滲(にじ)んでしまわないよう、慎重に漂白剤を着けないと——と思っているところへ、当のツヨシがスイングドアから顔をのぞかせた。

「ただいまぁ」

「おかえりなさい」

とっさに運動着を隠そうと手を動かしたわたしは、駄目な母親だ。

「洗濯、これからやるの？　これもあるよ」

体操着の入った大きな巾着（きんちゃく）をぶんぶんさせながら、ツヨシが近寄ってくる。すぐ運動着が目にとまったのだろう、

「あ！」

声を出して、固まってしまった。

わたしは慌てた。「ごめんね、すぐ落とすから。漂白剤できれいになるよ」

ツヨシは黙って運動着を見つめている。

それから、意外なことを言った。

「きれいだね」

え？

「何かきれいだよ、これ」

指で、つうっと未完成の円をなぞった。

「こういうの、先週、図工の時間にやったよ。水の上に絵の具を流して、紙に写すの」

ツヨシが持って帰ってきた作品は、わたしたちの部屋に飾ってある。なかなか斬新な現代アートに見えた。

「ボクはへたっぴだったけど、ヤマザキさんはすごく上手くて、丸がいっぱい重なってるみたいな絵になったんだ」

有り難いことに、山査子寮と地元の公立学校との連携がうまく出来ているおかげで、入寮して落ち着くと、二学期の初めから、ツヨシは四年生のクラスに転入することができた。わたしたちは偽名を使わねばならないほど追い詰められてはいないけれど、もう夫の姓を名乗らせるのは嫌だったので、わたしの旧姓を使った。ツヨシは〈見山強〉君として学校に通い、友達も何人かできたようだ。ヤマザキさんというのはよく話のなかに出てくる女の子で、ツヨシの口ぶりからすると可愛い子なのだろう。

「お母さん、洗濯に失敗しちゃって」

「ヘンじゃないから、いいよ、このままで」

大事な運動着なのに、この子はまた、わたしのために我慢している。そう思ったけれど、ツヨシはこう続けた。

「でも、このワッペンはとっちゃって」

サッカークラブのワッペンを？

「学校で、サッカー部に入れてもらったんだ。月水金の放課後に練習があるんだよ。これ着るから、前のチームのワッペンはとっちゃってよ」

「そう……」

「おやつ食べていい？」

「うん、ジャムパンがあるよ」

やったぁと言いながら、ツヨシはランドリー室を出ていった。

わたしはツヨシの運動着をハンガーにかけ、片山さんのブラウスの隣にぶら下げた。ワッペンは、乾いてからとろう。

離婚が成立して自由の身になったら、仕事と住まいを見つけてこの寮を出てゆく。そうなったら、ツヨシは今度こそ本当に転校する。新しい土地で一から母子の生活をつくる。

わたしはそう心に決めていたけれど、ツヨシのためには、寮を出ても、この地域からは離れない方がいいのかもしれない。山査子寮に巡り会えた幸運を大切に、この土地に根をおろした方がいいのかもしれない。そう思いながら、また洗濯機を回した。

＊

ツヨシを連れて婚家から逃げ出す。

　ぼんやりした計画をもてあそぶのをやめて、具体的な段取りを決めたのは、今年の五月ごろだった。ツヨシの学業への影響を最小限にするためにも、夏休みに決行しよう、と。

　家出の準備は、バレないように少しずつ進めていた。乏しい家計費をやりくりして長距離バスに乗れるだけのお金を貯め、最低限の手荷物をまとめてツヨシのリュックに詰め込み、押入に隠しておいた。母の形見の腕時計は、肌身離さず身に付けていた。

　それでも、一日中家事と雑事に追いまくられ、脳梗塞の後遺症で車椅子の舅の介護にエネルギーを奪われ、平日には姑の、休日となれば夫の、そして〈他所者〉のわたしを監視する近所の人々の目も光っていて、チャンスはなかなか来なかった。

　七月はあっさりと過ぎた。八月に入っても状況は同じ。お盆になり、夫の方の親戚一同が本家である義父母のもとに集まって、数日間は飲み食いし放題。わたしはその世話に明け暮れ、ツヨシは従兄弟姉妹たちに苛められ、結局この夏は無為に過ぎてしまうのかと諦めかけていたとき、義弟が隣県にある知人の別荘を借りたとかで、盆休みの後半は皆でそこで過ごそうと言い出した。舅も、車椅子ごと載せられるレンタカーで連れていくという。

いつものように、その〈皆〉のなかに、わたしとツヨシは入っていなかった。それこそが天の助けだった。

空っぽになった家に、書き置きだけを残して逃げ出した。途中ですれ違った姑と親しい近所の人に「出かけるのか」と問われたときは、ツヨシをサッカークラブの合宿に送っていくのだと愛想良く説明した。手荷物をツヨシのリュックに詰めたのは、こういうときのためだった。

国道へ出て、駅まで歩いた。最寄り駅から二つ先が、長距離バスの発着所があるターミナル駅だ。出発寸前まで、交番の近くにあるコーヒーショップの奥の座席に隠れていた。

やっと乗り込んだ長距離バスが走り出し、しばらくすると、ツヨシがわたしの脚を軽く叩いた。

「お母さんが走らなくてもバスは走るから、じっとしててよ」

わたしは笑って謝った。笑ったつもりなのに頬が濡れていて、自分でも驚いた。

長距離バスの終点は、わたしが今まで足を踏み入れたことのない大都市だった。まだ役所の窓口は開いていない時間だったけれど、発着所からまわりを見回すと、ネットカフェの看板が見えた。小銭を数えて入室し、ツヨシを寝かせて母子シェルターを検索した。そうしてこの山査子寮を見つけた。わたしたちが降り立ったところから、私鉄線を乗り継いだ先のこぢんまりした住宅地のなかだった。

山査子寮が、様々な事情で家族から逃げてきた女性と子供たちのための避難所であることは、近隣にもほとんど知られていない。もちろん、その旨の表示もない。そういう匿名性を保てるくらいの人口と、地縁の濃度もほどよいところにある。

清水寮長との最初の面談のときから、わたしは今後についての自分の望みを語った。そういう人――そうできる人は珍しいと、あとになって聞かされた。ここを頼ってくる人たちは、たいていの場合もっと衰弱し混乱し、とりあえず逃亡を果たしただけで精根尽き果ててしまい、呆然としているのだという。

わたしにもそういう時期があった。夫や義父母が言うとおり、わたしが至らないのが悪い、何でも夫と義父母の命令に従っていればいいのであって、自分の頭で物事を考えてはいけないのだと思い込んでいた。殴られ蹴られて、痛みで動けないことだってあった。

たとえわたしがどれほど至らなくても、一人の人間としてこんな扱いを受けるのは間違っている。そう気づいて目が覚めたのは、ほんの一年半ほど前、ツヨシの三年生の新学期が始まる直前のことだった。

当時ツヨシが通っていた小学校は、地元の町立学校だったのだけれど、町の過疎化と住民の高齢化・少子化が進んだために、この年度から隣町の小学校に統合された。

これは文字通りの吸収合併で、こちらの方は廃校になり、学童たちはそっくり隣町に移籍する。遠距離通学になるので、スクールバスが運行されるようにもなった。

そのスクールバスに保護者が試乗する機会が設けられ、わたしも参加した。片道三十分弱の道のりを、運転手のすぐ後ろの一人掛けのシートに座って揺られながら、だんだん、だんだん、わたしは目が覚めていった。

これが先生との面談とか、ＰＴＡ役員を決めるなどの集まりだったら、必ず姑が出張っていったはずだ。

「うちの嫁は教育がないし、躾けもなってないから、恥ずかしくて世間様には出せない」

というのが口癖の人だったから。

ただ、スクールバスに乗って運行ルートを確認するぐらいの雑用なら、わたしにやらせてもいいと思ったのだろう。ちょうどそのころ、姑が永年通っている茶道教室の親睦旅行があったことも、わたしにとって幸いした。

同じ〈町〉という単位でも、こちらと隣町ではまず人口が違い、規模が違い、財政もまったく違った。隣町には古い国立大学があり、観光地としても有名で史跡保存や文化活動に積極的、著名な画家の代表作を集めた美術館を自前で建てているほどだった。当然、外来者も多いから開放的な雰囲気の町だ。

わたしは、結婚以来本当に久しぶりに、外の世界を見た。一人きりでじっくりとものを考え、バスの窓ガラスや、通りすがりに覗いた店舗のウインドウに映る自分の姿を見た。外の世界の空気を吸った。

そして、夫と結婚する以前のわたしを思い出した。母子家庭で育ち、その母親とも成人して間もなく死に別れ、頼る親戚もおらず、一人ぼっちで寂しかったけれど、きちんと自活していたことを。誰に〈躾け〉られなくても世間に迷惑をかけることなく、職場で多少は重宝がられていたときのことを。

わたしは人間だ。そう思い出した。

猛然と、今の自分を囲んでいる全てに対して反発心がわいてきた。

ツヨシ以外の誰も、わたしにとっては必要のない人たちだとわかった。むしろ害になる人たちだとわかった。夫や義父母やあの一族からツヨシを守らねばならない、それができるのはわたしだけなのだと悟った。

それから家出までの一年半は、十年にも二十年にも感じられたけれど、まず少しでもお金を貯めなければならなかったから、耐えるしかなかった。脱出という目標が、わたしを勇気づけてくれた。

今でも悔しいのは、結婚したとき、亡くなった母がわたしに残してくれた保険金と預金を、「俺が管理してやるから」という名目で夫に取り上げられ、使い込まれてしまったことだ。

　夫とは、わたしが勤めていた小さな紙工会社の社長の紹介で知り合った。お見合いというほど正式なものではない。社長の話では、何かの折に夫がわたしを見初めたのだということで、

「あちらは資産家だから、玉の輿だよ」

と言われたけれど、あれは社長も騙されていたのかもしれない。

　確かに夫の家は地主だけれど、昔は農家だったので農地を持っていて、それを少しずつ切り売りしているだけだった。もう、あらかた売り尽くしてしまったんじゃないか。舅は地元企業の会社員だったし、夫だって知人の伝手を頼って就職できるまで苦労したらしい。姑はまったく働いたことがないようで、実家がお金持ちでお嬢様育ちだと自己申告していたけれど、ではその実家との付き合いがどうなっているのか、詳しく口にしたことはない。姑の親戚の誰かが訪ねてきたことも、音信がある様子もなかった。縁を切られていたのか、実家が没落してしまったのか、お嬢様育ちというのが嘘なのか、そのうちのどれかだろう。

　今思えば、笑ってしまうほどに可笑しい。夫も姑もわたしを苛め、馬鹿にして、二言目にはこう言った。

「親無し子を拾ってやった」

「能なしでどこにも行くところがないんだから、うちでしっかり働け」

「おまえなんかどうなったって誰も気にしやしない」

それは、姑も同じだったんじゃないのか。

だからわたしが憎かったのかな。

夫がわたしを「見初めた」のは、わたしが、母の残してくれた保険金と預金を持っていたからじゃないのかな。そんなの「資産家」から見たらつましい金額だったけど、実は資産家じゃないのにその体裁をつくりたい夫と義父母にとっては、わたしが必要とする以上に切実に必要なお金だったのかもしれない。

そのお金を呆気なく使い尽くし、夫も義父母もわたしに優しい顔をする必要がなくなったころ、わたしはツヨシを身ごもった。多少なりとも世間体を憚れば妊婦を追い出すわけにはいかないから、あの人たちはわたしを苛め、お金の次は労力を搾り取ろうと、働けるだけ働かせようとした。

でも、ツヨシを授かったのはわたしの人生最大の幸せだった。

言葉が遅い、オムツが外れるのが遅い、ちっとも懐かない、嫁に似て出来損ないだと、赤ん坊のころから舅に罵倒されていたツヨシ。

嫁に似て根性が悪いと、しょっちゅう姑に叩かれていたツヨシ。

本当に俺の子なのか、邪魔だからどっかへやれと、夫に蹴飛ばされていたツヨシ。

お母さんが走らなくてもバスは走ると笑いかけてくれたツヨシ。

わたしたちは一緒に逃げてきた。これからも逃げ続ける。もっと明るく、自由な人生を目指して。

＊

山査子寮には、運営元のＮＰＯと提携している弁護士さんがいる。入寮者の相談は無料で、実務を依頼する場合も着手金はなし、報酬は後払いや分割払いでＯＫという、仏様のような人だ。

菊地（きくち）先生というこの弁護士さんに、わたしは、写真でしか知らない父の姿を重ねていた。顔つきはいかつくて見るからに頑固そうなのに、声音（こわね）は優しくて、笑うと目が糸のように細くなる。きっと父もこういう人だったに違いないと思うと、最初から親しみがわいた。

わたしは夫と離婚し、ツヨシの親権を取ることができれば、他には何も要らない。そう言って、交渉は菊地先生にお任せした。先生は慰謝料を請求しよう、夫に使い込まれたお金も取り返そうとおっしゃったけれど、

「お金がからむと、夫も義父母もおそろしくゴネるのはわかりきっています。これか

らのわたしとツヨシには時間の方が大切ですから、長引かせずに早く縁を切りたいです」

わたしがそう言うと、目を細めた。

「きっぱりしてますね。では、見山さんの希望を最優先にしましょう」

個人的には、あなたの夫とその両親のような人たちには、ちょっとお灸（きゅう）を据えてやりたいんですがね、と笑った。

菊地先生はさっそく夫に内容証明郵便を送ってくれたけれど、夫の側からは反応がなかった。郵便が着いて一週間ほど後に先生が電話をかけると、名乗っただけでがちゃんと切られてしまった。で、もう一度かけようとしているところに姑がかけてきて、

「本物の弁護士なのか」

「うちは日弁連の大物と知り合いだから、偽弁護士はすぐわかる」

「嫁には、ふざけてないですぐ帰ってくるように言え」

「謝っても許してもらえると思うな！」

などなど一方的にまくしたてて、またまたガチャ切りだったそうな。

その後も先生は、何とか夫と話し合おうとして連絡し続けているが、夫は逃げ回っていてつかまらない。

「なぜ逃げるんでしょうね？」

「現実に直面したくないんでしょう。少し調査したいこともあるので、あまり気を揉まずに待っていてください」

という状況下で、わたしは山査子寮から地元のハローワークに通い、いくつか面接を受けた。NPOの方から、今のわたしの立場を説明する身分証明書のようなものを発行してくれるし、必要な場合は寮長の清水さんが身元引受人になってくれる。それでも、パートタイムの仕事であってもわたしのような不安定な身分の人は駄目だとか、

「シェルターに保護されているということは、配偶者が危険人物なんですよね。ストーカーになりませんか？　職場に乗り込んできて暴れるかもしれませんよね」

「家庭不和は、あなたの方にも責任があるんじゃないですか」

などと断られることが続いた。

やっと採用してくれたのは小さな食堂兼お土産屋で、寮からバスで五分ほどのところにあった。このあたりは何年か前に大河ドラマで取り上げられた武将の領地で、小さな城趾と神社がそこそこ観光客を集めているのだ。

お店の屋号は〈きなこ屋〉。もともとは、経営者のご夫婦が昔飼っていた猫の名前なのだそうだ。地元の大河ドラマ誘致運動に参加したことを今でも語りぐさにしてい

て、撮影が始まるとロケ現場にちょくちょく差し入れを持って通い、そのとき撮った記念写真を店中に飾っている気のいい方たちだった。

ご夫婦は、ちょうどわたしの義父母と同じくらいの年代だ。一人娘の咲恵さんがお店を手伝っている。この人はわたしより学年で一つ上で、わたしの身の上に同情して積極的に雇い入れてくれた。

咲恵さん自身は独身らしいが、結婚した経験があるのかどうかはわからない。わたしの立場で詮索するのは失礼だし、親切に受け入れてもらったから、そんな必要も感じなかった。それと、これはあとでわかったのだが、寮長の清水さんと地元の中学で先輩後輩で、今も付き合いがあるということだった。

「でも、山査子寮の人を雇うのは、見山さんが初めてなのよ。清水先輩から誰かを紹介されたこともなかったしね。あの寮にいるのは、外に出て働くなんてとても無理ですっていう難しいケースの人ばっかりなんだと思ってた」

いやいや、わたしだってけっこう難しいケースだと、清水さんは言っている。

「ただ見山さんは、逃亡先に縁もゆかりもないあさっての場所を選んで、着いたところでネカフェで検索っていう、ホントに思い切ったことをやったのがよかったのよ」

わたしにあの長距離バスを選ばせ、ネットカフェへ導き、山査子寮を見つけさせてくれたのは、亡き母の魂だ。

民間運営のシェルターはどこでも同じだろうけれど、山査子寮の財政状態はけっして楽ではない。それと、全て無料で丸抱えにしてしまうと、入寮者の経済感覚が社会と切れてしまって、長い目で見るとよろしくない。だから、入寮者の心境が落ち着いてくると、個別に清水さんと面接をして、月々の寮費について話し合う。もちろん食費とか電気代とか百円単位の相談で、基本的にはＮＰＯの側が持ってくれるので、負担がきついということはない。この面談は、むしろ、わたしたち入寮者に「自分の財布は自分で管理していい。自分の裁量で先の人生を決めていい」ということを教える——あるいは思い出させるためにあるのだろう。

洗濯を終えたあと、その面接のために呼ばれたので、事務室へ向かった。通りがかりに、娯楽室で勉強している片山さんの娘の姿が見えた。

事務室では、清水さんとお茶を飲みながら話し合った。

「きなこ屋の仕事はどうですか」

「おかげさまで楽しいです。だいぶ慣れてきました」

「土日が出勤で、ツヨシ君は寂しいんじゃないかしら」

「学校でお友達ができましたし、児童館にも通っていますから、心配ありません」

きなこ屋は、平日は地元客、土日は観光客で稼いでいる。忙しいのは土日の方だ。

わたしは木曜日が一日休みだし、用事があればいつでも抜けさせてもらえるし、昼食は賄(まかな)いがつく。こんな有り難い職場はない。

「咲恵さんが、お客さんが写真を撮ってSNSにアップすることもあるから、わたしは店に出なくていいって気を使ってくださいます」

——見山さんの旦那、ネットをやる人？

——はい。よくパソコンを使ってました。

——じゃ、万に一つのことがあるから、あなたは写真を撮られないようにしようね。

だから、わたしの仕事は、開店前と閉店後の掃除と厨房の手伝いだけだ。

「さすが咲ちゃん、わかってるぅ」

清水さんは、ときどきこんなふうに若者みたいな言葉使いをする。

「きなこ屋はホントにいいお店だし、咲ちゃんもご両親もいい方たちだけど、あそこには外から観光客が来るからなあっていうことだけが、わたし気になってたのよ」

「ありがとうございます。でも寮長、観光地は日本じゅうにいっぱいありますよ」

二人で笑って、面談はおしまいになった。わたしが部屋に戻ろうとすると、清水さんが声をひそめて訊いてきた。

「マコちゃん、娯楽室にいました？」

片山さんの娘のことだ。

「ええ、勉強してるみたいでした」

「そう」

そして清水さんは何か言い足しかけて、思い直したようだった。

ちょっと間が空いたので、わたしは言った。

「片山さんに、またやられました。今度はウコン色のブラウスです」

「ありゃりゃ」

清水さんは手で目を覆う。

「何度も注意してるんだけどねえ」

「今まで、ご自分で洗濯した経験がないんでしょうかね？」

双方が気を許して打ち明け合う場合を除き、入寮者のあいだで身の上を詮索し合ってはいけない。金銭の貸し借りもいけない。これが山査子寮の二大「いけません」だ。だから、わたしは今までこの疑問を口にしたことはなかった。

清水さんは「う～ん」と呻(うな)った。

「すみません。訊いちゃいけないことを訊いてしまいました」

「ここでわたしとしゃべるなら、いいのよ。だいいち、あの言動を見ていれば嫌でも気づいちゃうよねえ」

片山さんはお金持ちの奥様で、結婚以来、家事は全て家政婦さん任せだったのだという。

「いろいろ不慣れなんでしょうし、これからは自分でやるんだ、覚えなくちゃいけないんだという気持ちにもなれないんだと思うの。次の面接のとき、わたしからもう一度よくお話ししてみますね」

　部屋に帰ると、ツヨシはお友達から借りたというサッカー漫画に夢中になっていた。わたしも、夕食の支度の時間が来るまで、ツヨシが読み終えた分を借りて読んだ。寮の食事は原則当番制なのだけれど、その日の体調や気分でどうしてもできない人もいるので、わたしはほぼ毎日手伝うようにしている。

「今日はハンバーグだよ」

「やった！」

　そのハンバーグを作るころになって、一人だけいた単身者の若い女性の姿が見えないことに気がついた。配膳リストからも、彼女の名前が消えていた。他所の寮に移ったと、別の入寮者から聞いた。

「ここにいるって、彼氏にバレちゃったらしいのよね」

　それ以上のおしゃべりはしなかった。

　わたしの場合、ここにいることがバレたら、夫は追いかけてくるだろうか。うまく想像できない。外面（そとづら）はいい人で、ええかっこしいでもあったから、そんなみっともないことはしないんじゃないかとも思えた。

自分の考えのなかに沈んでいたので、ツヨシと二人で食卓につくまでは、片山さんの娘のマコちゃんがずっと娯楽室にいることを忘れていた。彼女がヘッドフォンを外し、机に顔を伏せて泣いていることも、すぐには気づかなかった。

気づいたところで、どうすることもできなかった。マコちゃんの隣には片山さんがいて、黙ったまま、つまらなそうに娘の教科書をぱらぱらめくっていたから。


観光地は日本じゅうにいっぱいある。

なのに、よりによって。

その週末のことだ。きなこ屋のまわりでは紅葉(もみじ)が見頃になってきて、神社には〈紅葉まつり〉の幟(のぼり)が立ち、城趾を散策する人たちで、遊歩道が混雑する。家族連れ、老若男女のグループ客、カップル客。日本人は、ありとあらゆる組み合わせで紅葉見物をするのだ。

「去年はね、うどんが一日二百食、もみじ定食が百五十食出たの」

すごい忙しさなので、毎年この時期の週末には、親戚の男の子を助っ人に呼ぶという。ナオキ君といういがぐり頭の高校生で、咲恵さんの又従弟(またいとこ)だそうだ。

「こちらナオキ。こちら見山さん」

「ども」

ナオキ君は言葉を節約する人だった。

頑張って稼ぎましょう！　という咲恵さんの音頭で、みんな朝からきりきり働いた。午後三時近くになっても客足は衰えず、きなこ屋名物きんぴら天ぷらを揚げ続けて、気分だけは油で胸いっぱいなのに、実は空腹で胃がぐうぐう鳴った。

「いらっしゃいませ」

また新しいお客さんが来た。おかみさんと咲恵さんとナオキ君の声に合わせてわたしも声をあげ——

カウンター越しに客席の方にちらりと目を投げて、わたしは口から心臓が飛び出すかと思った。

夫がいた。

小洒落(こじゃれ)たジャケットを着込み、髪をきちんとなでつけている。その腕には女性がぶら下がっていた。

見知らぬ女性だ。わたしより若い。栗色に染めたロングヘアに、化粧もばっちり。真っ赤なコートの襟元にはファーがついている。混み合う店内で、夫と女性は腕を組んだまま移動しようとして、他のお客さんたちの邪魔になっている。

「ねえ、トシちゃん。こっちに並んで座りましょうよ」

わたしは気絶しそうになった。夫の名はトシオで、姑からは「トシちゃん」と呼ばれている。他人の空似ではない。確かに本人だ。

カウンターの上には丈の短い暖簾を提げてある。向こうからこちらは見通せない。夫はわたしに気づいていない。それでも、とっさに菜箸を持ったまましゃがみ込んだ。

咲恵さんがするするっと寄ってきた。

「どした？」

わたしはあわあわ言った。「だ、だ、ダンナ」

「ええ？」

「お、お、お、オンナと」

咲恵さんは目を剥いた。

「今入ってきたカップル？　右の隅の二人席の？　ツイードのジャケットと赤いコートの毛皮つき？　あ、今脱いだけど。何だ、あのワンピースは。ダンスパーティーにでも行く気かよ」

ケケケと笑いながら言い捨て、ちょうど空いた器を持って厨房に入ってきたナオキ君を手招きした。

「ナオキ、スマホある？」

「ある」

「撮って」

咲恵さんは、夫と女性を指さした。

「動画？」

「そう」

「オケ」

省エネなやりとりで、撮影は始まった。

「見山さんは休憩してて。ダンナが帰ったら呼ぶから」

わたしはしゃがんだまま奥へ移動し、きなこ屋の電話を借りて山査子寮にかけた。

スマホはまだわたしには贅沢品だ。

ツヨシは寮にいた。今日はお母さん忙しいと言ったら、ボクも一日部屋にいて宿題をすると言っていた。すごい溜まってるんだ、と。

「理由は言えないんだけど、お母さんの一生のお願い。外へ出ないでね」

うんわかった、とツヨシは言った。

その声に安心して、わたしはおにぎりとお茶とリンゴを食べた。できるだけ何も考えないようにして食べ、ちょっとのあいだ目を閉じて休んだ。

「見山さん、出てきていいよ！」

厨房に戻ると、咲恵さんがナオキ君のスマホを手にしていた。

「ばっちり」

「オケ」

週明け、咲恵さんが事務所のパソコンに送ってくれたこの動画を見た菊地先生は、こう言った。

「むっちゃ役に立ちます」

＊

清水さんにしろ菊地先生にしろ、立派な大人が若者みたいな言葉使いをするのはいかがなものか？　という問題はさておき。

菊地先生が「少し調べたい」とおっしゃったのは、わたしの婚家の様子が近所の人たちの目にはどのように見えていたのか、嫁のわたしが手ひどく扱われていることがまったく噂になっていなかったのか？　ということだった。

「近所の人たちはみんな古くからの住民で、姑の知り合いでしたから……」

「それはまあ、近くに寄ってくる人たちはそうだったでしょうね。でも、町には比較的新しい住民もいた。あなた方一家と付き合いがなかっただけですよ」

そういう人たちのなかには、わたしに対する夫や姑の態度を非常識だと思い、遠巻きにしつつも同情してくれていた〈常識人〉もいるのだ、と言う。

「うちの調査員がこっそり聞き回ってみると、あなたがしばしば怪我をしていたことも、罵声を浴びせられながら家事をしていたことも、多くの目撃証言が出てきました」

そしてそれらの証言のなかに、「あの家のダンナさんは浮気してるみたいでしたよ」という話が混じっていたのだという。

オドロキ。わたしは全然気づかなかった。

「トシオさんは、何度か目撃されているんです。三十歳前後の女性と親密そうに寄り添って歩いているところや、ずばりラブホテルに入ってゆくところ、トシオさんの運転する車の助手席に女性を乗せているところ」

残念ながら、先生の調査ではその女性の身元を特定するところまでたどり着いていなかったのだけれど、

「この動画があれば、目撃者の皆さんに確認してもらえるでしょう。トシオさんの不貞の事実を固めることができれば、こちらは俄然有利になります」

逃げ回ってばかりいた夫も、離婚交渉のテーブルに着かずにはいられなくなる。

「仮に調停や裁判までもつれ込んでも、こちらが有利であることに変わりはありませ

ん」

ともかく、まずは浮気相手の身元を特定しますと、菊地先生は張り切っていた。

先生との電話を終え、わたしはランドリー室に行った。成長期の子供の母親は、世界の終わりが来たって洗濯をして、洗ったものを干すのだ。わたしをないがしろにしていた夫が陰ではデレデレ浮気していたと判明したぐらいで、休んではいられない。

今日は②番の洗濯機だ。蓋を開けると、おお、まただ！　今度は薄いブルー。色移りの原因は、片山さんのお気に入りなのか、よく穿いているのを見かけるインディゴブルーのワイドパンツだった。

そして今度もまた、ツヨシの運動着を一緒に洗っていた。慌てて引っ張り出すと、

「わぁお」

わたしも若者みたいな声を出してしまった。

ツヨシの運動着（ワッペン取り外し済）は、今度も白いまま、無事だった。ただ、背中の半円が増えていた。黄色い半円の内側に、青い半円がプラスされているのだ。二筋の弧のあいだは一センチほど空いている。

こんなことってあるんだろうか。すごい偶然だ。

その日の夕食後、乾いた運動着をツヨシに見せると、驚いて目をぱちぱちさせた。

「わざとこういうふうに染めたみたいだね」

「ここの洗濯機には、ヤマザキさんみたいな絵心があるのかもしれない。これからは、ヤマザキ①号、ヤマザキ②号って呼ぼうか」

「やめてよ」

真面目に言うところ、ツヨシはやっぱりヤマザキさんが好きなのだろう。

「日曜日は留守番ばっかりでごめんね。宿題できた？」

「うん。でも――」

うなずいて、ツヨシはわたしの顔色を窺うような目つきになった。こんなこと、この子にしては珍しい。

「お母さん、イヤかな」

「何が」

「手伝ってもらったんだ」

「誰に」

「マコちゃん」

わたしは停まった。排水を終えた洗濯機が脱水を始める前に停まるくらいの時間。だから、ほんのちょっと。

でも、ツヨシには充分だったらしい。

「ごめんなさい」

「いいよいいよ。マコちゃんって、片山さんのお嬢さんでしょ。いい学校に通ってて、成績もいいっていうから、勉強を教えてもらえてよかったじゃない」

本当のところ、ツヨシがためらいなく「マコちゃん」と呼んだことがまずショックだった。わたしが気づいてなかっただけで、子供には子供同士の交流があったのか。

「ボク、どうしても割り算がよくわかんなくって」

「うん、うん」

「ドリルがぜんぜん進まなくて、飽きちゃったんだ。それでおやつをもらいに下へ行ったら、マコちゃんが娯楽室で勉強してたから、教えてくれない？　って訊いたら」

――いいよ。ドリルを持っておいでよ。

「じゃ、二人で娯楽室で勉強したの」

「うん。おやつも一緒に食べた」

ツヨシはさらに気まずそうに下を向いた。わたしが片山母娘を嫌って苛(いら)ついていることを、この子はちゃんと察していたのだ。

ごめん、と思った。余計な気を使わせてたんだね。

「マコちゃんがいいって言ってくれたら、これからも勉強を教えてもらいなさい。お母さんからも、片山さんにもマコちゃんにもお礼を言っておくから」

ツヨシの顔がぱっと明るくなって、わたしはいっそう申し訳なく思った。

それから数日後の朝、菊地先生から、夫の浮気相手の身元がわかったと電話があった。

「トシオさんの職場の部下でした」

夫の職場の人に紹介されたことなど一度もないから、まったく見当がつかない。

「どなたが確認してくださったんでしょう」

「やはり職場の同僚の方です。アオタハジメさんという、トシオさんと同期の男性です」

青い田に「一」だそうだ。こちらも、わたしは名前も顔も知らない。

「トシオさんの浮気は、もう二年以上続いているようですよ。職場での二人の様子から、青田さんは最初のころから察していたそうで、奥さんに黙っていたことをずいぶんと済まながっておられました」

「申し訳ないのはこちらの方です」

「ともあれ、これでようやくトシオさんに会える。今度ばかりは逃げられませんよ」

楽しみだ楽しみだと、菊地先生は舌なめずりしているふうだった。

わたしはきなこ屋に出勤し、一日よく働いて寮に戻った。洗濯しようとランドリー室に行き、洗い物を選り分けていると、ツヨシの運動着が出てきた。

そのとき、ふと思いついた。

黄色い半円ができた後、夫が浮気相手を連れてきなこ屋に現れた。青い半円ができた後、浮気相手の存在を裏付けてくれる「青田さん」が現れた。

黄色はきなこの色。青田さんは青い色。

「うへへ」

笑ってしまった。そんなの、ホントにただの偶然だってば。


ツヨシに勉強を教えてくれて、ありがとう。

片山さんの娘と顔を合わせたら、にっこり笑ってお礼を言う。たったそれだけのことなのに、なかなか難しかった。

ツヨシには親切なマコちゃんは、わたしには依然として無愛想なまま、冷ややかな目つきも変わらない。今日こそは声をかけようと思っても、いざ彼女の前に出ると、わたしは喉が詰まって身体がかちんこちんになってしまう。相手は中学生の女の子なのに、何だか意固地になって、

——あの娘、可愛げがなさすぎるんだもん。

なんて、自分に言い訳している。

神社と城趾を彩っていた紅葉が色あせて枯れ落ちると、観光客も減ってきた。咲恵さんによると、これから梅が咲き始めるころまでは、「きなこ屋も半分は冬眠」にな

るのだそうだ。

それなら、わたしをパートに雇わなくても、お店は家族三人で切り回せる。口に出してそう言われなくても、手が空いているときが増えたから、わかった。

ここの仕事は好意で与えられた「つなぎ」であり、ずっとあてにするわけにはいかない。掛け持ちできる他のパートを探そうか、などと考えていたら、咲恵さんにすりと見抜かれた。

「今はそんなことを気にするより、先々のことを考えるべきよ。ハローワークで職業訓練を受けてみたら？　いろんな講座があるはずよ。役場に問い合わせてみてもいいね。確か、初級パソコン教室は無料だったんじゃないかなあ」

清水寮長とも相談し、手始めにそのパソコン教室に通うことにした。わたしはこの町の納税者ではないので、受講料が十回で三千円必要だったが、それで事務職に必要な基本ソフトの使い方をひととおり教えてくれるというのだから、ありがたい。

「エクセルって難しそう」

受講案内をめくりながら呟くと、なぜかしら清水さんが吹き出した。

「ごめんね、笑ったりして」

「いえいえ。わたし、結婚前に勤めていたところじゃ事務やってなかったんで、パソコンとか何にもわからないんですよ」

「それが不思議なんだよねえ。見山さん、ネットカフェで検索してうちを見つけてくれたでしょう」

パソコンに馴染(なじ)みがなく、スマホさえ持っていなかったのに、よくそういう発想が浮かんだものだ、と。

「ああ、それならラジオで聞きかじったんですよ」

婚家では、何かしら作業している時間帯はいつもラジオが点(つ)いていた。舅も姑も、特に好きな番組があるわけではなさそうだったから、単なる習慣だったのだろう。実際、本人たちは聴いてもいなかった。

「ラジオの身の上相談コーナーで、パチンコ好きで借金だらけの夫から逃げたいっていう女の人がいて」

パーソナリティーが、あれこれ具体的なアドバイスをしていた。

「一時的に身を寄せるシェルターを探すのに、市役所とかへ相談に行くのが難しかったら、手っ取り早いのはパソコンかスマホで検索することだ、どちらも持ってなければ図書館かネットカフェで用が足りるって」

検索するとき打ち込むべき文言まで親切に説明するのを、わたしは台所で洗い物をしながら聴いていたのだ。ちょうど、ツヨシを連れて家出する計画を立て始めたころだったから、急いで手近にあったスーパーのチラシの裏にメモをとった。

「ただ、地元の図書館には姑の知り合いがよく通っていたので、危なくて出入りできませんでした。ネットカフェも、実は、利用したのは長距離バスを降りたときが初めてだったんです」

外に料金表が掲げてあり、千円もあればよさそうだったから、心からほっとしたものだ。

「受付にいた店員さんに、パソコンの使い方を知らないんだけど、検索をしたい、やり方を教えてくださいって頼んだら」

宇宙人を見るような目をされてしまった。

「でも教えてくれたのね？」

「いえ、そしたらツヨシが言ったんです。なんかググるなら、ボクわかるよって」

「持つべきものは子供ねえ」

エクセルとかワードとか会計ソフトを使いこなすには、ググるよりもずっと複雑な手順を覚える必要がありそうだ。教室備え付けの講師の先生曰くおんぼろパソコン、わたしから見れば辛抱強いパソコンに付き合ってもらって、一歩ずつ学んでゆく。

講座を六回目まで受けたところで、菊地先生から連絡があった。夫がきなこ屋に連れてきたあの女性——職場の部下であり、浮気相手である人と連絡を取ることができて、先生は既に会って話もしているという。

「あの、夫は」

「トシオさんにもやっと話が通じました」

「夫は、先生に失礼な態度をとったりしませんでしたか」

「そんなことはありませんでしたが――」

先生はちょっと言葉を濁した。

「状況が動いて、道が見えてきたように思います。あらためて見山さんのお気持ちと意向を聞かせてもらいたいこともあるので、打ち合わせをしましょう」

明日の午後、先生が山査子寮に来てくれることになった。電話を終え、わたしは思わずほうっと息をついた。

わたしにも、道が見えてきたのか。

気がつけば、前後して入寮した人はみんな去り、わたしはいちばんの古株になっていた。二番目が片山さん母娘だ。

山査子寮では、入寮者同士が身の上を詮索し合うのは禁じられている。清水さんからは、仮に誰かと親しくなっても、軽々しく自分のことは打ち明けない方がいいと助言された。現実的には、親しくなるほど長居せずに（あるいは長居できずに）出ていってしまう人が多いが、こうして長居していたって、わたしは片山さん母娘の事情を知らないし、あちらもわたしとツヨシの事情を知らない。

娯楽室のそばを通りかかると、マコちゃんがヘッドフォンをして勉強していた。これだから声をかけにくいんだ。

その日は、ツヨシが運動着や給食当番のエプロンなどを山ほど持ち帰ってきたので、夕方になってから洗濯機を回していると、ランドリー室に片山さんが入ってきた。いつものように両腕に洗濯物を抱えていて、わたしを見ると何だかたじろいだ。

珍しく、そのお洒落なショートカットの髪が乱れている。顔色もちょっと優れない。

この人は確かに神経のわからないところがある。でも、人生に行き悩んでいることは、わたしと一緒だ。打ち明け合ってみたら、その悩みの内容には天地ほどの差があるかもしれないけれど、この寮に身を寄せるしかない身の上の寂しさ、心細さは同じだ。

ふっと目が覚めたみたいにそう思って、わたしは言った。

「うちの子がお嬢さんに算数を教えてもらって、割り算がわかるようになりました。ありがとうございます」

そして、ぺこりと頭を下げた。

顔を上げてみると、片山さんは洗濯物を抱きしめて棒立ちになっていた。わたしたちは、不器用な女子中学生同士みたいに、互いの顔を見つめて突っ立っていた。

「ま、昌子は」

片山さんの声は、ちょっと裏返っていた。

「ち、父親に似て、頭がいいんです」

わたしはうなずいた。「よく娯楽室で勉強してますよね。偉いですね」

片山さんは目を瞠ってわたしの顔を見る。

「ママといると、気が散るって、部屋では勉強、しないので」

ここでようやく、わたしは気づいた。片山さんは緊張してるんだ。

「わたし、そろばんは得意なんです。でも、算数ってまた別なんですかね。ツヨシに教えてやれなくって」

「そ、それは」

片山さんは右足に体重を移した。目がちょっと泳いだ。

「自分でできるということと、それを他人に教えるということは、まったく違うことだからです」

「へえ！　そうなんですか」

わたしは驚いたし、感心した。片山さんって、こういうことをしゃべれる人なんだ。

「昌子さんには、ツヨシがまた何か教わるかもしれません。どうぞよろしくお願いします」

今度はぺこりとしただけでなく、片山さんに笑いかけた。愛想笑いではない。心から笑いかけたいと思ったのだ。

残念ながら、片山さんは微笑(ほほえ)みさえ返してくれなかった。わたしがランドリー室を出てゆくまで、硬直したままだった。


いつものように重たそうな革鞄を提げてやって来た菊地先生は、寮の簡素な応接室で向き合って腰をおろすと、切り出した。

「最初に、言いにくいことから申し上げようと思うんですが」

失礼だから絶対に口に出せないけど、先生のお顔は、昔わたしが仲良しだったブルドッグによく似ている。中学生のころに母と二人で住んでいたアパートの大家さんの飼い犬で、名前はブブカ。人間だったら百歳近い老犬だった。

今、「言いにくい」と言う先生のほっぺたはぶるりと震えて、それもまた、あんまり機嫌がよくないときのブブカにそっくりだった。

「どんなお話でも、わたしは大丈夫です。婚家にいるときのことを考えたら、あれ以上嫌なことなんかありませんから」

すると先生はゆっくりとうなずき、言った。

「トシオさんの浮気相手の女性は、妊娠しています。八週目だそうで」

わたしは目を瞠り、それからまばたきをした。

「夫と一緒に紅葉見物に来たときは、まだわかってなかったんでしょうか」

「そうなりますかな。今は悪阻(つわり)がひどいそうで、私が会ったときはげっそり窶(やつ)れていました」

「当然、産むおつもりなんでしょうね」

「産みたいと言っていました。トシオさんも承知です」

先生はまた頰をぶるりとさせて、

「トシオさんは早々にあなたと離婚して、この女性と再婚するつもりでいます。子供が生まれるまでに戸籍をきれいにしておきたいので、手続きを急いでくれと言っていました」

わたしは、さらにまばたきをした。

「それって、わたしとはさっくり離婚してくれるってことですよね？」

「そういうことです」

また昔のことを思い出した。テレビで見た『十戒(じっかい)』という洋画の一場面だ。海がぱっかりと二つに割れて、そこに道ができる。今のわたしの状況もそんな感じ。

でも、菊地先生は不愉快そうだった。死んでしまう三ヵ月ぐらい前からひどい便秘になり、いつも苦しそうだったブブカの顔に、先生の渋面がかぶる。

「トシオさんがこちらの連絡から逃げ回っていたのは、妻子が家を出ていること、離婚を求められていることが職場にバレるのが嫌だったからのようですが」

「たぶん、会社から家族手当をもらってるからですよ」

夫はお金に細かいというか、がめつい。

「ふむ」

先生はますます便秘ブブカに似てくる。

「それが急に方針を変え、さっさとあなたと離婚して、浮気相手と再婚して、生まれてくる子供を歓迎する気になっている」

「先生、それってわたしには願ってもないことですから、怒らないでください」

先生はちょっと笑った。

「そうですなあ。ただ、トシオさんたちの言い分があんまり現金なもので……。私もこの仕事は長いですが、ああいう人たちはめったにいない」

トシオさんたち、か。

「夫の両親も、離婚と再婚に賛成しているんですね？」

「まさに諸手を挙げて大賛成ですよ」

姑はわたしに、「ふざけたことを言ってないで早く帰ってこい」と要求していたはずなのに。

「ひょっとして、その女性のおうちがお金持ちだとか」

「ご明察です」

たいした資産家の一人娘なのだという。

「そのことは、トシオさんも知らなかったようです。妊娠がわかって、これから先どうするかという話し合いになり、初めて彼女の側の事情を教えられた」

実家が資産家で、父親が会社経営者であること。だから経済的には困らないし、トシオさんが既婚者だと承知の上で付き合っていた自分にも非があるから、シングルマザーになっても仕方がない。

「実は彼女自身にも離婚歴があるんだそうです。若いときに、学生結婚でね。一年も保たずに別れて、子供はいない」

できればトシオさんと結婚したいし、それが無理なら、生まれてくる子供のために認知だけはしてほしい――

「彼女は、あなたとツヨシ君が夏休み中に家を出てしまっていることを知りませんでした。私の説明を聞いて、顔色を失うほど驚いていましたから、芝居ではないと思います」

――奥さんの家出は、わたしのせいですか。

「そう訊かれたので、返事を濁しておきましたが、少なからず責任を感じているようでしたね」

それは当然だと、先生は言う。

「既婚者と深い仲になって、妊娠までしてしまったんですからね。彼女もその点はよく弁えているし、彼女の親御さんも、あなたとツヨシ君に謝罪した上で、慰謝料を払う用意があると言っています」

菊地先生は、ぐふんと鼻を鳴らした。

「トシオさんと彼の両親は、あなたとツヨシ君のことなど、ハエでも追うように追っ払ってしまえばいいという態度ですよ。慰謝料なんてとんでもない、家事も仕事も勝手に放り出して出ていったんだから、こっちがもらいたいくらいだとね」

ああ、あの人たちらしい言い分だ。

「で、そういう態度はよくないと、彼女に諫められている。トシオさんとは、私の目の前でやりとりしていましたから、これは誤解や聞き違いじゃありません」

――トシオさん、あなたも誠意を尽くして奥様にお詫びしてください。そうでないと、わたしの立場がありません。

「へんてこに思えるでしょうが、こういうケースも希にはあるんですよ。妻にとって、夫の方が敵で、愛人の方が友軍のようなふるまいをする」

言って、先生は薄いお茶を飲む。わたしは、脚がガタつく椅子の背もたれに寄りかかって、考えた。

そして言った。「先生、わたし、その女性の名前をあてられると思うんですが」

菊地先生は、白髪交じりのぼさぼさの眉毛を持ち上げた。

「そういえば、まだ名前を言ってなかったですね。心当たりがおありですか」

「そうではないんです。あてられそうなのは名前だけですし。あ、ひょっとすると名字の方がそうなのかもしれないけど」

「はあ」

「〈みどり〉さんじゃありませんか？」

先生は、細い目をぱちくりさせた。

「ええ、そうです。彼女の名前は久保田（くぼた）みどり。ひらがなの〈みどり〉ですよ。なぜわかりました？」

当たってるんだ。わたしもビックリだ。

「何となく、勘です。夫が好きだと言っていた女優さんの名前で」

笑ってごまかした。だって、ホントのことは言えない。言っても信じてもらえないか、バカバカしいって笑われるのがオチだろう。

昨夜、洗濯物をたたんでいたら、また発見したのだ。片山さんのうぐいす色のブラウスと、ツヨシの運動着の背中にできた三番目の半円を。それは鮮やかな緑色で、一番目の黄色と二番目の青色の半円のあいだにぴったりと収まっていた。

　これがただの偶然ではないのなら。

　何かの兆しとか、わたしとツヨシにとっての幸運のしるしなのだとしたら。きっと近いうちに、緑色にちなんだ何かが起こるか、何かしら緑色に縁のある人が現れる。そう思った。

　そしたらホントに現れた。愛人のみどりさん。友軍のみどりさん。援護射撃をしてくれるみどりさん。

「先生、離婚の手続きを進めてください」と、わたしは言った。「わたしの望むものは、ツヨシの親権だけです」

　ほどなく、夫とみどりさんの側にも弁護士がついた。みどりさんのお父さんの会社の顧問弁護士だそうだ。

　山査子寮の食堂でささやかなおせち料理を囲み、作る入寮者によって具材も味付けも変わるお雑煮を楽しみ、わたしとツヨシは新しい年を迎えた。菊地先生が、離婚協議書（案）を持って山査子寮に来たのは、鏡開きの日のことだった。

「タイミングぴったり。先生、お汁粉をどうぞ」

協議書（案）の内容は、わたしには充分以上のものだった。ツヨシの親権はわたしに。夫からは慰謝料が百万円と、ツヨシの養育費一括払いの二百万円。これで一切の縁は切れて、夫も舅姑も、わたしとツヨシに近づくことは禁止。電話や手紙も駄目で、この取り決めに違反したら、そのたびごとに罰金十万円を支払うという取り決めだ。

久保田みどりさんからは慰謝料が三百万円。彼女は既に会社を辞めており、夫も、再婚を機に彼女の父親の会社に転職する話が固まっているという。

「この案でよろしければ、届け出をします。トシオさんの側とは、このまま会わずに済ませてしまうことができますが、どうしますか」

わたしは夫にも舅姑にも会いたくない。

「ツヨシ君はどうでしょうね」

わたしは、胸の奥で、固い小石がこちこちぶつかり合うのを感じた。

「夫の気持ちはどうなんでしょう。ツヨシに会いたがっていますか。ツヨシのことを心配していますか」

先生は黙って私の顔を見る。

「そうですか」

一瞬、小石がガラスの欠片（かけら）に変わった。ひやりとした悲しみ。わたしの悲しみじゃない。ツヨシのために悲しかった。

「でしたら、会う必要はないです」

「了解しました。ただ……実はですね」

久保田みどりさんが、わたしに会いたがっているのだという。

「一度、きちんと謝罪したいそうですよ」

わたしは謝罪してもらうべきなんだろうか。

「見山さんが会ってもいいというなら、私が立ち会います。場所もこちらで設定します。で、あなたの弁護士として、ひとつ強硬にお勧めしたい。もしも彼女に会うなら、離婚が成立して、慰謝料などの振り込みもすべて確認してからの方がいい」

「どうしてですか」

「急ぐ必要はないからです。見山さんとツヨシ君は、これから先の生活を安定させることの方が大事ですしね。この寮も、いつまでもいられるわけじゃないんでしょう？」

山査子寮に滞在期限はないけれど、生活の目処がついたら、長居する人はいない。寮費はまったく無料ではないし、見も知らぬ人たち（しかもしばしば入れ替わる）との共同生活は、やっぱり気骨が折れるからだ。

「すぐにアパートを探します」

仕事は、当面はきなこ屋にお世話になって、フルタイムの職を探そう。そう簡単には見つからないだろうけれど、きなこ屋と他のパートを掛け持ちしたっていい。

そう考えて、自分がもうこの土地に留まると決めていることに気がついた。理由は？　ツヨシが学校生活を楽しんでいて、サッカー部でレギュラーになれそうだということだけで充分じゃないか。

菊地先生が帰ったあと、清水さんに報告すると、とても喜んでくれた。

「地元に残るなら、知り合いの不動産屋を紹介するわ」

「お願いします」

きなこ屋、不動産屋、ハローワーク、ときどきパソコン教室。そうやって十日ほど過ぎたところで、アパートよりも先に、仕事の口が見つかった。ここから二駅先にある運送会社で、事務員を探している。

面接に行ってみたら、社員が十人ほどのこぢんまりした会社だった。株式会社タカノ運輸。社長夫妻もベテランドライバーで、自らトラックを転がしているという。

昨年末に、経理や庶務の一切を取り仕切っていたベテラン社員が辞めてしまい、

「何とかやりくりしてきたけど、もう限界でしてね」

求人をかけても、給料は安いし残業も休日出勤も多いし社屋はボロいし、

「雰囲気ががさつなもんだから、若い女の子なんか寄りつかねえ」

わたしにとっては、夢のような正社員の口だった。

「んじゃ、とりあえず三ヵ月、試用期間でどうですか」

「ありがとうございます！」

「子供さん、小学生なんだよね。学童保育のあてはあるの？」

「これから探すんですが……」

「うちの社員が子供を預けてるところに聞いてみてあげようか？」

有り難すぎて、指でほっぺたをつねりたくなった。飛ぶように山査子寮に帰り、清水寮長と万歳三唱をして自室に戻ると、ツヨシが先に帰っていた。

「あ、おかえり！　お母さん、仕事が決まったよ！」

ツヨシは、なんか固まっている。そういえば、今日はサッカーの練習はなかったのかな。

「どうしたの？」

「練習でけが人が出ちゃって――」

「え！」

「すごいケガじゃないんだ。ボールが顔にあたったの。ただ、その子がコンタクトを入れてたから、お医者さんに診てもらった方がいいって」

顧問の先生が病院に連れてゆき、練習は早じまいになったのだという。

「そう。たいしたことがないといいね」

ツヨシはまだ固まっている。

「ほかにも何かあるの？」

ツヨシは指先をもじもじさせた。

「お母さん、さ」

「うん」

「これから、もっと忙しくなるでしょ。就職したらばさ」

「そうだね」

「そンでボク、ちょっとぐらいは自分のことしようかと思って」

洗濯したんだ、と言う。そういえば、ランドリー袋が空っぽだ。ツヨシの運動着やタオルが見当たらない。

「わあ、ありがとう」

「――ごめんなさい」

ツヨシはしょげかえっている。

「しっぱい、しちゃった」

「何を」

「――ヘンな色がついちゃって」

わたしはぽかんと口を開いた。ツヨシは顔を真っ赤にして、早口になった。

「何が悪かったのかわかんないんだ。うちの洗濯物のなかにはあんな色のもの入ってなかったのに。ボク、ちゃんとよく見たから」

「ツヨシ」

「もういっぺん、水で洗ってる。さっき回してきたとこ」

わたしは手を差し伸べた。

「一緒にランドリー室へ行こう」

行ってみると、①番の洗濯機の前にマコちゃんが立っていた。洗濯機の蓋を開けて、なかを覗き込んでいる。わたしの顔を見ると、さっきのツヨシと同じように真っ赤になった。

「お母さんにしゃべっちゃった」

と、ツヨシが言った。マコちゃんは身を固くする。

「ツヨシ、昌子さんに？」

「教わったんだ。コースせんたく？　とか、ボクわかんなかったから」

わたしが①番機に近づくと、マコちゃんは逃げるように後ずさりした。ぐるぐる回る水と洗濯物。

わたしはスイッチを止めた。ツヨシもマコちゃんも驚く。わたしが洗濯槽に手を突

っ込み、水を吸って重たい洗濯物をかき回し始めると、

「すぐ水洗いしちゃダメなんですか？」

切羽詰まった声で、マコちゃんが訊いた。

「早く洗った方が落ちると思って――」

ツヨシの運動着を見つけた。手でざっと絞って、わたしはそれを広げてみた。

四番目の半円ができていた。消えていない。大丈夫、ちゃんとあった。

最初にできた黄色い半円の外側に寄り添うように、オレンジ色の半円が。

「ああ、よかった！」

わたしが笑いだすと、ツヨシとマコちゃんは顔を見合わせた。

「今度はオレンジ色だ！　そうかそうか、オレンジ色だったか！　うんうん、ちゃんと筋が通ってる！」

「お母さん？」

「いいのよ、いいの。ツヨシ、これでいいの。お母さんが就職する運送屋さんのトラックにはね、ドアの横っ腹にオレンジ色のラインが入ってるの！　だからこれでいいの！」

タカノ運輸の駐車場で、この目で見てきたんだから間違いない。もちろん、そのときはなんとも思わなかった。思う理由がなかった。

「ツヨシ、とりあえず三ヵ月は試用期間なんだけどね、お母さん、絶対にタカノ運輸の正社員になれるよ。だって、この幸運のしるしがあるんだから」

おお、幸せのオレンジ色！　わたしは浮かれる。ツヨシとマコちゃんは、薄気味悪そうに身を寄せ合う。

「見山さん──」

「大丈夫よ、マコちゃん！　わたし、おかしくなってなんかない。ちゃんと説明したげる。ねえ、このオレンジ色は何が原因？　何を一緒に洗ったの？」

色移りの元凶は何なのか。わたしの問いかけに、マコちゃんは猛然と反論してきた。

「わたしのせいじゃないです！」

「へ？」

「うちの母が！」

「あ、じゃ片山さんが、ツヨシのセットした洗濯機にまた洗濯物を入れたの？」

「母は見山さんの洗濯物だって思ってなくって。わたしがここにいたから、わたしの洗濯物だと思って」

なるほど。

「わたしだって何度も何度も注意したんです。よその洗濯物に自分の洗濯物を雑ぜちゃダメだって」

　今日はその叱責から学んで、片山さんは、マコちゃんがセットして動かした（と誤解した）洗濯機に自分の洗い物を投入してしまったらしい。

「どんな色物だったの？」

「綿のストールです」

　マコちゃんはぎりぎり歯がみをしている。

「濃いオレンジ色で、黒い縁取りと房がついてるの。気が知れない、あんなの」

「あなたのお母さんはお洒落だから、奇抜な色合いのアイテムでも着こなせるのよ。それ、どこに干したの？」

「捨てました！」

「もったいないなあ」

　ハンガーに吊したツヨシの運動着を眺めながら、わたしは二人に説明した。話を聞くほどに、ツヨシの顔には笑みが広がっていった。マコちゃんの顔には、わたしの正気を疑う色が濃くなっていった。

「もちろん偶然よ。みんな偶然。たまたま。だけど幸運を呼ぶ偶然なの。間違いなし！」

「マチガイなし！」と、ツヨシも喜ぶ。

「マジキチ」と、マコちゃんは呟く。

「あら、今なんて言った？」

「ねえ、お母さん」

笑顔で運動着を仰いで、ツヨシが四本の半円を指さす。

「これ、虹みたいだね」

「え？」

わたしより、マコちゃんの方が目を丸くした。ジャージのポケットからスマホを取り出すと、何やら検索して、うなずく。

「そうだね。虹は、外側から、赤・橙・黄・緑・青・藍・紫の七色だから」

「だ、い、だ、いって？」とツヨシ。

「オレンジ色のことだよ」

「マコちゃん、何でも知ってるんだね」

ツヨシは尊敬のマナザシである。

虹は七色。この運動着の半円はまだ四色。

「あと三色分、いいことがあるってわけか」

わたしの全身から「しめしめ」という音がしていたのかもしれない。マコちゃんはあの冷たい横目になった。

わたしは恥じ入った。するとマコちゃんはうつむいてしまった。

「あなたのお母さんのおかげでできてる虹なんだから、この先の三色分は、あなたとお母さんにいいことが起こるのかもよ」

名誉挽回ってつもりではなく、思いついたから、わたしはそう言った。

「うちの母は、ただバカなだけです」

言葉をばりばり嚙み砕くような言い方だった。

「洗濯洗剤と柔軟剤と漂白剤の違いがわからない。洗濯機のどこに洗剤をセットすればいいのか覚えられない。ここに来て最初に洗濯したときには、洗剤と間違えて洗濯槽のカビ取り剤を使っちゃって、衣類がそっくりダメになっちゃった」

素早く息を継いで、またまくしたてる。

「それでわたしがすっごく怒ったもんだから、自分で洗濯するのをやめて、動いてる洗濯機に洗い物を突っ込むようになりました。見山さんが洗濯してるときばっかり狙ってたのは、ほかの人には怒鳴られたけど、見山さんは優しいからって」

わたしもツヨシも黙って聞いていた。

「あんまりバカで恥ずかしいから、わたしが洗濯するって言ったら、母は泣くんです。泣かれるとウザくってたまんない」

最後の方は声が震えていた。

さっきのは本当に「息継ぎ」だったんだと、わたしは思った。この娘はずっと潜ってる。冷たくて暗いところに潜っていて、今、初めて水面に出て息を吸ったのだ。

「これからは、わたしがお母さんと一緒に洗濯しますよ」

言って、思わずマコちゃんの背中に手のひらをあててしまった。逃げられるかと思ったけど、彼女は動かなかった。

「手始めに、捨てちゃったストールを回収してくれない？　ホントもったいないもの。おしゃれ着用の洗剤で手洗いし直してみる。ここのカゴに入れておいてくれればいいから」

口元を固く引き締め、黙ったまま、マコちゃんはランドリー室を出ていった。スイングドアがぶうんと音をたてた。


その日の夕食に、片山さんもマコちゃんも姿を見せなかった。

後片付けが終わったころ、片山さんが一人で食堂に降りてきた。おどおどしているけれど、明らかにわたしに用がありそうだった。

清水寮長が、ちらりとわたしたちを見た。でも、何も言わなかった。他の人たちは娯楽室に移ったり、自室に戻っていった。

片山さんとわたしは、食堂のビニール張りの椅子に腰掛けた。

「昌子から聞きました」

片山さんはうなだれていて、声は小さくかすれていた。

「洗濯物のこと、ご迷惑をかけてすみませんでした」

のろのろと頭を下げる。この人もまた潜っているのだと、わたしは感じた。

「マコちゃんから、うちの子の運動着のこと、聞きました？」

わたしは出来かけの虹のことをしゃべった。片山さんはだんだんと顔を上げて、わたしの顔を見るようになった。

「あと三色残ってるんです。あと三回、わたしたちにラッキーなことが起こるんですよ」

片山さんは、夕食はとらなかったけれど、お風呂には入ったのだろう。よれよれの室内着を着て、すっぴん顔だ。眉がほとんどなく、目尻に小じわが目立った。頬がこけていた。鎖骨から両肩にかけて、肉が落ちて骨張っていた。心労が続いている人の顔であり、痩せようだった。

マコちゃんとは違い、わたしの正気を疑うような顔はしなかった。そんな余裕もないんだろうなと思った。

が、違った。

「その幸運は、わざとやっても続くんでしょうか？」と言った。

「へ？」

「今までは、見山さんは、虹のことを意識してなかった。でも、もう気づいてしまいました。この先はもう、偶然ではなくなります。幸運も逃げてしまったのじゃないかしら」

――この人、アタマいい。

「そんなふうに考えていませんでした」

「すみません」

片山さんはのろのろと頭を下げる。

「いえいえ。でも、試してみるだけ試してみましょうよ。何か色物、お持ちじゃありませんか？」

赤か、藍色か、紫色に色移りするような衣類。

「試してみたら、ツヨシ君の運動着にただ普通に色移りしてしまって、出来かけの虹もダメになってしまうかもしれませんよ。そうなると、ここまで見山さんに続いた幸運がひっくり返ってしまうかもしれません」

抑揚のない声で、片山さんは言った。

「離婚や就職がダメになったら、見山さん、お困りになるでしょう。やめておいた方がいいと思いますが」

わたしはしみじみ感嘆した。

――この人、ホントにアタマいい。

「そんなふうに考えてみたら、怖くなってきました」

「ねえ？」

しばし見つめ合い、わたしは笑ってしまった。驚いたことに、片山さんもうっすらと微笑した。

「今までの幸運は、見山さんがご自分でつかみとったものだと思います」

「あ、ありがとう」

ちょっとまばたきをして、片山さんは目を伏せた。

「わたしの夫は手広く事業をしていたのですが、いろいろあって失敗しまして」

口元から微笑が消えた。

「債権者に追われる立場になりました」

「そういう……ご事情でしたか」

「わたしの実家も裕福だったんです。でも、夫の事業が傾き始めてから、かなりお金を融通してくれて、結果的には共倒れになってしまいました」

片山さんは、薄暗い食堂のなかを見回した。ところどころが剝げた壁紙、旧式なキッチン、旧い種火式の瞬間湯沸かし器。

「夫は、わたしと昌子が身を隠せるように、ホテルや貸家を手配してくれたんです。でもそのお金も尽きてしまって。この寮は、昌子が見つけてくれました」

うなずいて、わたしは言った。「大変でしたね。でも、それ以上はお話しにならないでください」

「そうですね。ごめんなさい」

片山さんはまた頭を下げた。

「わたしは大学を出てすぐ夫と結婚したので、働いたことがないんです。家事も自分でしていなかったので、昌子より何もできません」

「これから覚えればいいですよ。難しいことじゃありません。わたしでよろしければ、何でもコーチしますよ。ツヨシが昌子さんに勉強を教えてもらっている分、お返しに」

「ありがとうございます」

片山さんは椅子から立ち上がった。

「昌子は怒っています」

すっぴんで、お洒落な服を着ていない片山さんは、幽霊のようだった。

「母親失格である以前に、わたしは大人として失格だと」

「お母さんに、そういうキツいことを言ってしまう年頃なんですよ」

「でも、事実ですから」
片山さんは食堂を出ていった。

二月半ばに、わたしの離婚は成立した。協議書に判を押して、慰謝料ももらった。久保田みどりさんの悪阻はひどくなる一方だそうで、面会の日取りはなかなか決まらなかった。

わたしとツヨシの住まいも、なかなか決まらなかった。こちらが気に入った物件は次から次へと大家さんに断られ（母子家庭はＮＧだって！）、不動産屋さんが勧めてくれる物件は、わたしが気が進まなかった。

「今後は見山さんの収入に見合う額の寮費をもらいますから、焦らなくていいのよ」

清水寮長は言ってくれるが、わたしは早く決めたかった。タカノ運輸の仕事は本当に忙しく、わたしが不慣れなせいもあるのだろうが、残業が多い。山査子寮の門限の午後八時までに帰れないことが何度かあって、気が引けてたまらなかった。ツヨシの学童保育も、社長さんが紹介してくれたところは空き待ちの状態で、山査子寮に頼るしかなく、それもまた申し訳ない。

厄介なこともあった。どこから話が漏れたのかわからないが、わたしが離婚の慰謝料をもらったことを聞きつけた（としか思えない）新顔の入寮者に、しつこく借金を迫られたのだ。そういうことは寮の規則で禁止されていると突っぱねたが、するとその人はツヨシにまで絡むようになった。

早くツヨシと二人の住まいを見つけたい。それでこそ、本物の新生活のスタートになる。

わたしの焦りとイライラを感じ取ったのだろう。ツヨシが思い切った手を打った。

ある晩、門限ギリギリに寮に帰ると、

「ランドリー室に行こう！」

手を引っ張られて行ってみると、あの運動着がハンガーで吊してあった。

青い半円の下に、二本の半円が増えていた。藍色と紫色だ。

「やったよ！」

ってことは、ツヨシが何か色物と一緒に洗ったわけだ。

「何を洗ったの？」

「日曜日に買ってもらったジーパン」

安売りの、濃いインディゴブルーのものだ。

「いっぺんに二色移っちゃったんだねえ」

「ほかの洗濯物は入れなかった。ボクのこのシャツだけ」

そういうふうにわざとやったら、もう幸運はこない（片山説）。

立派に半円ができたのだから、幸運はまたやってくる（わたし説）。

「いいことがあるといいね」

「ゼッタイあるって」

その週の土曜日、タカノ運輸でわたしの歓迎会を開いてくれた。

「子供さんも連れておいで」

バーベキュー食べ放題。他の社員さんの家族とも顔合わせをし、ツヨシは同年代のお子さんと仲良くなった。

「いいことがあったね」

「でも、藍色でも紫色でもなかったよ」

「なくってもいいことだったんだから、いいじゃない」

それから数日後の朝のことである。

出勤のために寮から出てゆくと、門のところでマコちゃんに会った。早朝ランニングから戻ってきたところだった。

いつものよれたジャージ姿ではなかった。真新しい深い藍色の上下で、胸元に金色の糸で小さく〈KATAYAMA〉と刺繍（ししゅう）が入っている。

わたしは目を瞠った。

「そのジャージ、いいね！」

大声を出してしまった。マコちゃんはビクッとして、まわりを見回した。

「ごめんね。言っちゃいけなかった？」

「いえ、別にいいんですけど」

マコちゃんは笑って、首に巻いていたタオルで顔の汗をぬぐった。

「昨日の夜、父が持ってきてくれたんです」

片山さんは夫から逃げているわけではないので、片山氏は妻子がここに身を寄せているることを知っているわけだ。

「わたし、学校を辞めたんです。とりあえずは休学扱いにしてもらってたんだけど、やっぱりもう無理で」

ちらっとわたしの顔色を窺うような目をしてから、

「学費が続かないから。うちの事情、母がお話ししたそうですけど」

「う、うん」

「父が退学の手続きをしにいって、そしたら陸上部の顧問の先生が、これはわたしのユニフォームだからって持たせてくれたんです。ホントはこれを着て、夏の大会に出るはずだったから」

だから名前入りなのだ。

「記念だからもらっておけって、わざわざ届けにきたんですよ。うちの父もバカみたい」

そんな言い方しちゃダメよ——と言いかけて、しつこくタオルで顔をこすっているマコちゃんが、涙ぐんでいることに気がついた。

「わたし、陸上選手にとってはゼッケンの方が大事なんだよって言ったんだけど」

ここで声が詰まって、マコちゃんは泣き出した。

わたしは彼女の肩を抱いた。むせび泣くマコちゃんの、身体の震えが伝わってきた。

「いつかこのユニフォームが思い出になるときが来るよ。あのときは大変だったよねって、笑って振り返れる日がくるよ」

マコちゃんの顔を見ず、しっかり頭を持ち上げて正面を見て、わたしは言った。

「わたしもね、バカだったの。母一人子一人で育って、その母を病気で亡くしてから結婚したもんだから、嫁ぎ先でね、今から思えばホント理不尽なことばっかりされたんだけど、結婚ていうのはこういうもんだと思い込んでたの。夫がいて妻がいて舅さんと姑さんがいる、普通の家庭ってのはこういうもんなんだと思い込んでたの。辛いと感じるのは自分が間違ってるんだ、自分が世間知らずで、努力が足りないんだって。自分が我慢すればいいんだって思い込んでた。すごいバカだった。だけど、あるとき目が覚めたのよ」

人間って変わるんだよ、と言った。

「運命も変わるの。わたしがその見本だから」

マコちゃんはぶるりと身震いして、タオルを握りしめた。鼻声で言った。

「仕事に行くんでしょう？　遅れますよ」

「うん。じゃあね」

「行ってらっしゃい」

結局、五分遅刻してしまった。

*

桜が咲き始めるころ、久保田みどりさんと会うことになった。

場所は、婚家のある町のホテルの一室だ。あちらの地元ではいちばん大きなホテルで、元夫と彼女はそこで結婚披露宴を予定しているという。

「久保田さんは長距離の移動が無理なので、申し訳ないが――という申し出です。もちろん交通費は出すそうですが」

わたしが出向くには一日がかりになるけれど、こっちに来られるよりもずっといい。

「断ったっていいんですよ」

「いえ、行きます。離婚は成立してるんだから、何にも怖がることなんかないし」

あの町と、わたしがあの町で過ごした年月に、きっぱりサヨナラを告げたい。そのためにこそ行こうと思った。

ツヨシには、「最後にいっぺん、お父さんに会ってくる」と話した。ツヨシは「そう」と返事をした。自分も行きたいとは言わなかったし、けろりとしていた。

出発の前夜に、なぜかしら片山さんに声をかけられた。

「ちょっとご相談があるんです。わたしたちの部屋の方に来ていただけますか」

マコちゃんはお風呂に入っているとかで、部屋にはいなかった。

「昌子から聞きました。明日、別れたご主人に会うそうですね」

ツヨシ→マコちゃん→片山さんは、筒抜けになっているらしい。

「片山さんだから申し上げますが、実は元の夫ではなく、元の夫の不倫相手に会うんです。なんですか、先方がどうしてもわたしに会いたいそうで」

片山さんはわたしを見つめた。「危なくありませんか」

「弁護士さんが立ち会ってくれますし、相手は妊婦ですから」

片山さんはさらにわたしを凝視した。それから、何だかパッと笑顔になった。

「だったら、なおさら必要かしら」

「は？」

「失礼ですが、見山さんはご自分の身を飾るものをお持ちじゃないでしょう？　洋服もアクセサリーも」

　言われてみればそのとおりだった。何か適当に買えばよかったのだろうが、タカノ運輸が忙しくて、思いつかなかった。

「美容院にも行ってませんよね」

　結婚以来、わたしは自分の髪は自分で切っている。けっこう上手に切れる。

「よかったら、わたしの服を着ていきませんか。ネックレスやイヤリングも、服に合わせてお貸しします。ヘアメイクもしてさしあげられますよ」

　いい女になって、相手をびっくりさせてやりましょうよ。見返してやりましょうよ。少なくとも、見下されないように支度していきましょうよ。

「わあ……」

　わたしは口あんぐり。

「家を出るとき、目についたものしか持ち出せなかったんですよ。今の季節にはこれがいいかと思うんですが」

　大きなスーツケースから、片山さんが取り出して見せてくれたのは、見るからに高価そうなワンピースだった。絹地で、襟もとと裾回りに凝った刺繡がほどこされている。

色は、落ち着きのある紫色だった。

「ありがとうございます」と、わたしは言った。「お借りします」

菊地先生と一緒に、今度は長距離バスではなく、特急電車に乗った。グリーン席だった。

「わたし、生まれて初めてです。場違いじゃありませんかね」

「いいえ。堂々としていていいですよ」

片山さんのワンピースは、わたしにはやや丈が長かった。でも、かえって落ち着きが出た。二連のパールのネックレスと、対になっているイヤリングがよく映える。薄いベージュに銀のラメが入ったスプリングコートは、羽根のように軽やかだ。

靴は片山さんのものではサイズが合わなくて、わたしの革のパンプスを履いた。就職してすぐに買ったものだ。ホントは黒じゃなくてコートと同系色がよかった、同じ黒でもエナメルの方がよかったと、片山さんは悔しがっていた。

ヘアメイクはばっちり。指輪ははめていないが、片山さんが爪の手入れをしてくれて、ワンピースの紫色に合うワイン色のネイルを、清水寮長が貸してくれた。

もう誰の妻でもないわたしは、どこの奥様かと見まがうような出で立ちをしていた。

久保田みどりさんが、そんなわたしに驚いたかどうかはわからない。わたしのファッションなんて、彼女にはどうでもいいことなのだ。でもわたしは、お洒落してきてよかったと思った。

きなこ屋で見かけたときよりも、彼女は小さく見えた。終始、しおらしく目を伏せていた。化粧は薄く、地味な色目のゆったりした服を着ていた。靴はヒールのないぺたんこ靴だ。

「お呼び立てして申し訳ありません」

最初にそう詫びて、最後まで謝罪ばっかりしていた。トシオさんが既婚者であることは知っていた。職場では頼もしい上司だった。一昨年の新年会の二次会がきっかけで親しくなった。男女の仲になる前に、妻とは家庭内離婚のような状態で、いつかは正式に離婚したいと思っていると聞いた。トシオさんは見山さんを裏切っていたわけだが、自分にはいつも誠実で優しかった——

そうか。あの人は頼もしい上司だったのか。誠実で優しかったのか。

まるで前世の出来事のように思えるけれど、トシオさんがわたしに優しかった時期もあった。誠実に見えたときもあった。

人間は、変わる。マコちゃんに向かって言った台詞が、わたしのなかに返ってきた。

みどりさんも弁護士を伴っていた。菊地先生もその先生も、黙ってわたしたちを見守っているだけで、口を開かなかった。

「ご存じかもしれませんが、わたしも若いころに離婚経験があります」

みどりさんは言って、何となく指を組み合わせた。左手の薬指に、大粒のダイヤのついた指輪をはめていた。婚約指輪だろう。

「そのときは、夫の浮気が原因でした。わたしはとても傷つきました。ボロボロでした。トシオさんと交際を始めたとき、今度はわたしが不倫相手の側になったのだと思って、ひどく動揺しました」

その割には、楽しそうに紅葉見物してたけどなあ。きなこ屋のもみじ定食、美味しかったでしょ？

もう済んだことだ。別にいいですよ。

彼女はまだ何か言っていたけど、その言葉は耳を通り抜けてゆくだけだ。

気がついたら、わたしは問うていた。

「不安はありませんか？」

みどりさんは、口を開きかけたまま止まった。

「わたしはトシオさんとも、彼の両親ともうまくいかなくて家出しました。わたしが産んだ子供に対して、トシオさんはまったく愛情を感じていないようです。あなたの身の上にも同じことが起こるかもしれないとは思いませんか」

菊地先生に叱られるかなと思ったけれど、先生はあさっての方を見ていた。みどりさんの弁護士は、みどりさんを見ていた。

彼女は控えめに微笑んで、こう言った。

「人間関係は、組み合わせですから」

わたしは怒るべきなのかもしれない。でも、そういう感情がわいてこなかった。なんか、納得した。この人はこういう人で、こういう考えで、自分の人生を選んだ。

もう、知ったこっちゃないな。

彼女はすごいお金持ちだから、ずっと大事にされる。その点でも心配要らない。

みどりさんが弁護士さんの方を振り返り、弁護士さんが（菊地先生のみたいにくたびれてない）革の鞄から封筒を取り出した。

「慰謝料のお支払いは済んでいますが、これはわたしからのお詫びの気持ちです。受け取っていただけないでしょうか」

わたしは菊地先生の顔を見た。先生は小首をかしげる。

みどりさんが封筒を開け、中身を取り出してテーブルの上に広げた。

パンフレットと、細かい印字がしてある契約書か領収書みたいなもの。パンフレットには、可愛らしい小型車の写真が載っていた。

「これからの生活に、車があった方が便利じゃないかと思ったんです。見山さんは免許をお持ちですよね」

持っている。紙工会社で最初にもらったボーナスでとったのだ。結婚してからは、姑が外出するときにはよく運転手をしていた。

パンフレットは豪華でつやつやしていた。たぶん外車だ。

「何色の車ですか」と、わたしは訊いた。

みどりさんも彼女の弁護士の先生も、面食らったような顔をした。

先生が問い返してきた。「お好みの色がありますか。この車種ですと――」

パンフレットを広げて、指さした。

「パールホワイト、ミッドナイトブルー、サンシャインイエローの三色から選んでいただけますが」

ツヨシの運動着の背中の虹に必要なのは、赤色だ。

わたしは、どこかの奥様みたいにおっとりと微笑んだ。

「けっこうです。車は必要ありません」

「遠慮なさらないでください。慰謝料のほかに、せめてものお詫びのしるしと思って」

「慰謝料だけで充分です」

　椅子を引いて、わたしは立ち上がった。

「ここに来たことで、過去の人生に、きっちりケリをつけることができました。この機会がなかったら来ることはなかったでしょう。ありがとうございました」

　帰りの特急のなかで、菊地先生とビールで乾杯した。

「ありがとうは余計でしたよ」

「でも有り難かったですから」

　特急の終点のターミナル駅で、先生と別れた。閉店間際のショッピングモールを大急ぎで歩き回って、片山さんとマコちゃんとツヨシのお土産を買った。片山さんにはルームウエア。マコちゃんにはTシャツとスポーツタオル。ツヨシにはスニーカー。

　モールの端にハンドクラフトの店があった。小さなショーケースに、手織りのクッションカバーが展示してあった。そのうちの一枚が、深みのある朱色だった。店内に入って値段などの表示を見ると、〈染めものなので、お洗濯の際はご注意ください〉と記されていた。

　わたしは朱色のクッションカバーを買った。片山さんの部屋を訪ねて借りたものを返し、お土産を渡し、ツヨシと二人で遅めの夕食を済ませると、すぐランドリー室へ行った。

ツヨシは今日もがっつり練習してきたらしく、運動着は汗臭い。②番の洗濯槽のなかで、赤いクッションカバーと白い運動着がくるくる回った。

脱水まで終わって取り出してみると、運動着の背中には虹が完成していた。

ぱんぱんと叩いてハンガーにかけた。しばらく眺めていたら、涙が出てきた。

それから数日後、仕事を終えて帰ってきたら、片山さんとマコちゃんが山査子寮から姿を消していた。出し抜けだった。行き先も、寮を出ることになった事情もわからない。ツヨシも学校に行っていたから、会えなかった。

「うちに帰れたのかもね」

そう言って、わたしはツヨシの頭を撫でた。ツヨシは泣くのをこらえて震えていた。あの朝、むせび泣いていたマコちゃんと同じように。

試用期間の三ヵ月の終了を待たずに、わたしはタカノ運輸の正社員にしてもらえた。

「ンな形式的なことは、もういいよ。見山さん、頼りにしてるからね」

そして、ゴールデンウイークの初めに新居に引っ越した。築浅（ちくあさ）のアパートの一階、東向きの2DK。掘り出し物の物件だった。大家さんは塩辛声のおじいさんで、わしゃ盆栽が趣味なんだ今度見においでと言った。母子家庭はNGだとかは言わなかった。

　咲恵さんが、ナオキ君を連れて手伝いに来てくれた。力仕事はすっかりナオキ君にお世話になってしまい、咲恵さんは引っ越し蕎麦まで作ってくれた。

　アパートの窓からは、将来ツヨシが通うことになる中学校の校舎がよく見えた。ブラスバンド部が練習しているのか、風に乗って演奏が聞こえてくる。

　ツヨシとナオキ君は、

「あれ、モンハンのテーマ曲じゃない？」

「それな」

　わたしにはさっぱりわからないが、楽しそうだった。

　週末、きなこ屋特製ちらし寿司のお重を提げ、ツヨシと山査子寮へ挨拶に行った。入寮者は短いサイクルで入れ替わり、わたしの知らない顔ばかりになっていた。

「二人とも、ちょっと来て」

　清水寮長に事務室へ呼ばれた。

「これ、見て」

　ここのパソコンも、わたしが受講中にお世話になったパソコンとおっつかっつの老朽機である。しょっちゅうフリーズして清水さんを泣かせているけど、

「メールはちゃんと受けられるからね」

クリックして見せてくれた。どこかの中学校の制服を着たマコちゃんの笑顔を。

「昨日、送ってくれたの」

片山さんとマコちゃんは、遠い親戚の家に身を寄せているのだという。

「どういう状況なのかわからないけど、マコちゃんが通学できるようになったんだから、好転してるんだと思うわ」

わたしはツヨシと顔をくっつけて、モニターに見入った。ピースサインをしているマコちゃんの後ろに、あるものが写っている。

「それ、スクールバスなんだってよ」

清水さんが笑った。

「学区域が広いから、最近導入されたんだって。わたし、スクールバスは黄色いもんだと思ってたんだけど、違うのね」

マコちゃんを乗せているバスは、トマトみたいに真っ赤な色だった。

解説

吉田伸子（書評家）

本書は２０１８年に刊行された『ザ・ベストミステリーズ２０１８』を、文庫化に際して再編集したものである。元版は、２０１７年度に発表された短編ミステリーの中から、日本推理作家協会が協会賞の短編部門の最終候補作として選んだ作品と、最終候補に準じるとされる作品を選定して編んだもので、この文庫版は、さらにそこから絞り込んだ作品が収録されている。要は、日本推理作家協会が太鼓判を押した短編ミステリー集、それが本書なのだ。

私は予選委員の一員として、短編部門の選考に関わらせていただいているのだが、毎年その場にいて感じるのは、短編ミステリーの奥深さ、である。ミステリーに限らず、長編は斧、短編はナイフであるべし、というのが私の個人的なフィクション感なのだが、選考の場で目にする短編は実にさまざま。趣向を凝らした柄のものもあれば、刃の長いもの、短いもの、飛び出し型のもの、双刃のものもある。その都度、作者の方たちの想像力、創造力には、敬服してしまう。

　同時に、短編というのは料理にたとえるなら、「シェフの一品」のようなものだとも思っている。そのシェフならではの技巧を凝らした、スペシャルな一皿で、その時の旬を取り入れるのもありだし、話題の食材を入れるのもあり。時節（ヘルシー指向とか）に合わせた調理法にするのも良し。ね。短編に通じるものがあると思いませんか？

　となれば、気になっている作家のエッセンスを味わいたい、と思うならば、その作家の短編を読んでみるに如くはなし。そういう意味でも、年間のベスト短編ミステリー集、というのは、ミステリー通にはもちろん、ミステリーを読み始めたビギナー読者や、ミステリーに興味はあるけれど、何から読めばいいかわからない、という読者には最適な一冊ではないだろうか。

　さて、ここからは本書に収められている個々の短編の紹介を。巻頭を飾るのは、降田天さんの「偽りの春」。２０１８年の日本推理作家協会賞短編部門受賞作、つまり日本推理作家協会が２０１８年のベスト１に選んだ作品である。

　物語は、高齢の男性をターゲットにした詐欺グループ内での仲間割れから始まる。グループの頭目はゴルフ場の派遣キャディとして働く光代だ。ゴルフ場でカモを選び、そのカモに合わせた女を近づけ、金を巻き上げる、というのがグループの手口で、実働部隊は和枝と雪子と朱美の三人の女。カモから金を搾りとったら、今度は希（のぞみ）という男が、息子役として登場。母親を弄（もてあそ）んだ、といちゃもんをつけたり、金をせびったりと、カモが自ら逃げ出すように仕向ける、というのが希の役割なのだが、その希と朱美が、稼いだ一千万を持ち逃げしてしまう。ここから、光代たちがその金を取り戻す話になるかと思いきや、物語は思いもかけない方向に転がっていく。その転がり方の妙味が素晴らしい。

増田忠則さんの「階段室の女王」は、18階建てのタワーマンションに暮らす「私」が主人公。12階に暮らす「私」がエレベーターではなく、階段で1階に降りようとしていたその時、8階と7階の間の踊り場で倒れている女を発見する。普通は、すわ救急車を、となるはずなのに、「私」はそれを躊躇（ためら）ってしまう。それは何故なのか。物語の真ん中にあるのはその「謎」なのだけど、他にも、どうして女がそこに倒れているのか、そもそも女は誰なのか、事故か事件か、等々、「謎」がいっぱい。その「謎」の一つ一つが徐々に明かされていくのだが、その過程における「私」の自意識を丁寧に炙（あぶ）り出していくその様がこの短編の肝である。

櫻田智也さんの「火事と標本」は、ある旅館の主人が、近所での火事をきっかけに、旅館に飾ってある昆虫標本の来歴を、客に語る、というもの。その昆虫標本は、主人が小学五年生の時に知り合った青年の形見でもあった。その青年は、主人にその昆虫標本を遺（のこ）し、自宅に火をつけ、母親とともに心中したのだ。母親思いだった青年が何故心中を、という主人の長年の疑問を、その客が解き明かすのだが、謎が明らかになった時、胸に広がる余韻を堪能してください。

　芦沢央さんの「ただ、運が悪かっただけ」と柴田よしきさんの「理由（わけ）」は、どちらも読み終えた時に、タイトルがずしりと胸に響いてくる作品だ。芦沢さんの作品は、余命わずかなヒロインが、最愛の夫が長年心に抱えてきたものを軽くしてあげるための「謎解き」で、「理屈くさい」と親からも義母からも疎んじられてきたヒロインが、その「理屈くささ」を駆使して推理するくだりが読みどころ。柴田さんの作品は、ある事件の被疑者である女性が、「今は」言えない、というその動機を、一人の刑事が解き明かすのだが、この刑事が、柴田さんのファンにはお馴染み、〈ＲＩＫＯ〉シリーズに登場する麻生龍太郎。シリーズのクロニクル的には、この時期の麻生が読めるのは、メンコの数が一枚増えるような嬉しさもあるはず。

　我孫子武丸さんの「プロジェクト：シャーロック」は、なんといってもＡＩの名探偵、という発想がユニーク。ある刑事が、テレビのニュースで「ワトソン」という人工知能が作られていることを知り、ワトソンがあるならば、と「シャーロック」という「帰納推理エンジン」を開発するのだが……。ここでおや？　と思われた方もいると思う。それって、ＳＦじゃないの？　と。実際この「プロジェクト：シャーロック」は、2018年に刊行された『日本SF傑作選』にも収録されていて、年鑑のサブタイトルにもなっているほどだ。でも、心配ご無用。発想はSFだけど、着地点はきっちりとミステリーになっておりますので。

若竹七海さんといえば、昨年NHKでドラマ化された（主演のシシド・カフカがめちゃハマっておりました！）ことで更にファンが広がった感のある、「女探偵・葉村晶シリーズ」が有名だが、本書はノンシリーズの作品。名家の本家である水上家の当主サクラが、かつて家で行われていた葬儀を回想する場面が物語の始まりだ。かつては何かというと人々がより集まったその家も、今や斜陽。これから始まる葬儀は、サクラの姉・六花のものだ。

六花は一年ほど前、住んでいた家の庭先で頭をかち割られて倒れているところを発見され、心肺停止の状態で病院に運ばれていた。以来、意識が戻らず、三日前に息をひきとっていた。六花を殺めたのは誰なのか、という謎はもちろんなのだが、水上家をめぐる人々、つまりサクラを取り巻く人々の海千山千ぶりもさることながら、それを上回るサクラのしたたかさ、が読みどころ。この、したたかな老人像というのは、「葉村晶シリーズ」にもよく登場するキャラクター造形なのだが、これが実に小気味いいのだ。普段は我が身の利のことだけに腐心する一族の者たちだが、いざという時（ただし金がらみ）には結束する、というあたりの皮肉の効かせ方も巧い。

本書のトリとなる一編は、宮部みゆきさんの「虹」。長い間、夫とその家族から虐げられてきたヒロインが、意を決して息子と共に家を飛び出し、辿り着いた見知らぬ町で、母子シェルター「山査子寮」に入寮する。息子と二人、ようやく得た穏やかな日々ではあるものの、困りごとが一つ。それは寮に設置されているランドリー室での洗濯、だ。同じ寮に入寮している「片山さん」が、自分で洗濯する手間を惜しみ、ヒロインが洗濯している最中の洗濯機に、自分と娘の洗濯物をしれっと突っ込む、ということを繰り返しやらかしてくれるのだ。

その日も、片山さんが突っ込んだウコン色の絞り染めのブラウスのせいで、洗濯物がうっすらとまだらな黄色になってしまう。ただ、息子のツヨシがかつて通っていたサッカークラブの練習着だけは、何故か全体に色移りするのではなく、背中にくっきりと黄色の半円ができていて……。ここから先は、実際に読んでみてください。謎というよりは「小さな不思議」なのですが、それが実に優しくて、全体的に柔らかくユーモラスな筆致と相まって、読み心地の良いことといったら！

どの作品も、掛け値なしのお勧め短編なので、最初から読んでも、途中から読んでも、後ろから読んでも、読み方は自由自在。日本の短編ミステリーの豊かさ、奥深さを、存分に味わっていただける一冊を、どうぞ、ご堪能あれ！

本書は二〇一八年五月に小社より刊行された『ザ・ベストミステリーズ2018』から、文庫化に際し8編を一部加筆修正のうえ収録、改題したものです。

※各作品の扉に掲載した著者紹介は、(K) 佳多山大地氏、(S) 新保博久氏、(N) 西上心太氏、(Y) 吉田伸子氏が、執筆しました。

ベスト8ミステリーズ2017
日本推理作家協会 編

講談社文庫
定価はカバーに
表示してあります

2021年4月15日第1刷発行

発行者――鈴木章一
発行所――株式会社 講談社
東京都文京区音羽2-12-21 〒112-8001
電話 出版 (03) 5395-3510
　　 販売 (03) 5395-5817
　　 業務 (03) 5395-3615

デザイン―菊地信義
本文データ制作―講談社デジタル製作
印刷―――豊国印刷株式会社
製本―――株式会社国宝社

Printed in Japan

ISBN978-4-06-523067-1

講談社文庫刊行の辞

二十一世紀の到来を目睫に望みながら、われわれはいま、人類史上かつて例を見ない巨大な転換期をむかえようとしている。

世界も、日本も、激動の予兆に対する期待とおののきを内に蔵して、未知の時代に歩み入ろうとしている。このときにあたり、創業の人野間清治の「ナショナル・エデュケイター」への志を現代に甦らせようと意図して、われわれはここに古今の文芸作品はいうまでもなく、ひろく人文・社会・自然の諸科学から東西の名著を網羅する、新しい綜合文庫の発刊を決意した。

激動の転換期はまた断絶の時代である。われわれは戦後二十五年間の出版文化のありかたへの深い反省をこめて、この断絶の時代にあえて人間的な持続を求めようとする。いたずらに浮薄な商業主義のあだ花を追い求めることなく、長期にわたって良書に生命をあたえようとつとめるところにしか、今後の出版文化の真の繁栄はあり得ないと信じるからである。

同時にわれわれはこの綜合文庫の刊行を通じて、人文・社会・自然の諸科学が、結局人間の学にほかならないことを立証しようと願っている。かつて知識とは、「汝自身を知る」ことにつきていた。現代社会の瑣末な情報の氾濫のなかから、力強い知識の源泉を掘り起し、技術文明のただなかに、生きた人間の姿を復活させること。それこそわれわれの切なる希求である。

われわれは権威に盲従せず、俗流に媚びることなく、渾然一体となって日本の「草の根」をかたちづくる若く新しい世代の人々に、心をこめてこの新しい綜合文庫をおくり届けたい。それは知識の泉であるとともに感受性のふるさとであり、もっとも有機的に組織され、社会に開かれた万人のための大学をめざしている。大方の支援と協力を衷心より切望してやまない。

一九七一年七月

野間省一

西村京太郎 函館駅殺人事件
西村京太郎 内房線の猫たち〈異説里見八犬伝〉
西村京太郎 東京駅殺人事件
西村京太郎 長崎駅殺人事件
西村京太郎 十津川警部 愛と絶望の台湾新幹線
西村京太郎 西鹿児島駅殺人事件
西村京太郎 札幌駅殺人事件
西村京太郎 十津川警部 山手線の恋人
西村京太郎 仙台駅殺人事件
仁木悦子 猫は知っていた
新田次郎 新装版 聖職の碑
日本文芸家協会編 愛染夢灯籠〈時代小説傑作選〉
日本推理作家協会編 犯人たちの部屋〈ミステリー傑作選〉
日本推理作家協会編 隠された鍵〈ミステリー傑作選〉
日本推理作家協会編 Play 推理遊戯〈ミステリー傑作選〉
日本推理作家協会編 Doubt きりのない疑惑〈ミステリー傑作選〉
日本推理作家協会編 Bluff 騙し合いの夜〈ミステリー傑作選〉
日本推理作家協会編 Propose 告白は突然に〈ミステリー傑作選〉
日本推理作家協会編 Acrobatic 物語の曲芸師たち〈ミステリー傑作選〉
日本推理作家協会編 ベスト8ミステリーズ2015
日本推理作家協会編 ベスト6ミステリーズ2016
二階堂黎人 ラン迷宮〈二階堂蘭子探偵集〉
二階堂黎人 増加博士の事件簿
新美敬子 猫のハローワーク
新美敬子 猫のハローワーク2
西澤保彦 新装版 七回死んだ男
西澤保彦 人格転移の殺人
西澤保彦 麦酒の家の冒険
西澤保彦 新装版 瞬間移動死体
西村健 ビンゴ
西村健 地の底のヤマ(上)(下)
西村健 光陰の刃(上)(下)
楡周平 陪審法廷
楡周平 宿命(上)(下)〈ワンス・アポン・ア・タイム・イン・東京〉
楡周平 血戦〈ワンス・アポン・ア・タイム・イン・東京2〉
楡周平 修羅の宴(上)(下)
楡周平 レイク・クローバー(上)(下)
西尾維新 クビキリサイクル〈青色サヴァンと戯言遣い〉
西尾維新 クビシメロマンチスト〈人間失格・零崎人識〉
西尾維新 クビツリハイスクール〈戯言遣いの弟子〉
西尾維新 サイコロジカル(上)〈兎吊木垓輔の戯言殺し〉(下)〈曳かれ者の小唄〉
西尾維新 ヒトクイマジカル〈殺戮奇術の匂宮兄妹〉
西尾維新 ネコソギラジカル(上)〈十三階段〉
西尾維新 ネコソギラジカル(中)〈赤き征裁vs.橙なる種〉
西尾維新 ネコソギラジカル(下)〈青色サヴァンと戯言遣い〉
西尾維新 ダブルダウン勘繰郎 トリプルプレイ助悪郎
西尾維新 零崎双識の人間試験
西尾維新 零崎軋識の人間ノック
西尾維新 零崎曲識の人間人間
西尾維新 零崎人識の人間関係 匂宮出夢との関係
西尾維新 零崎人識の人間関係 無桐伊織との関係
西尾維新 零崎人識の人間関係 零崎双識との関係
西尾維新 零崎人識の人間関係 戯言遣いとの関係
西尾維新 xxxHOLiC アナザーホリック ランドルト環エアロゾル
西尾維新 難民探偵
西尾維新 少女不十分
西尾維新 本題〈西尾維新対談集〉

西尾維新 掟上今日子の備忘録
西尾維新 掟上今日子の推薦文
西尾維新 掟上今日子の挑戦状
西尾維新 掟上今日子の遺言書
西尾維新 掟上今日子の退職願
西尾維新 新本格魔法少女りすか
西尾維新 新本格魔法少女りすか2
西尾維新 新本格魔法少女りすか3
西尾維新 人類最強の初恋
西尾維新 人類最強の純愛
西村賢太 どうで死ぬ身の一踊り
西村賢太 夢魔去りぬ
西村賢太 藤澤清造追影
仁木英之 まほろばの王たち
西川善文 ザ・ラストバンカー〈西川善文回顧録〉
西川司 向日葵のかっちゃん
西加奈子 舞台
貫井徳郎 新装版 修羅の終わり(上)(下)
貫井徳郎 妖奇切断譜

貫井徳郎 被害者は誰？
額賀澪 完パケ！
A・ネルソン 「ネルソンさん、あなたは人を殺しましたか？」
法月綸太郎 雪密室
法月綸太郎 法月綸太郎の冒険
法月綸太郎 新装版 密閉教室
法月綸太郎 怪盗グリフィン、絶体絶命
法月綸太郎 怪盗グリフィン対ラトウィッジ機関
法月綸太郎 キングを探せ
法月綸太郎 名探偵傑作短篇集 法月綸太郎篇
法月綸太郎 新装版 頼子のために
法月綸太郎 誰彼〈新装版〉
乃南アサ 不発弾
乃南アサ 地のはてから(上)(下)
乃南アサ 新装版 鍵
乃南アサ 新装版 窓
野沢尚 破線のマリス
野沢尚 深紅
野村克也 宮本慎也 師弟

橋本治 九十八歳になった私
原田泰治 わたしの信州
原田泰治 原田武雄 泰治が歩く〈原田泰治の物語〉
林真理子 幕はおりたのだろうか
林真理子 女のことわざ辞典
林真理子 さくら、さくら〈おとなが恋して〉
林真理子 みんなの秘密
林真理子 ミスキャスト
林真理子 ミルキー
林真理子 新装版 星に願いを
林真理子 野心と美貌〈中年心得帳〉
林真理子 正妻〈慶喜と美賀子〉(上)(下)
林真理子 大原御幸〈帯に生きた家族の物語〉
林真理子 見城徹 過剰な二人
原田宗典 スメル男〈新装版〉
帚木蓬生 日御子(上)(下)
帚木蓬生 襲来(上)(下)
坂東眞砂子 欲情
花村萬月 信長私記

講談社文庫　目録

花村萬月　續信長私記
畑村洋太郎　失敗学のすすめ
畑村洋太郎　失敗学実践講義〈文庫増補版〉
はやみねかおる　そして五人がいなくなる〈名探偵夢水清志郎事件ノート〉
はやみねかおる　都会のトム&ソーヤ(1)
はやみねかおる　都会のトム&ソーヤ(2)〈乱！RUN！ラン！〉
はやみねかおる　都会のトム&ソーヤ(3)〈いつになったら作戦終了？〉
はやみねかおる　都会のトム&ソーヤ(4)〈四重奏〉
はやみねかおる　都会のトム&ソーヤ(5)〈IN堀戸〉(上)(下)
はやみねかおる　都会のトム&ソーヤ(6)〈ぼくの家へおいで〉
はやみねかおる　都会のトム&ソーヤ(7)〈怪人は夢に舞う〈理論編〉〉
はやみねかおる　都会のトム&ソーヤ(8)〈怪人は夢に舞う〈実践編〉〉
はやみねかおる　都会のトム&ソーヤ(9)〈前夜祭　内人side〉
はやみねかおる　都会のトム&ソーヤ(10)〈前夜祭　創也side〉
服部真澄　クラウド・ナイン
原　武史　滝山コミューン一九七四
濱　嘉之　警視庁情報官〈シークレット・オフィサー〉
濱　嘉之　警視庁情報官　ハニートラップ
濱　嘉之　警視庁情報官　トリックスター
濱　嘉之　警視庁情報官　ブラックドナー
濱　嘉之　警視庁情報官　サイバージハード
濱　嘉之　警視庁情報官　ゴーストマネー
濱　嘉之　警視庁情報官　ノースブリザード
濱　嘉之　オメガ　対中工作
濱　嘉之　ヒトイチ　警視庁人事一課監察係
濱　嘉之　ヒトイチ　画像解析〈警視庁人事一課監察係〉
濱　嘉之　ヒトイチ　内部告発〈警視庁人事一課監察係〉
濱　嘉之　カルマ真仙教事件(上)(中)(下)
濱　嘉之　新装版　院内刑事
濱　嘉之　新装版　院内刑事〈ブラック・メディスン〉
濱　嘉之　院内刑事〈フェイク・レセプト〉
濱　嘉之　院内刑事　ザ・パンデミック
馳　星周　ラフ・アンド・タフ
畠中　恵　アイスクリン強し
畠中　恵　若様組まいる
畠中　恵　若様とロマン
葉室　麟　風渡る
葉室　麟　風の軍師〈黒田官兵衛〉
葉室　麟　星火瞬く
葉室　麟　陽炎の門
葉室　麟　紫匂う
葉室　麟　山月庵茶会記
葉室　麟　津軽双花
長谷川　卓　嶽神〈上・白銀渡り〉〈下・湖底の黄金〉
長谷川　卓　嶽神伝　無坂(上)(下)
長谷川　卓　嶽神伝　孤猿(上)(下)
長谷川　卓　嶽神伝　鬼哭(上)(下)
長谷川　卓　嶽神列伝　逆渡り
長谷川　卓　嶽神伝　血路
長谷川　卓　嶽神伝　死地
長谷川　卓　嶽神伝　風花(上)(下)
原田マハ　夏を喪くす
原田マハ　風のマジム
原田マハ　あなたは、誰かの大切な人
羽田圭介　コンテクスト・オブ・ザ・デッド
花房観音　恋塚
畑野智美　海の見える街

2021年3月12日現在